FUSION FANTASTIC STORY

탁목조 장편소설

천공기

穿孔機

천공기 1

탁목조 장편소설

초판 1쇄 찍은 날 § 2015년 9월 14일
초판 1쇄 펴낸 날 § 2015년 9월 21일

지은이 § 탁목조
펴낸이 § 서경석

편집책임 § 이재림

펴낸곳 § 도서출판 청어람
등록번호 § 제387-1999-000006호
등록일자 § 1999. 5. 31
어람번호 § 제1-2228호

주소 § 경기도 부천시 원미구 부일로 483번길 40 서경B/D 3F (우) 14640
전화 § 032-656-4452 팩스 § 032-656-4453
http://www.chungeoram.com
E-mail § chungeorambook@daum.net

ⓒ 탁목조, 2015

ISBN 979-11-04-90409-7 04810
ISBN 979-11-04-90408-0 (세트)

전공기

穿孔機

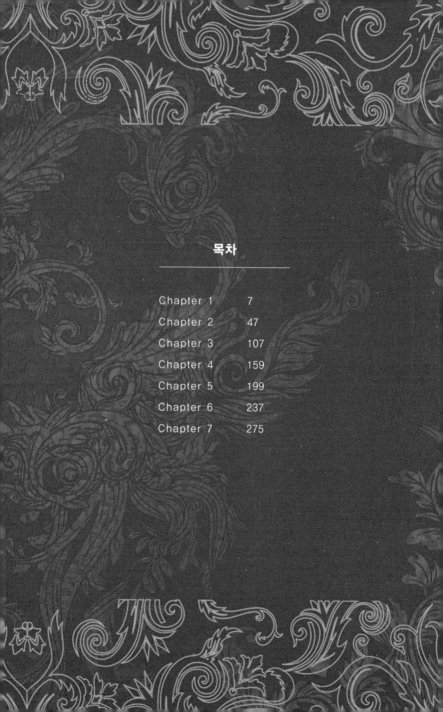

목차

Chapter 1

진강현, 최초의 천공기사

그가 그것과 만난 것은 순전히 우연이었다.

군 제대를 얼마 남기지 않고 부모님의 부고를 받은 진강현은 급하게 휴가를 내고 장례식장을 찾아야 했다.

사망 원인은 교통사고로 빗길에 미끄러진 화물트럭이 중앙선을 침범한 후 부모님의 차를 추돌한 것. 그 자리에서 부모님은 나란히 유명을 달리했고, 두 분의 품속에서 동생 세현은 기적처럼 목숨을 건졌다.

강현과 띠동갑의 나이 차가 나는 동생은 겨우 열한 살.

강현은 온몸에 바이탈 체크를 위한 전선을 붙이고 입에는 호흡기를 달고 있는 동생의 모습을 보며 눈시울을 붉힐 수밖에 없었다.

눈에 넣어도 아프지 않다고 그렇게 애지중지 동생을 아끼던 부모님은 마지막 순간에도 녀석을 품에 안고 두 분의 목숨으로 동생을 지키셨다. 강현은 이제 동생을 지키는 막중한 책임이 자신에게 있음을 통감했다.

　부모님의 장례를 마치고, 동생의 병수발을 드는 동안에도 시간을 흘렀다.

　정신없이 바쁜 나날들.

　하지만 강현은 돌아가야 할 곳이 있었다.

　강현 개인의 사정이야 무척 안쓰러운 상황이지만 국방부의 시계는 강현의 귀대(歸隊)를 재촉하고 있었다. 물론 귀대 후에 곧바로 의가사 제대가 될 거란 소리가 있었지만, 잠시라도 부대로 복귀를 해야 한다는 것은 어쩔 수 없었다.

　"휴우. 어쩔 수 없지. 세현이도 이젠 제법 안정이 되었으니까."

　그나마 동생의 상태가 많이 나아졌다는 것이 강현의 어깨를 조금이나마 가볍게 해주었다. 그럼에도 막상 휴가 복귀가 내일로 다가오자 강현의 마음은 무척 복잡했다.

　"어쩔 수 없는 일이긴 하지만, 군대라는 곳이 참, 융통성이 없긴 없어."

　강현은 다시 한 번 입 밖으로 불만을 늘어놓았다.

　그렇게라도 마음의 앙금을 풀어내지 않고는 답답함을 견디기 어려웠다.

　강현이 그렇게 휴가 마지막 날의 복잡한 심사를 병원의 정원에서 달래고 있을 때, 문득 강현의 눈에 벤치 밑에 떨어져 있는 팔찌 하나가 보였다. 나무를 잘게 쪼개서 끈으로 이어서 만든 것 같은 팔찌였다.

"이게 뭐야?"

강현은 팔찌를 들어서 자세히 살폈다.

밋밋한 나무 팔찌였다.

하지만 그중에 유독 눈길을 끄는 것이 있었으니 나무 조각 중에서 제일 넓은 나무조각의 중앙에 박혀 있는 빨간색의 보석이었다. 그것이 아니었다면 어린 아이들의 장난감 팔찌라고 생각할 만큼 조잡한 팔찌였다.

그런데 그 붉은 보석 하나 때문에 팔찌는 신비한 느낌을 주었다.

마치 숨을 쉬는 것 같은 붉은 보석.

강현은 저도 모르게 팔찌를 손목에 걸었다.

그리고 강현의 모습은 병원의 정원에서 사라졌다.

그렇게 강현의 운명은 전혀 다른 길로 들어서게 되었다.

강현의 실종, 그리고 그의 휴가 미귀는 꽤나 논란의 여지가 많았다. 잠깐 들어와서 의가사 제대를 하면 되는 진강현 병장이 휴가 미귀를 할 이유가 없었다.

그렇다면 실종이라고 봐야 하는데, 휴가 나갔던 장병이 어떤 이유로든 실종이 되었다는 것은 쉽게 넘어갈 문제가 아니었다.

그런 상황에서 쉽게 결론을 내리지 못하고 있던 중에 진강현이 사라졌던 병원의 정원에서 깊은 상처를 입은 모습으로 발견이 되었다. 발견 당시 진강현은 당장 죽어도 이상하지 않을 정도로 깊은 상처를 입고 있었다.

그런데 그 상처가 또 문제가 되었다.

강현의 몸에 난 상처는 맹수의 발톱과 같은 것에 의한 것으로 진단이 내려진 것이다. 거기다가 그 발톱의 크기로 역산해 낸 맹수의 크기는 지구상에서 가장 큰 맹수에 해당하는 사자나 호랑이의 두 배 정도가 되는 크기였다.

있을 수 없는 일이 벌어진 것이다.

병원의 정원에서 발견된 사람의 몸에 엄청난 크기의 맹수 발톱에 의한 상처라니.

결국 헌병대가 나서서 진강현 병장의 실종에 대한 철저한 조사가 이루어졌다.

하지만 얻은 것은 아무것도 없었다.

병원의 정원으로 통하는 모든 CCTV를 확인해도 진강현 병장이 정원으로 들어간 장면은 나오지 않았다. 있다면 휴가 복귀 전날 정원으로 들어간 장면만이 있을 뿐이었다.

그렇게 사건은 미궁에 빠졌다.

그것이 최초의 천공기사 진강현이 이면공간에 다녀온 첫 사건이었다.

진강현은 동생과 나란히 병상에 누워서 치료를 받았고, 중태로 발견되고 꼬박 보름이 지나서야 정신을 차렸다.

그리고 깨어난 진강현의 진술을 들은 헌병대 간부는 진강현의 정신 상태를 검증할 필요가 있다는 보고서를 상부에 올렸고, 진강현은 정신과 상담을 받았다.

진강현은 자신이 지구가 아닌 곳에 다녀왔다고 말했고, 그곳에서 죽을 고비를 수차례 넘기고 간신히 돌아왔다고 했다.

하지만 진강현이 증거라고 내놓으려 했던 팔찌가 없었다.

팔찌는 진강현의 손목에 흡수되듯 파고들어 간 상태였고, 그것은 때가 되었을 때에만 모습을 드러내는 것이었다.

증거가 없으니 당연히 진강현의 증언은 정신병자의 헛소리로 취급되었다.

며칠 후, 사람들이 보는 눈앞에서 진강현의 모습이 신기루처럼 사라지기 전까지는 그랬다.

강현의 증언대로 팔찌가 진강현의 손목에서 나타나더니, 몇 초가 흐르기도 전에 진강현은 그대로 사라져 버렸다.

그리고 곧바로 헌병대는 물론이고 국가정보원까지 나서서 진강현이 사라진 병실과, 병원의 정원을 통제했다.

다시 진강현이 나타난다면 두 곳 중에 한 곳이 될 가능성이 높다고 본 것이다. 그리고 이번에도 진강현은 열흘이 흐른 후에 나타났다.

그가 사라졌던 바로 그 병실의 침대 위에.

그것이 진강현의 두 번째 이면공간 탐색이었다.

정부는 곧바로 진강현에 대한 보안 등급을 최상으로 높였다. 거기에는 가슴에 금으로 만든 무궁화를 달고 있는 이들도 배제되었다. 정말로 극소수의 사람만이 진강현에 대해서 알았고, 그가 지구가 아닌 또 다른 세상에 다녀올 수 있다는 것을 알았다.

진강현은 동생 세현이 의식을 회복하고 건강을 되찾을 때까지 열 번이 넘는 이면공간 탐색을 다녀왔다.

그동안에 그가 소유한 팔찌가 이면공간이라고 이름 붙인 곳으로 들어가는 열쇠가 된다는 것이 명확해졌다.

진강현은 그 팔찌에 천공기(穿孔機), 즉 구멍 뚫는 기계라는 이름을 붙였다. 진강현은 그 팔찌가 현실의 공간에서 이면공간으로 들어가는 구멍을 만든다고 봤던 것이다.

어쨌건 진강현은 거듭되는 이면공간 진입을 통해서 천공기가 일정한 시간이 지나면 자동으로 충전이 되면서 제 기능을 찾는다는 것을 알아냈다.

그리고 스스로 그 천공기에 사용되는 에너지를 느끼고 통제하면 천공기를 통제할 수 있다는 것도 알게 되었다.

원할 때에, 원하는 곳에서 이면공간으로 갈 수 있고, 가고 싶지 않으면 보류할 수도 있게 된 것이다.

하지만 그런 소소한 발견보다 훨씬 엄청난 일이 일어났다.

어느 날, 진강현이 이면공간에서 복귀하면서 새로운 천공기를 들고 온 것이다.

다만 그것은 팔찌의 형태가 아니라 붉은 보석이었다.

진강현의 천공기에 박혀 있던 것과 같은 붉은색의 보석.

마치 숨 쉬는 것처럼 보이는 그것은 진강현이 에테르라 부르는 에너지를 품고 있기에 그렇게 보이는 것이었다.

어쨌건 진강현은 그것이 새로운 천공기라고 자신 있게 이야기했고, 진강현과 천공기에 대해서 알고 있던 모든 이들의 관심을 집중시켰다.

하지만 천공기 보석은 주인을 쉽게 찾지 못했다.

정부는 진강현의 이면공간 활동에 도움을 줄 수 있는 사람에게 천공기를 줘서 함께 이면공간을 탐험하게 할 생각이었다.

그 결과 대한민국 최고의 군인이 선별되어 천공기를 손에 쥐었다. 하지만 천공기는 아무런 반응도 보이지 않았다.

그렇게 되자 천공기에 적합한 사람을 찾기 위해서 수차례의 실험이 이루어졌다. 그리고 결국 진강현의 건강을 담당하던 스텝 중에서 간호장교가 천공기의 주인이 되었다.

어쩌다가 그녀가 그것을 잡게 되었는지는 세간에 알려지지 않았지만 실상은 진강현이 장난삼아 그녀에게 그것을 던졌다가 벌어진 사고였다.

그렇게 두 번째 천공기의 주인이 정해진 후, 진강현은 그 간호장교와 함께 이면공간의 모험을 이어갔다.

하지만 영원한 비밀은 없는 법.

결국 천공기와 이면공간에 대한 것이 미국에 알려지고 그 정보를 공유할 수밖에 없게 되는 사건이 있었다. 그 또한 깊이 파고들면 누군가 미국에 정보를 넘긴 것이겠지만 그런 식의 비리는 끝이 밝혀지는 경우가 거의 없었다.

어쨌건 그렇게 미국이 천공기 프로젝트에 참여를 하게 되고, 진강현이 세 번째 천공기를 얻어 왔을 때, 그 주인은 미국인이 되었다. 그러나 세 번째 천공기의 주인은 첫 이면공간 탐색에서 최초의 이면공간 사망자가 되었다.

간신히 복귀를 하기는 했지만 이면공간에서 입은 상처로 복귀와 동시에 사망한 것이다. 그리고 주인이 사라진 천공기는 폐품이 되어 다시 사용하지 못하는 상태가 되어 버렸다.

그 사건으로 천공기를 사용하는 위치에 따라서 진입하는 이면공간이 달라진다는 것이 밝혀졌고, 이후로 이면공간에 들어갈 때에는 모두가 함께 움직이는 파티 개념이 생겼다.

이후 진강현을 중심으로 하는 이면공간 탐험이 계속되고 그러면서 천공기의 획득도 이어졌다.

그렇게 세상은 특급 기밀이라는 장막 안에서 상상도 못할 변혁의 시대를 맞이했다.

천공기의 수가 늘어나면서 이면공간 탐험 파티의 수도 늘어나고, 그 파티들이 한국과 미국으로 분화되고, 이후에는 다른 나라들까지 끼어들게 되었다.

이면공간은 지구와 전혀 다른 세상이고, 그곳에는 지구에 존재하지 않는 많은 것들이 있었다.

가장 기본적으로 천공기에 사용하는 에테르라는 에너지의 등장만으로도 과학계는 혁신을 맞이했다.

새로운 에너지원과 물질의 등장은 세상에 많은 변화를 일으켰다. 그리고 어느 순간 천공기를 사용하는 특별한 사람들에 대한 것이 세상에 알려졌다.

지구가 아닌 신세계를 탐험하는 천공기사.

위험을 무릅쓰고 인류의 진보를 위해서 노력하는 영웅들.

그렇게 천공기사는 세상 사람들의 영웅이 되었다.

천공기사 진강현의 실종

진강현이 천공기를 획득하고 7년이 흘렀을 때, 사람들은 이렇게 말하고 있었다.

인류의 역사는 천공기사가 등장하기 전과 그 후로 구별해야 한다.

진강현은 대한민국을 떠나 세계를 대표하는 천공기사였다.

그는 제1천공기사라는 명예로운 이름을 가지고 있었고, 그것은 그가 최초의 천공기사라는 의미를 떠나서 최고의 실력을 지닌 천공기사라는 의미도 지니고 있었다.

그동안 밝혀진 바에 의하면 이면공간은 그 수준에 따라서 단계적으로 에테르의 분포가 달랐다. 그리고 그것은 천공기의 보석 색깔에 따라서 진입할 수 있는 이면공간의 수준이 달라진다는 것이 밝혀지면서 더욱 쉽게 구별이 가능하게 되었다.

무지개 피라미드.

사람들은 이면공간의 구조를 그렇게 이야기했다.

제일 수준이 낮은 이면공간은 붉은색의 천공기로 진입이 가능했다. 그리고 단계적으로 빨강, 주황, 노랑, 초록, 파랑색의 천공기를 통해서 각각의 이면공간으로 들어갈 수 있었다.

우연인지 그 순서는 무지개의 순서와 동일했는데, 과학자들은 빛의 스펙트럼과 에테르 사이에 뭔가 연관이 있을 거라는 가설을 세우기도 했다.

그런데 상급으로 갈수록 이면공간의 내부는 넓어졌지만, 그 수는 줄어들었다.

그래서 무지개 피라미드라는 말이 나온 것이다.

어쨌건 고작 7년, 그 사이에 진강현은 파란색의 천공기를 획득하고 누구보다 빠르게 이면공간의 강자가 되었다.

천공기사들은 에테르에 대한 통제 능력을 키워야 했다. 그래야 천공기를 자신의 뜻에 따라서 다룰 수 있었다.

그게 되지 않으면 원하지 않는 순간에 이면공간으로 끌려 들어가는 일이 벌어지고, 그것은 스스로를 위험에 빠뜨리는 일이었다. 그래서 대부분 초보 천공기사에겐 그를 보호하기 위해 노련한 천공기사가 한동안 함께했다. 이면공간 탐사 초기 진강현이 간호장교 아가씨의 짝이 되었던 것과 같았다.

천공기를 통제할 수 있는 천공기사는 멘토, 그가 보호해야 할 초보 천공기사는 멘티로 부르고, 그런 시스템을 천공기사 멘토링 시스템이라 불렀다.

멘티 천공기사가 이면세계로 끌려가면 곧바로 멘토 천공기사가 뒤따라서 이면공간으로 들어가 멘티 천공기사를 지키는 것이 그 시스템의 핵심이었다.

어쨌건 중요한 것은 천공기사가 에테르를 통제하는 능력을 지녀야 한다는 것이다.

그런데 에테르를 몸에 지닌 인간은 평범한 인간의 벗어나게 된다. 신체적으로 엄청난 힘을 지니게 되는 것은 물론이고 에테르를 어떻게 사용하느냐에 따라서 상상 속 무협의 고수나 판타지 마법사, 혹은 영화 속 초능력자 같은 이능을 쓸 수도 있게 되는 것이다.

보통 에테르를 능숙하게 다루며 주황색 등급의 이면공간을 드나들 때부터 일반인과는 확연히 구별되는 초인의 위(位)에 오르게 된다.

진강현은 그런 천공기사 중에서도 제1천공기사의 칭호를 지니고 있었다. 그는 다른 모든 천공기사들이 초록색 등급에서 허덕이고 있을 때, 파란색 등급의 이면공간을 홀로 오가며 활동을 하고 있었다. 세계의 그 어떤 천공기사도 진강현의 상대가 될 수는 없었다.

그런데 그런 진강현이 또다시 엄청난 이슈를 만들었다.

남색 등급의 천공기를 획득하고 자신의 천공기에 그것을 합성한 것이다. 처음 붉은색의 천공기에서 시작해서 한 단계씩 상급의 천공기 보석을 얻어서 합성하는 것이 천공기의 업그레이드 방법이었다.

그런데 진강현이 파란색 등급의 이면공간을 탐색하던 중에 남색의 천공기 보석을 얻어 천공기 업그레이드에 성공한 것이다.

세계는 또다시 진강현에게 열광했다.

이면공간에서 나오는 많은 것들은 인류의 삶에 큰 도움을 주고 있었다.

에테르는 세상의 모든 힘으로 쉽게 변화시킬 수가 있었다.

에테르를 전기나 열, 또는 운동에너지로 바꾸는 것은 가장 기초적인 것이었다.

그런 것을 뛰어넘어 에테르는 생명력으로 바뀌기도 했다.

에테르가 생명력으로 바뀌었을 때, 작게는 노인의 얼굴에서 주름을 제거하는 것에서부터 늙은 세포 전체를 젊게 만드는 기적까지 만들어 냈다.

에테르가 생명력으로 바뀌는 것은 하나의 예에 불과할 뿐이지만 그것만으로도 세상은 새로운 시대가 열렸다고 했다.

이면공간에서 획득물을 얻는 활동 중에 때때로 천공기사들의 희생이 알려지기도 했지만 그것은 인류의 진보를 위한 고귀한 희생으로 치장되었다.

당연하게도 상급의 이면공간일수록 더 질이 좋은 산물들을 얻을 수가 있었다. 같은 종류의 것들이라도 이면공간의 등급에 따라서 물품의 질이 달라진다. 채집이나 사냥, 어느 쪽이라도 등급이 높은 곳에서 얻는 것이 당연히 가치가 더 높게 나왔다.

또한 상급의 이면공간에서는 하급에서 발견되지 않는 새로운 것들이 발견되는 경우가 많았다.

진강현이 남색 등급의 이면공간에 들어가게 된다면 이번에는 또 어떤 것이 발견될까.

사람들은 진강현의 움직임에 주목했다.

하지만 진강현은 남색 등급의 천공기를 얻은 후에도 파란색 등급의 이면공간만 오갈 뿐, 남색 등급 공간의 진입을 늦췄다. 그 이유는 혼자서 남색 등급의 이면공간에서 위험에 대처할 자신이 없다는 것이었다.

세계 제일의 천공기사가 스스로 능력 부족을 시인하며 남색 등급의 이면공간으로 들어가지 않자 처음에는 모두가 이해하는 분위기였다. 하지만 시간이 흘러갈수록 사람들의 조바심은 진강현에 대한 비난을 불러왔다.

겁쟁이.

진강현은 제1천공기사라는 명예로운 이름이 아니라 '겁쟁이'라는 수치스런 꼬리표를 달게 되었다.

결국 진강현은 떠밀리듯 남색 등급의 이면공간으로 들어갈 수밖에 없었고, 그는 처음으로 남색 공간의 이면공간에 들어간 후

다시는 세상에 모습을 드러내지 않았다.

진강현의 실종.

시간이 흘러 그것이 확실해지자 그때서야 사람들은 그들의 영웅을 다시 보지 못하게 될 거라는 사실을 깨달았다.

그렇게 최초의 천공기사이자 세계 최강의 천공기사였던 진강현은 남색 등급의 이면공간에서 되돌아오지 못했다.

*　　　*　　　*

진세현은 진강현의 동생이었다.

부모님과 함께 차를 타고 가던 중에 교통사고로 부모님을 잃고 그 자신도 1년 반이 넘는 기간 동안 병상 신세를 질 정도로 부상을 당했었다. 진세현은 열한 살에 사고를 당했고, 그때 그의 형, 진강현이 천공기사가 되었다.

그로부터 7년, 진세현이 열여덟이 되었을 때 진강현은 남색 등급의 이면공간으로 들어갔다가 되돌아오지 못했다.

그리고 그 후 얼마의 시간이 흐르고, 진강현이 가지고 있던 모든 것은 국가와 진강현이 속했던 천공기사 길드 천공(天空)의 소유가 되었다. 처음부터 진강현이 준공무원 신분으로 국가의 혜택으로 살아가고 있었으니 진강현이 누리던 모든 것은 당연히 국가의 것이라는 것이 정부의 입장이었다.

그렇게 진강현의 소유의 대부분이 국가에 귀속되었다.

그리고 그나마 남은 것은 진강현이 속했던 천공기사 길드 천공이 빼앗았다.

그들은 진강현의 재산 대부분은 길드의 구성원들과 함께 이룩한 공동의 소유이며 진강현 개인의 것이 아니라 했다.

열여덟 살, 진세현은 그것이 말도 되지 않는 거짓임을 알았다. 하지만 그의 편을 들어주는 이들은 아무도 없었다.

국가와 천공 길드가 모두 나서서 진강현의 것을 빼앗으려는 상황에서 누가 나서서 외톨이가 된 진세현의 편을 들어줄까. 결국 진세현에게 남은 것은 국가와 길드에서 선심 쓰듯 던져 준 소형 아파트 하나뿐이었다.

'우린 우리 스스로 살아야 한다. 나를 도울 수 있는 것은 너뿐이고, 너도 나 이외의 누구에게 도움을 원해서는 안 된다. 우리 형제만이 서로에게 등을 기댈 수 있다.'

진세현은 형의 말을 꼭꼭 되새김질하며 이를 악물었다.

부모님이 돌아가신 후로 세상에 단 둘이 남은 형제, 형은 동생에게 언제나 그렇게 자립을 강조했었다.

그래서 세현은 형 이외의 다른 누구에게 도움을 받는 것을 기대하지 않는 성향을 지니게 되었다.

그런 상황에서 정부와 천공기사 길드가 보인 작태는 세현의 사람에 대한 불신을 더욱 깊게 만들었다.

고3, 대학 진학을 위해서 공부를 해야 할 시기였지만 형의 실종 이후로 모든 것이 엉망이 되어버린 세현이었다.

강현의 실종 후, 몇 달 동안은 그나마 복귀의 가능성이 남아 있어서인지 어느 정도 사태를 지켜보던 그들이 새현의 고등학교 졸업과 동시에 본격적으로 나서서 강현의 모든 것을 빼앗았다.

그렇게 진강현의 실종 이후 시간이 흘렀다.

형이 없이 홀로 살아가야 하는 진세현은 형이 있을 때에 누렸던 경제적인 풍요를 모두 잃어 버렸다.

당장 잠잘 거처는 있었지만 먹고 살 생활비도 부족한 상황. 세현은 형이 선물했던 개인 물품 몇 가지를 팔아서 급한 생활비를 마련하고 이후에는 아르바이트를 해야 했다.

그렇게 세상에 던져진 때가 세현의 나이 열아홉, 그 후로 다시 1년이 흘렀다.

그사이에도 진세현에 대한 감시의 눈길은 계속 이어졌다.

진강현은 세계 최강의 천공기사였고, 그의 동생인 진세현 역시 형과 같은 재능을 가지고 있을지도 모를 일이었다.

당연히 세현의 발전 가능성에 관심을 두는 이들이 많았다.

혹시라도 세현이 형처럼 강력한 천공기사가 된다면 그 뒤는 감당이 어려운 상황이 된다. 이미 했던 짓이 있어서 뒤가 구린 이들은 세현에게 신경을 쓸 수밖에 없었던 것이다.

그리고 그와는 별개로 진강현의 실종 후, 진강현이 혹시라도 동생에게 뭔가 남긴 것이 없을까 하는 의심의 눈초리도 있었다.

사실 국가와 길드가 나서서 진강현의 모든 것을 빼앗은 것도 나름의 이유가 있었다. 혹시라도 진강현이 세현에게 남긴 것이 있다면 어린 세현이 경제적 궁핍을 벗어나기 위해서 뭔가 사용하지 않을까 하는 시험의 성격도 있었던 것이다.

하지만 그들의 바람과는 달리 세현은 형의 선물 몇 가지를 팔아서 생활비를 마련하고 그 후로는 대학 진학도 포기하고 아르바이트를 호구지책으로 삼았다.

고등학교 성적이 언제나 상위권에 있었던 세현은 장학금을 받으면서 대학에 들어가는 것이 불가능한 것은 아니었다.

그럼에도 세현은 대학을 포기했다.

그 모습에 감시자들은 세현이 나이가 어려서 세상을 판단하는 것이 미흡하다는 결론을 내렸다.

아르바이트로 생활비를 벌더라도 대학을 다닐 방법은 많았다. 하지만 세현의 곁에는 조언을 해주는 이들이 없으니 결국은 단순한 선택을 했으리라 판단한 것이다.

그리고 그들의 감시가 끝난 것은 세현의 나이 스물이 되었을 때였다.

세현은 특별히 국가와 천공 길드의 도움을 받아서 천공기 적성 검사를 받을 수 있었다. 천공기에 대한 적성 검사는 국가에서 시행하는 것이지만 대상자 모두가 검사를 받기는 어려웠다. 모든 국민에게 기회를 준다고 하지만 실상을 들여다보면 기회의 균등은 말뿐이었다. 어떤 경우에는 가짜 천공기를 두고 적성 검사를 하는 경우도 있다는 소리도 있을 정도로 천공기 적성 검사는 비리가 많은 부분이었다.

그런데 이례적으로 세현에 대한 천공기 적성검사는 정확하고 세밀하게 이루어졌다.

이때, 세현도 당연히 큰 기대를 하고 있었다. 형의 실종을 파헤치고 종국에는 형을 찾으려면 천공기사가 되어야 했다. 또 그러려면 당연히 천공기에 적합하다는 판정을 받아야 함은 당연한 일이다.

그런데 검사 결과는 너무도 허무하게 나왔다. 천공기에 대한 반응이 전혀 없는 부적격 판정이 내려진 것이다.

그동안 밝혀진 바로는 천공기에 적합 판정을 받지 못하더라도 에테르 훈련을 통해서 체질을 개선하면 천공기사가 되는 길이 있었다. 하지만 그것도 어느 정도 가능성이 있는 사람에게 열려 있는 길이지 부적합 판정은 그 가능성이 거의 없다는 말이었다.

세현의 부적합 판정 소식은 혹시 하는 걱정과 기대를 하던 이들 모두에게 큰 의미가 있었다. 세현이 천공기사가 되어 복수 할 것을 걱정했던 이들은 그 가능성이 없음을 기뻐했고, 강현의 성공을 부러워하고 뭔가 특별함이 있을 거라고 세현을 보던 이들은 실망했다.

세현의 성장 과정을 살피며 강현의 성공 비법을 알아내려던 시도 자체가 불가능해진 탓이다. 하지만 누가 뭐라 해도 가장 크게 실망한 사람은 세현이었다.

그는 판정 결과를 받은 날, 집에서 홀로 눈물을 흘렸다.

형을 위해서 자신이 할 수 있는 일이 아무것도 없다는 무력감에 그는 며칠을 앓아누울 정도로 충격을 받았다.

세현이 겨우 몸을 추슬렀을 때, 그를 감시하던 시선은 더 이상 존재하지 않았다.

세현은 더 이상 관심의 대상이 아니게 된 것이다.

*　　　　*　　　　*

세현은 아르바이트를 마치고 집으로 돌아가고 있었다.

길 위에는 이면공간의 부산물인 에테르 주얼을 이용해서 척력을 발생시키는 공중부양 자동차가 제법 보였다.

에테르가 다른 종류의 힘으로 쉽게 변한다는 것에서 착안해서 척력, 즉 밀어 내는 힘으로 바꾸는 기술이 계발 된 것은 세현의 형인 강현이 실종되던 해의 일이었다.

그런데 4년이 지난 지금, 거리 곳곳에 공중부양 자동차가 심심찮게 보이고 있었다.

—여러분의 젊음을 찾아드립니다. 생명력 가득한 피부 개선제! 아직도 주름을 걱정하십니까?

거리의 쇼윈도우 안에서는 완전한 입체는 아니지만 허공에 모습을 드러낸 여자가 화장품을 선전하고 있었다.

그 영상을 만들어낸 기술도, 화장품에 사용된 생명력의 원천도 모두가 에테르에서 나온 것이었다.

세현은 그 모든 것의 시작이 형이었다는 사실을 떠올리며 다시 한 번 우울해졌다. 고개를 숙이고 주변을 외면하고 걷기를 이십여 분, 세현은 드디어 집에 도착했다.

혼자 살기에도 갑갑할 정도로 작은 아파트.

하지만 그곳은 세현에게 남은 형의 유일한 흔적이었다. 정부와 천공 길드가 모든 것을 앗아가고 세현에게 남겨준 유일한 재산. 이제는 익숙해진 세현의 보금자리였다.

"응?"

막 현관문을 열고 들어가려던 세현은 문 옆에 놓여 있는 상자를 봤다.

그것은 일종의 택배 상자였다.

비행이 가능한 드론을 이용해서 주소지까지 상자를 나르고, 현관 옆에 있는 물품 보관 에어리어에 내려놓는 방식은 몇 년 전부터 보편화된 방식이었다.

그렇게 도착한 상자는 주인이 돌아와서 비밀번호를 입력하고 물품을 수령할 때까지 현관 옆에서 안전하게 보관이 된다. 물품 보관 에어리어와 물품 상자는 전자기적인 연결이 되어서 타인이 함부로 열 수가 없고, 그런 일이 발생하면 곧바로 경찰이 출동하게 되어 있었다.

"누가 보낸 거지?"

택배가 잘못 배달되는 일은 수억 건의 배달 중에서 한 건이 일어날까 말까 한 일이다.

"오늘 배달 올 물건은 없는데?"

띠띠띠띠!

세현이 보관 공간에 있는 상자에 비밀번호를 입력했다.

그러자 그 안에서 각진 금속제 가방이 하나 나왔다.

"무슨 가방이지?"

세현은 가방을 들고 이리저리 살폈다. 가방에는 또 다른 비밀번호 입력장치가 달려 있어서 세현을 곤란하게 만들었다.

"어쩌란 거야?"

난감한 표정으로 가방을 살피던 세현의 고개가 한쪽으로 돌아갔다.

거기엔 아직도 닫히지 않은 택배 상자가 놓여 있었다.

상자가 닫히지 않았다는 것은 그 안에 꺼내지 않은 것이 들어 있다는 소리였다.

세현이 고개를 갸웃거리며 안쪽을 살피자 두 번 접힌 종이 하나가 나왔다. 요즘은 종이를 사용해서 메시지를 전하는 경우는 거의 없기에 신기한 일이라고 세현은 생각했다.

너의 천공기 이름은?

부르르르르.

세현은 종이에 적힌 글을 읽고 저도 모르게 몸을 떨었다.

그것은 그의 형인 강현의 글씨가 분명했다.

형 강현은 세현에게 세현의 천공기 이름을 묻고 있었다.

세현은 어릴 때 형과 나눴던 대화를 떠올렸다.

그때가 세현이 중학교 1학년, 생일날이었다.

'세현아 너도 천공기를 가지게 되면 이 형처럼 이름을 붙여줘라. 평생을 함께해야 하는 친구니까 말이야.'

'응, 나도 형처럼 멋진 천공기를 가질 거야. 에헤헤. 이름은 형의 천공기가 콩쥐니까 난 팥쥐 할 거야.'

'야, 이 형의 천공기는 예향이란 이름이 있단 말이다. 콩쥐가 아니라고.'

'에이, 나도 다 알아. 그 예향이란 이름은 형이 다른 사람들에게 알려준 이름이잖아. 혼자 부를 때엔 콩쥐라고 하잖아.'

'쯧, 알았냐? 솔직히 콩쥐가 좀 그렇기는 해도 정감은 있는 이름이 잖아. 안 그러냐? 그런데 팥쥐는 좀 아니지 않냐?'

'착한 팥쥐도 있는 거야. 나중에 잘못을 깨닫고 착하게 살았을 거 야 팥쥐도. 그러니까 팥쥐도 기회를 줘야 해.'

세현은 과거에 그렇게 형에게 말했었다.

그 기억을 떠올린 세현의 두 눈에서 눈물이 주르르 흘러내렸다. 그의 형 진강현은 4년 전 인류 최초로 남색 등급의 이면공간에 들 어간 후 돌아오지 않았다.

그리고 그때부터 세현의 고생이 시작되었다.

인류 최고의 천공기사로 이름이 높았던 진강현의 실종, 그리고 진강현과 나이차이가 열두 살이나 차이가 나는 동생.

기이하게도 진강현이 실종된 후 진강현 소유의 모든 재산은 국 가와 진강현이 속했던 길드의 것이 되었다.

법적으로 그렇게 되어 있다며 서류를 내미는 변호사들은 세현 을 강현과 지내던 집에서 내쫓았다.

그 후, 4년동안 형의 흔적은 어디에서도 발견이 되지 않았다. 더 구나 형이 실종된 남색 이면공간으로 진입했던 천공기사들은 형의 흔적을 전혀 발견하지 못했다고 증언했다.

최고의 천공기사였던 진강현의 실종, 그리고 그 이면공간으로 진입한 새로운 천공기사들의 이야기는 진강현의 실종 후 2년이 지 나서야 나왔던 이야기였다.

세현은 그 당시 어쩌면 형의 소식을 들을 수 있을지도 모른다고 기대를 품었지만 결과는 실망만 남았었다.

형과 달리 다섯 명의 천공기사가 남색 등급의 천공기를 확보한 상태에서 이면공간 진입이 이루어졌다.

그리고 그들은 적잖은 성과를 가지고 무사히 돌아왔다.

"남색 등급의 이면공간은 무척 위험한 곳이었습니다. 사실 진강현 천공기사가 혼자서 남색 등급의 이면공간에 도전한 것은 자기 능력을 제대로 파악하지 못한 오만한 행동이었습니다."

당시에 다섯 명의 천공기사를 이끌고 있었던 천공 길드의 길드장 고철한은 남색 이면공간에서 돌아온 후 그렇게 말했다.

세현은 그 기자회견을 보며 주먹을 쥐고 부들부들 떨었었다. 당시에 세상 모두가 형을 남색 등급의 이면공간으로 갈 수밖에 없도록 등을 떠밀었다.

그런데 이제 와서 그 책임을 부정하며 형을 탓하는 것이 보는 세현의 마음은 찢어질 듯 아팠었다.

더구나 자신은 천공기사가 될 수 없는 몸.

그 후로 세현은 형을 찾기 위해서 자신이 할 수 있는 일이 없음을 인정하고 그저 묵묵히 하루하루를 살아가는 중이었다. 그런데 형의 흔적이 실종 4년 만에 세현의 앞에 나타난 것이다.

세현은 급히 현관문을 열고 집으로 들어갔다. 혹시라도 누군가 자신을 보고 있지 않을까 하는 몸짓이었다.

세현도 알고 있었다.

강현의 실종 이후로 이루어진 많은 일들이 비정상적이었다는 것을 말이다. 더구나 그들은 세현을 오래도록 감시했었다.

이제 세현도 그 이유를 짐작하고 있었다. 강현이 유독 강력한 천공기사가 되었던 이유를 알고 싶었던 것이리라.

세현의 형이었던 강현은 인류 최강의 천공기사였다.

천공기를 가지고 이면공간을 드나들게 되면 조금씩 신체 능력이 향상된다. 하지만 그것은 붉은색 등급의 이면공간에 한정된 이야기였다. 그 이상의 이면공간에 적응이 되면 그때는 육체 능력 이외의 것들을 각성하게 된다.

그 힘의 근원을 에테르라고 부르는데, 이면공간에는 그 에테르가 가득 퍼져 있어서, 그것이 이면공간에 들어간 인간들의 몸에 쌓이면서 강력한 힘을 선사하는 것이다.

물론 간혹 등장하는 에테르 주얼은 그 에테르의 결정체로 천공기사의 수련에도 많은 도움이 된다.

그런데 그렇게 강력해지는 천공기사들 중에서도 유독 진강현은 타의 추종을 불허하는 속도로 강해졌다.

그는 23세에 천공기사가 된 후로, 줄곧 최고의 천공기사였었다. 그것도 뒤따르는 이들과의 수준 차이가 너무 심하게 날 정도로 진강현은 앞서가고 있었다.

정부와 길드에선 그 비밀을 알기 위해서 진강현 소유의 모든 것을 빼앗았고, 세현을 각박한 세상으로 내몰고 그를 지속적으로 감시했다.

하지만 지난 20살 생일날 세현이 천공기의 적합성 검사에서 부적합 판정을 받자마자 곧바로 감시가 사라졌다.

세현이 천공기를 소유할 수 없는 몸이라면 세현에겐 어떤 것도 기대를 할 수 없었기 때문이다.

더구나 혹시 모를 변수도 될 수 없는 존재, 그런 판단이 세현에게서 관심을 끊게 했다. 그럼에도 세현은 아직까지도 혹시 모를 감시의 눈길을 염려했다.

그것은 일종의 트라우마처럼 남은 것이었다.

세현은 거실로 들어와 작은 협탁 위에 가방을 올리고 심호흡을 했다. 가방에 전면에는 터치 형식으로 텍스트를 입력할 수 있는 작은 화면이 있었다. 그리고 그 화면에는 비밀번호를 입력하라는 말과 함께 숫자 패드가 떠 있었다.

세현은 망설이지 않고 숫자패드를 문자패드로 바꿨다.

팥쥐

그리고 곧바로 문자를 입력하고 잠시 머뭇거리다가 엔터를 눌렀다.

지이잉!

그러자 가방에서 작은 소음이 들리고 약간의 시간이 흐른 후에 자동으로 뚜껑이 상하좌우로 열렸다.

"어, 천공기?"

열린 가방의 바닥에는 팔찌 형태의 천공기가 하나 있었고, 편지 봉투 하나와 다이어리 하나가 놓여 있었지만 세현의 눈에 가장 먼저 들어온 것은 천공기였다.

멈칫!

하지만 천공기로 손을 뻗던 세현은 손을 멈췄다.

자신이 천공기 소유 자격을 시험하는 시험에서 탈락한 것을 떠올린 것이다.

그리고 자연스럽게 손을 움직여서 편지 봉투를 들었다.

세현에게

세현은 첫 줄에서부터 눈물이 흘렀다.

형의 실종 후에 세현은 정말로 꿋꿋하게 세상과 맞서며 살아왔다.

하지만 그 속이야 오죽 힘겨웠을까.

형이 없어지고 오직 혼자만 남았다는 사실을 받아들이고 홀로 서기 위한 나날들. 그 시간동안 얼마나 형을 그리워했던가. 겉으로 드러낼 수 없었지만 그 그리움이 병이 되어 세현의 가슴 한 쪽은 그야말로 숯이 되었을 것이다.

이 편지를 받을 때면 우리 세현이 나이가 스물 둘이 되었겠구나. 그리고 곁에 내가 없을 테고 말이다.

이 형은 당연히 세현이와 함께하고 싶다.

하지만 세상엔 어쩔 수 없는 상황이라는 것이 있지 않겠니? 그래서 만약을 대비해서 이것을 준비한다.

나는 내일이면 남색 등급의 이면공간으로 들어간다.

세상에 알려지기로 이번이 첫 도전이라고 하지만 사실 이 형은 이미 몇 번 남색 등급의 이면공간에 들어갔었다.

이건 길드 놈들도 모르는 일이지만 형은 그게 가능했거든.

물론 그 비밀은 내가 따로 정리한 다이어리를 보면 알 수 있을 거다.

어쨌건 형이 남색 등급의 이면공간에서 얻은 것이 바로 함께 동봉한 천공기, 팥쥐다.

후훗, 우리 동생을 위해서 형이 이름을 지어줬단다.

착한 팥쥐. 내 동생, 세현을 위한.

"하지만 형, 난 천공기를 다룰 수가 없어. 미안해."

세현은 편지를 읽다말고 서러움에 눈물이 쏟아졌다.

우리 세현이, 지금 천공기를 쓰지 못한다고 실망하고 있겠지?

하지만 걱정할 필요 없다. 넌 천공기 팥쥐를 쓸 수 있어. 왜냐하면 내가 팥쥐를 네게 귀속을 시켰거든. 네가 잠든 사이에 팥쥐를 네 팔에 착용시켜서 귀속시켰단다.

네가 천공기 적합 검사에서 탈락한 이유는 이미 네게 팥쥐라는 천공기가 있기 때문인 거다.

그러니까 걱정하지 마라.

"형! 도대체 왜?"

잠깐 형에 대한 원망이 든 세현이다. 천공기에 부적합 판정을 받고 얼마나 실망을 했던가. 결국 실망과 좌절감으로 힘든 시간을 보내야 했는데 그 고생이 형 때문이라니.

사실 이건 괜한 걱정이기를 바라지만 혹시라도 모를 일인데, 네가 이 글을 읽고 있다면 그건 내게 무슨 일이 생겼다는 소리일 거다. 내가 죽었거나 혹은 실종이 되었거나 했겠지.

이것은 그때를 상정해서 보내는 것이니 당연히 내게 무슨 일이 생겼다고 생각을 해야 하고, 그렇다면 우리 세현이를 노리는 놈들도 있을 수 있거든? 그러니까 세현이, 너는 천공기 부적합자가 되는 것이 좋을 거라고 생각했다.

그래서 그렇게 한 거니까 너무 화내지 마라 알았지?

세현은 편지를 읽으면서 확실히 형이 무슨 예지를 한 것이 아닐까 하는 생각이 들었다.

내일 공식적으로 첫 남색 등급 이면공간으로 가게 된다.

하지만 그걸 달가워하지 않을 이들이 많이 있지.

다른 나라는 물론이고 이 대한민국 내에서도 적잖은 이들이 나의 실패를 바라고 있을 거다.

아무 일도 없기를 바라지만 아까 이야기 한 것처럼 세상일은 어떻게 될지 모르는 거니까 말이야. 하지만 내게 무슨 일이 생기더라도 이것만은 우리 세현이에게 제대로 전해 줘야겠다고 생각했다.

그리고 계획대로 된 거지?

지금 네가 이것을 보고 있다면 말이다.

우리 세현이, 생일 좀 늦었지만 축하한다.

그리고 정식으로 천공기사가 된 것도.

이제 우리 세현이, 네가 하고 싶은 일을 하며 살아라.

참, 이 형을 찾겠다고 성급히 움직이진 않겠지?

적어도 세현이가 나보다 더 강한 천공기사, 즉 보라색 등급의 이면공간을 들어갈 정도가 되기 전까진 나를 찾겠다고 성급하게 서둘진 말아라.

알았지?

사실 이번 남색 등급 이면공간으로 들어가는 가서 형이 꼭 해야 할 일이 있단다. 지금 그걸 말하긴 어렵지만 세현아, 이렇게 되어서 형이 정말 미안하다.

하지만 어쩔 수가 없구나. 형에겐 너무 중요한 일이거든.

그리고 마지막으로.

알고 있겠지만 네게 이런 말을 해서 미안한데, 세상에 믿을 놈은 없다. 오직 너와 나, 둘만이 서로의 등을 기댈 수 있다는 걸 명심해라.

세현아, 세상을 이겨라!

세현은 그렇게 끝난 형의 편지를 움켜쥐고 주르륵 눈물을 흘렸다.

붉은색 이면공간으로 들어가다

세현은 천공기를 들고 홀린 듯이 바라보았다.

팔찌 형태의 그것은 형의 천공기와 많이 닮아 있었다.

'하지만 이건 도대체 어떻게 된 거지?'

세현은 팥쥐라는 이름이 붙은 천공기를 살피며 혼란스러운 표정을 감출 수가 없었다.

빨주노초파남보.

일곱 색의 보석이 팔찌의 테두리를 돌아가며 박혀 있는 천공기 팔쥐.

중요한 것은 보라색 보석이었다.

형의 천공기인 콩쥐에도 보라색 보석은 없었다.

지금 세현의 손에 들린 천공기는 지금까지 누구도 확인하지 못한 최상급 이면공간으로 들어갈 수 있는 천공기 주얼을 장착하고 있는 것이다.

세현이 알기로 지금도 남색 등급의 이면공간으로 들어갈 수 있는 천공기사의 수는 십여 명이 고작이었다.

그것도 전 세계를 통틀어서 겨우 그 숫자였다.

그들은 천공기사들의 정점에 서 있는 이들이지만, 그들도 아직까지 보라색 등급의 천공기 주얼을 가지고 있는 이는 없었다. 그들의 행보는 언제나 방송 매체에 노출이 되어 있고, 천공기의 상태역시 개방된 상태였다. 사실상 이름이 알려진 천공기사들의 천공기는 그들이 천공기를 부르는 애칭과 함께 자주 소개가 된다.

보통은 몸에 흡수가 된 상태로 겉으로 드러나지 않는 천공기지만 에테르를 다루는데 익숙해지면 언제든 외부로 발현을 해서 보여줄 수 있었다.

거기다가 천공기는 주인인 천공기사가 에테르를 다루는데 능숙해지고 강한 에테르를 지닐수록 더 화려하고 아름답게 변하는 특성이 있었다. 마치 문신처럼 새겨진 천공기가 멋스럽게 변한 모습을 자랑하는 것은 수준 높은 천공기사들의 또 다른 자기 PR이었다. 하지만 그렇게 소개된 어떤 천공기에도 보라색 주얼을 장착한 경우는 없었다.

형, 강현의 실종 후에 남색 등급의 이면공간에 들어갈 자격을 얻은 이들이 있고, 그들이 간혹 파티를 꾸려서 남색 이면공간을 드나들기도 한다.

하지만 그들 중에 누구도 보라색 천공기 주얼을 얻은 이는 없었다. 만약 보라색 천공기 주얼이 나타났다면 세계는 또 한 번 떠들썩했을 것이다. 그런데 지금껏 단 한 번도 나타난 적이 없는 보라색 등급의 천공기 주얼이 팔쥐에게 장착되어 있으니 세현이 놀라는 것은 당연했다.

물론 천공기 팔쥐에 장착된 보석들 중에서 지금 당장 에테르가 숨 쉬듯 일렁이는 것은 붉은색의 보석뿐이었다.

그 말은 지금 천공기로 이동할 수 있는 곳은 붉은색 등급의 이면공간뿐이란 소리였다. 천공기 주얼은 에테르가 가득 충전이 되어야 사용이 가능하다.

그리고 에테르가 가득 찬 천공기 주얼은 마치 숨 쉬는 것처럼 빛의 명멸이 나타난다. 하지만 천공기 주얼의 에테르는 자동으로 충전되는 것이 아니었다.

유독 붉은색 등급의 천공기 주얼만 스스로 에테르를 생산해서 충전이 되고, 나머지는 자동으로 충전이 되지 않는다. 다른 등급의 천공기 주얼은 천공기의 주인이 에테르를 직접 주입해서 충전해야 하는 것이다.

어쨌건 지금 팔쥐의 상태는 붉은색 등급의 천공기 주얼이 충전되어 있는 상태였다. 그러니 지금 팔쥐를 착용하면 세현은 곧바로 붉은색의 이면공간으로 끌려가게 된다.

세현이 에테르를 다루지 못하기 때문에 천공기를 제어할 수가 없으니 당연한 일이다. 스스로 에테르를 제어하지 못하는 상황에서 천공기를 착용하면 충전된 천공기는 자동적으로 동작을 한다. 곧바로 이면공간으로 들어가게 된다는 소리다.

세현은 조심스럽게 천공기를 상자에 내려놓았다.

그리고 상자 속의 마지막 물건인 다이어리를 꺼내들었다.

"요즘 세상에 종이로 된 다이어리라니, 형도 참 이상한 구석이 있어."

세현은 그렇게 중얼거리며 다이어리를 펼쳤다.

하지만 실제로 천공기사들이 전자제품을 선호하는 경우는 거의 없었다. 대부분의 천공기사들은 전자기력을 사용하지 않는 도구들을 주로 썼다. 그 이유는 이면공간에서 전자제품이 완전히 쓸모가 없어지기 때문이다.

묘하게도 에테르는 전자제품과 상극이었다.

에테르가 일정 이상 분포하는 곳에서는 모든 전자기력이 힘을 잃게 된다. 그나마 에테르 주얼의 경우에는 보석 안의 에테르가 밖으로 흘러나오지 않았다.

그래서 주변의 전자기기에 영향을 주지 않는다.

그리고 보석에서 에테르를 다른 힘으로 바꾸어 꺼낼 수는 있어도 에테르 자체로 꺼내진 못한다.

몇몇 국가에서는 에테르 주얼 자체를 폭발시켜서 강력한 EMP 폭탄을 만들려는 시도를 하고 있다는 이야기가 있지만 아직 성공했다는 소리는 없었다.

인류에겐 정말 다행스럽게도 에테르 주얼에서 힘을 끌어내면 에테르 본연의 것이 아닌 다른 성질로 바뀌는 것을 막는 방법은 아직 찾지 못하고 있었다.

사실상 에테르는 천공기사의 신체 내부와 이면공간에서 가지고 나온 특별한 물건들 내부에만 존재하는 에너지인 것이다. 물론 그렇게 물건 속에 존재하는 에테르를 전기력이나 생명력 등으로 쉽게 변환시킬 수 있기 때문에 에테르가 함유된 모든 것은 엄청난 가치를 지니는 것이었다.

어쨌건 이면공간에서는 전자제품을 전혀 사용할 수가 없다. 그래서 그곳에서 활동하는 시간이 많은 천공기사들은 전자제품을 최대한 사용하지 않으려 했다.

편리한 도구지만 현실에서 잘 쓰다가 이면공간에 들어가는 순간부터 사용하지 못하게 되면 무척 답답해지는 것이다.

그래서 천공기사들은 차라리 전자기력을 쓰지 않는 물품에 익숙해지는 쪽을 택했다. 천공기사들이 디지털이 아닌 아날로그를 선호한다는 말은 그런 이유에서 나온 것이었다.

세현도 그걸 알고 있으면서도 평소 쓰지 않던 종이책 형태의 다이어리가 낯설어 투덜거리는 것이었다.

동생을 위한 위대한 형님의 이면공간 지침서.

아무 글씨나 그림도 없는 투박한 갈색의 가죽 표지를 넘긴 첫 페이지에 그와 같은 글귀가 나타났다. 결국 강현은 처음부터 세현을 위해서 다이어리를 적기 시작했다는 말이었다.

세현은 다시 한 페이지를 넘겼다.

붉은색 등급의 이면공간.

또 다른 목차가 나왔다.

그리고 그 아래로 붉은색 등급의 이면공간에 대한 개괄적인 설명들이 이어졌다.

언제부터 다이어리를 쓰기 시작했는지 모르지만 내용은 체계적으로 정리가 되어 있었다. 그때그때 생각을 정리하지 않고 적어 내려간 글이 아니란 소리였다.

모든 이면공간은 크게 세 가지로 나누어질 수 있다.

그중에 하나는 흔히 농장이나 광산으로 불리는 평화 필드다.

이곳에는 별다른 위험이 존재하지 않는다. 그저 숲이나 산이 존재할 뿐이고 동식물도 위험하지 않은 수준이다. 물론 지구에 존재하지 않는 동식물이 등장할 수도 있지만 몬스터가 아닌 것들은 위험인자로 분류하지 않는다.

간혹 평화필드에서 야수에게 공격당하는 경우가 있기는 하지만 그것들은 현실에서도 일어날 수 있는 수준이라 무시한다.

그 다음은 몬스터들이 나타나는 전투필드다.

이곳에는 지구에는 존재하지 않는 전혀 다른 생물들이 나타나는데, 이것들을 몬스터라 부른다.

그것들을 이면공간의 다른 생물들과 다르게 몬스터로 분류하는 이유는 그것들이 엄청난 공격성을 지니고 있기 때문이다. 그것들은 에테르를 기반으로 하는 생명체로 다른 종류의 생명체에겐 극단적인 공격성을 보인다.

그런 몬스터의 특징은 사망 후에 신체의 많은 부분이 에테르로 바뀌어 대기 중으로 흩어진다는 것이다. 그렇게 흩어지고 남은 부분이 있다면 그것이 천공기사의 수입원이 되는 것들이다. 뭐가 되었건 몬스터가 남긴 것은 돈이 된다.

그렇지만 전투필드는 한마디로 무척 위험하다.

나는 첫 필드가 평화필드였고, 그곳에서 거대한 맹수를 만나서 죽을 고비를 넘겼지만, 그것은 전투 필드의 위험에 비할 바는 절대 아니었다고 생각한다. 만약 내가 전투필드에 먼저 들어갔다면 살아남기 어려웠을 것이다.

그랬다면 천공기사 진강현은 없었을 것이다.

다시 말하지만 전투필드는 무척 위험하다.

만반의 준비를 갖추고 들어가야 할 곳임을 다시 한 번 강조한다.

마지막으로 이면공간의 세 번째 필드는 스페셜 필드라고 부르는 곳이다.

평화필드나 전투필드 어느 쪽이건 상관없이 에테르 기반 생명체가 아닌 지성체가 존재하는 필드를 스페셜 필드라고 부른다. 이 말은 곧 이면공간에서는 인간이 아닌 지성 종족을 만날 확률이 있다는 것이다.

만약 그런 행운을 얻게 된다면 분명하게 말하지만 절대로 그들을 적대하지 마라. 이면공간의 지성 종족을 적대한다면 그가 누가 되었건 그에 대한 대가를 혹독하게 치르게 될 것이다. 아무리 약하게 보이는 지성 종족이라도 건드리지 말 것을 경고한다.

오히려 그들과 친해진다면 그 혜택은 무궁무진하다.

그러니 반드시 기억해라.

스페셜 필드를 발견했다면 너는 천공기사 최고의 행운을 잡은 것이다.

세현은 형의 다이어리를 읽으며 새로운 사실을 알았다.

세상 사람들에 대해서 그다지 호의적이지 않은 형이, 이면공간의 지성 종족에 대해서는 어떤 경우에도 우호적인 관계를 맺으라 하고 있는 것이다.

'뭔가 있다는 건가?'

세현은 형이 이유 없이 스페셜 필드에 대해서 강조한 것은 아닐 거라고 생각했다.

그러면서 더욱 세심하게 다이어리 내용을 읽기 시작했다.

세현은 다이어리의 내용에서 주황색 이면공간에 대한 내용까지만 읽고 다이어리를 덮었다.

그것은 강현이 그렇게 하기를 바랐기 때문이었다.

노란색 등급의 이면공간에 대한 내용은 세현이 주황색 등급에서 자유롭게 활동을 할 수 있게 되면 그때 읽으라고 권하고 있었다. 자칫 상급 단계의 이면공간에 혹해서 하위 등급의 이면공간을 가볍게 여길 것을 걱정한 것이었다.

다이어리를 덮은 세현은 조심스럽게 천공기 팔찌를 다시 들었다.

여전히 붉은색의 천공기 주얼이 요요하게 빛나고 있었다.

"이걸 여기서 쓰면 안 된단 말이지?"

세현은 '팥쥐'를 다시 상자 속에 넣었다.

그리고 다시 다이어리를 펼쳤다.

거기에는 형인 강현이 세현에게 권하는 붉은색 이면공간에 대한 내용이 있었다.

형은 세현에게 이면공간에 적응할 때까지는 안전한 평화 필드를 선택해서 들어가라고 권하고 있었다. 그리고 다이어리 안에는 형이 준비한 평화 필드의 지도가 있었다.

이면공간은 지구상의 장소 이동에 따라서 진입공간이 달라진다. 어떤 경우에는 한 걸음 차이를 두고 서로 다른 이면공간으로 들어가게 되기도 한다.

그리고 그런 일은 생각보다 흔하게 일어나는 일이다.

때문에 천공기사들은 이미 확인이 된 이면공간으로 들어가는 경우가 많았다.

자칫 확인되지 않은 장소에서 이면공간으로 들어갔다가 전투필드에 떨어지게 되면 초보 천공기사는 목숨이 위태롭게 된다. 때문에 대부분의 천공기사는 멘토를 두고 함께 행동하고 또 이면공간으로 들어갈 때에도 멘토의 안내를 따라서 안전한 곳으로 진입한다.

하지만 세현의 경우에는 자신이 천공기사가 되었다는 사실을 숨겨야 할 상황이었다.

때문에 세현은 멘토의 도움을 받을 수가 없는 입장이었다.

당연히 안전한 위치에서 이면공간으로 들어가는 것이 무엇보다 중요했는데 형인 강현이 미리 그것을 준비를 해둔 것이다. 형의 말로는 그 필드는 평화 필드이며 경우에 따라서 스페셜 필드가 될 확률도 있는 곳이라 했다. 스페셜 필드는 지성 종족이 있는 이면 공간을 말하는 것인데, 경우에 따라서 스페셜 필드가 된다고 하는 것은 그곳에 간혹 이면공간의 지성 종족이 찾아오는 경우가 있다는 뜻이었다.

세현은 형의 다리어리를 토대로 이면공간에 들어갈 준비를 시작했다.

이면공간에서는 전자 제품을 전혀 쓸 수가 없었다.

거기다가 에테르 생명체인 몬스터들은 에테르가 포함된 타격이 아니면 큰 충격을 받지 않는다.

때문에 총기의 효과가 그리 크지 않다.

화약을 사용하는 것이 가능하지만 몬스터를 상대로는 그다지 의미가 없다는 평가가 있었다.

다만 평화 필드에서 등장하는 맹수들에는 그런대로 효과가 있었다. 그럼에도 천공기사들이 화약을 사용하는 총기를 별로 쓰지 않는데 그것은 그만한 이유가 있었다.

에테르 기반 생명체인 몬스터에게 총기가 효과가 적은 것은 물론이고 이면공간의 일반 동물들 중에서도 에테르를 쓰는 경우가 있기 때문이었다. 붉은색 등급의 이면공간에서는 총기가 일반 동물에게 제법 효과가 있지만 상급의 이면공간으로 올라갈수록 효과는 줄어든다.

그래서 천공기사들이 사용하는 것은 일명 냉병기라고 하는 날붙이들이 많았다. 세현도 이면공간으로 들어가기 전에 그런 날붙이를 준비할 필요를 느꼈다.

하지만 세현은 여전히 감시의 눈길을 의식하고 있었다. 세현이 발견하지 못한다고 없다고 확신할 수는 없었던 것이다.

결국 세현은 이미 가지고 있던 것들을 최대한 활용해서 이면공간으로 들어갈 준비를 했다.

붉은색 등급의 천공기는 대체로 30리터 정도의 부피까지 이면공간으로 갈수 있게 해주었다.

무게가 아닌 부피로 결정되는데, 입고 있는 옷까지 부피에 포함되기 때문에 넉넉한 양을 들고 갈 수 없었다.

"괜찮겠지. 형이 안전한 곳이라고 했으니까."

세현은 그렇게 중얼거리며 등산배낭을 짊어지고 현관을 나섰다. 벌써 형이 보낸 선물을 받은 것이 한 달이 지난 시점이었다. 그 사이에 세현은 아르바이트를 그만두었고, 주변을 정리하며 실의에 빠진 모습을 연출했다.

그리고 자주 가까운 산으로 등산을 가곤 했다.

혹시 세현을 감시하는 눈길이 있더라도 오늘 세현이 등산을 나서는 것을 이상하게 여기지는 않을 것이다. 그리고 혹시 모를 감시자가 있다면 세현이 예상치 못한 곳에서 사라지는 것을 경험하게 될 것이다. 강현의 지도에 표시된 곳은 누구도 상상하기 어려운 장소를 가리키고 있었으니까.

세현은 집을 나서기 전에 텅빈 응접실을 돌아보고는 현관을 나섰다.

Chapter 2

붉은색 이면공간에서 타모얀의 대우를 만나다

세현은 배낭을 추스르며 남모르게 주변을 살폈다.

혹시라도 미행이 있을지 모른다는 불안감의 표현이었다.

지금의 행동은 그저 오랜 습관처럼 굳어진 것이었다.

"생각해보면 멍청한 짓이지. 이면공간에 들어가 있으면 난 실종된 거나 마찬가진데 혹시라도 내게 관심이 있는 사람들이 있다면 그걸 모를까? 괜히 한 달이나 시간을 끌면서 이리저리 준비를 한 건 아닌가 몰라."

세현을 지하철역으로 들어가며 작게 중얼거렸다. 생각해보니 형의 선물을 받고 한 달 동안 주변 정리를 한 것이 별로 의미가 없는 행동이었던 것 같았던 것이다.

승강장에 도착하고 얼마 지나지 않아서 지하철이 도착했다.

요즈음 지하철은 사람들을 오래 기다리게 하지 않는다.

치이이이익 치이이이익!

에테르의 힘을 척력으로 변화시켜 차체를 띄운 지하철은 원래 소리가 없지만 지하철이 들어올 때에는 역내의 스피커를 통해서 예전 지하철 소리가 나오게 하고 있었다.

아무 소리도 없이 왔다가 가는 지하철을 사람들이 놓치는 경우가 많아서 만들어낸 시스템이었다.

세현은 배낭을 맨 상태로 지하철에 올랐다.

그리고 제일 마지막 칸으로 걸음을 옮겼다.

"이게 맞나?"

세현의 눈길이 지하철의 마지막 칸의 제일 끝, 구석진 자리로 향했다. 거기에는 자전거를 거치할 수 있는 거치대가 있었고, 맞은 편에 자전거의 주인이 앉을 좌석이 준비되어 있었다.

'여기가 맞아. 그럼 이제는…….'

세현은 형이 이야기한 위치에 서서 두근거리는 가슴을 간신히 달래면서 때를 기다렸다. 형이 가르쳐준 이면공간으로 들어가기 위해서는 몇 가지 조건을 지켜야 했다.

먼저 4호선 지하철의 마지막 칸에 타서 미아역으로 향한다. 미아역에서 지하철이 멈추면 객차의 제일 마지막 칸의 선로쪽 창문에 나타나는 기둥을 정면으로 마주보고 선다. 설 때는 자전거 거치대 끝에 오금이 닿을 거리에 서야 한다고 했다.

그 상태로 천공기를 착용해서 입장을 하라고 되어 있었다.

세현은 미아역이 가까워지자 크게 숨을 내쉬었다.

미아역은 환승역이 아니었다.

그래서 그런지 승객의 수가 많지 않았고, 더구나 마지막 칸으로 오는 이들은 별로 없었다.

사실 지하철의 운행 간격이 매우 짧기 때문에 굳이 끄트머리까지 올 필요가 없다. 지금도 세현이 있는 칸에는 세현까지 네 사람이 전부였다. 세현을 그들을 힐끗 바라봤지만 누구도 세현 쪽에 관심을 두지 않았다.

치이이이익 치치익!

스피커에서 지하철 정차 소리가 들렸다. 그리고 약간 몸이 쏠리며 정차하는 것을 느낄 수 있게 해주었다.

치이이익!

차가 정차한 순간, 세현은 곧바로 선로 쪽의 창을 보고 사각형의 기둥의 정면을 찾아 섰다. 그리고 오금 부분에 자전거 거치대가 닿도록 조금씩 뒤로 물러났다.

'됐다!'

세현은 느낌이 온 순간 오른손에 쥐고 있던 '팔쥐'를 꺼내서 빠르게 왼쪽 손목에 끼워 넣었다.

순간 세현은 자신이 서 있는 공간이 한꺼번에 무너지면서 새로운 세상이 만들어지는 경험을 했다. 세현이 살짝 제자리 뛰기를 한 그 짧은 순간에 현실 세상이 바닥으로 꺼지고 그 자리에 새로운 공간이 자리를 잡은 느낌이었다.

"웃!"

세현은 몸의 균형이 어긋나는 것을 느끼며 짧게 신음성을 냈다. 그리고 주변을 살폈다.

"여기가… 이면공간?"

세상은 이면공간에 대한 정보로 넘쳐났다. 그래서 이면공간이 어떤 곳이라는 말은 정말 많이 들을 수 있다.

거기다가 이면공간에서 천공기사들이 얻은 것들은 매일같이 방송에 소개가 된다.

당연히 사람들은 이면공간이 어떤 곳인지 잘 알고 있다.

세현도 자신이 이면공간에 들어가지는 못하지만 그곳에 어떤 곳인지는 잘 알고 있다고 생각했다. 하지만 지금 세현은 진짜로 이면공간에 들어와 보는 것과 상상만으로 이면공간을 아는 것은 엄청난 차이가 있다는 것을 깨달았다.

세현이 제일 먼저 느끼는 것은 에테르였다.

지구상에는 존재하지 않는 그것이 이면공간에는 있었다.

거기다가 천공기의 주인인 천공기사는 에테르에 민감한 체질을 가지고 있게 마련이다. 지금 세현은 텅 비어 있던 몸으로 거침없이 밀려드는 에테르를 확실하게 느끼고 있었다.

그것은 숨을 쉴 때에도 마찬가지였다.

호흡 한 번, 한 번에 에테르가 폐를 통해 들어와서 온몸으로 퍼지고 있었다.

"아, 이런 거구나."

에테르를 호흡한다는 것이 어떤 것인지 체감하며 세현은 감탄사를 토했다.

하지만 그런 감동은 오래가지 않았다.

세현은 일단 등에 매고 있던 가방이 무사한지 확인했다.

허용된 체적을 초과하면 이동 중에 망실되는 부분이 생기기 때문에 꼭 확인을 해야 했다. 다행히 계산이 어긋난 것은 없었던지 세현이 가지고 온 물건들에 이상은 없었다. 그것을 확인한 후, 세현은 서둘러서 걸음을 옮기기 시작했다.

세현이 있는 곳은 한 쪽은 숲이고 다른 쪽은 초지가 있는 경계였다. 숲은 제법 울창한 편이고, 초지에는 대부분 풀이 자라고 있었지만 여기저기 자갈이 섞인 돌이 드러나 있기도 하고 키 작은 관목들이 듬성듬성 군락을 이루기도 했다.

강현은 이 공간에는 위험이 없다고 했다.

이곳에는 여러 식물과 함께 초식 동물이 몇 종류 있고, 육식 동물은 삵 정도 크기의 고양잇과 맹수뿐이라고 했다. 그러니 세현을 위협할 것은 전혀 없다고 봐도 되는 것이다.

하지만 세현은 이곳이 정말 강현이 말한 그 이면공간인지 확신을 할 수 없었다. 아주 약간의 차이로도 다른 이면공간으로 들어갈 수 있다고 강현이 누차 강조했던 것이다.

물론 그렇게 다른 공간으로 들어가도 전투 필드로 들어갈 일은 없다고 했다. 미아역에서 들어가는 붉은색 이면공간은 강현이 확인한 바로는 전투 필드가 하나밖에 없었기 때문이다.

그리고 그것은 미아역의 매표소 스낵코너 쪽에서 들어갈 때에만 갈 수 있는 곳이라 세현이 입장한 장소와는 무관했다. 실수로 진입 위치를 잘못 잡았다고 하더라도 평화 필드에 들어왔을 것이다. 다만 그렇게 되면 강현이 준비한 것들을 찾을 수 없을 거란 것이 문제였다.

어쨌거나 세현은 서둘러서 강현이 말한 곳으로 움직였다.

세현이 움직인 방향은 숲이었다.

강현의 말에 따르면 숲의 중앙에 작은 연못이 있다고 했다.

"제대로 찾은 것 같은데?"

세현은 숲으로 들어가며 점점 울창해지는 나무들을 보며 불안해하다가 어느 순간 시야가 확 트이면서 연못이 나타나자 얼굴이 활짝 펴졌다.

한 가지의 나무들만 연못 주변에 자라고 있는 것이나, 그 나무 몇 그루가 서로 붙어서 마치 벽을 세운 것 같은 모습을 한 것이 다이어리에 있는 내용과 같았다.

형이 말한 장소를 드디어 찾은 것이다.

＊　　　　＊　　　　＊

성큼성큼.

세현의 보폭이 넓어지고 걸음은 빨라졌다.

세현은 나무들이 서로 붙어서 자라며 벽처럼 만들어진 곳을 향해 똑바로 걸어갔다.

그리고 그곳에서 형이 말한 흔적을 찾았다.

벽처럼 서 있는 나무들 사이로 사람이 드나들 수 있을 정도의 틈이 있었다.

그리고 그 틈을 나무로 된 문이 막고 있었다.

사람의 흔적이고 형이 다이어리에서 말한 바로 그 문이다.

세현은 거침없이 문을 열고 들어갔다.

실내에는 소박한 탁자와 의자, 침대 같은 것들이 있었다.

세현은 탁자 위에서 종이 한 장을 발견했다.

여어, 왔냐? 세현이 맞겠지? 다른 놈이면 이 종이 그냥 내려놔라. 여길 쓰는 건 상관이 없지만 쓰고 돌아갈 때에는 뒤에 올 사람을 위해서 깔끔하게 정리도 해두고. 여긴 내가 동생을 위해서 만든 곳이니까 말이야.

그리고 세현이면 이제부터 열심히 수련해서 최고의 천공기사가 되겠다는 각오를 가지고, 파이팅하는 거다! 알았지?

"그래, 알았어. 형!"

세현은 종이를 끝까지 읽고 마치 곁에 형이 있는 듯이 대답했다. 그리고 배낭을 풀어서 물건들을 정리하며 방을 청소하기 시작했다. 가구들이 부서지거나 한 것은 없어서 먼지만 털어 내면 끝인 청소였다.

"휴우."

세현은 의자에 낮아서 한숨을 쉬었다.

그 한숨은 긴장감과 암담함 때문이었다.

이제 세현은 이곳에서 본격적으로 수련을 해야 한다. 에테르를 느끼고 그것을 몸에 받아들여야 한다.

하지만 그게 끝이 아니었다.

정작 중요한 것을 그 에테르를 몸에 안착시키는 것이다. 세현을 그 모든 것을 홀로 해나갈 생각을 하니 저도 모르게 한숨이 나왔다.

"일단 좀 쉬자. 내일부터는 정말 바쁠 테니까."

세현은 오늘 하루 너무 많은 일들이 있었다는 생각을 하며 침대로 걸어가 털썩 몸을 던지고 눈을 감았다.

씻고 먹는 것도 귀찮게 느껴지는 세현이었다.

*   *   *

세현은 눈을 뜨고 잠시 동안 자신이 있는 곳이 어딘지 몰라서 혼란을 느꼈다.

"아, 형의 아지트!"

세현은 벌떡 몸을 일으켰다. 자신이 이면공간 안에 들어와 있다는 사실을 깨달은 것이다.

오늘부터 정식으로 에테르 수련을 해야 할 터였다. 혼자서 하는 수련이지만 게으름을 피울 생각은 없었다. 그럴 것 같았으면 무리해서 이면공간으로 들어오지도 않았을 것이다.

세현은 곧바로 밖으로 나가 연못에서 세수를 하고 아지트 안에서 아침을 먹었다. 그리곤 다시 연못 가까운 곳에 있는 넓은 바위에 올라앉았다. 그 바위는 형이 에테르 호흡을 할 때에 즐겨 앉던 곳이라 했다.

바위 위에 앉은 세현은 천천히 마음을 가다듬었다.

일단 에테르를 느끼는 것은 문제가 없으니 그것을 생각의 힘, 즉 의념으로 움직이는 것이 첫 관문이었다.

세현은 하루 종일 꼼짝도 않고 바위에 앉아서 에테르 호흡을 하기 위해서 애를 썼다.

하지만 에테르를 의지의 힘으로 움직인다는 이론을 안다고 그것을 실현하는 것은 쉽지 않았다. 하지만 세현은 지쳐서 쓰러질 때까지 시도를 멈추지 않았고, 밤이 되어 잠자리에 들 때면 언제나 내일은 성공할 거라고 각오를 다졌다.

그렇게 사흘이 흘러갔다.

하지만 세현은 아직도 에테르를 의념으로 움직이는데 성공하지 못하고 있었다.

"이러다가 이면공간 밖으로 튕겨나갈 수도 있겠는데? 그건 정말 곤란한데 말이지."

세현이 왼쪽 손목을 오른손으로 잡고 비틀 듯이 쓰다듬으며 중얼거렸다.

붉은색의 천공기 주얼은 스스로 충전이 되고 충전이 완료되면 그 주인을 이동시킨다. 이면공간 밖에서는 이면공간으로, 이면공간 안에서는 현실공간으로 옮겨 버리는 것이다.

그리고 붉은색 천공기 주얼이 충전되는 시간은 이면공간에 따라서 8일에서 15일 사이였다.

세현이 걱정하는 것도 바로 그것이었다. 지금은 보이지 않는 천공기 팔쥐, 하지만 그 팔쥐의 붉은색 천공기 주얼은 지금도 계속해서 충전이 되고 있을 것이다.

어서 빨리 에테르를 몸에 각인하고 천공기를 통제할 수 있어야 했다. 그렇지 못하면 어느 순간 미아역의 선로 위, 혹은 지하철 실내에 있는 자신을 발견하게 될지도 모를 일이었다.

"곤란하네……."

"뭐가 그렇게 곤란해? 내가 좀 도와줄까?"

세현의 혼잣말에 갑작스럽게 낯선 목소리가 끼어들었다.

"어엇? 누구냐?!"

세현이 깜짝 놀라서 몸을 일으켰다. 그러면서 아지트 안에 준비되어 있던 연습용 검과 방패라도 가까이 뒀어야 한다는 후회를 했다.

지금 세현은 아무것도 들지 않은 빈 몸이었던 것이다.

"세현? 맞냐?"

하지만 목소리의 주인은 세현이 놀라는 것에는 아랑곳하지 않고 태평스런 목소리로 다시 물었다.

"누, 누구십니까?"

세현은 목소리의 주인을 확인하고는 곧바로 경어를 사용했다. 상대는 덩치가 큰 것도 큰 것이지만 얼굴에 털이 많아서 제법 나이가 많아 보이기도 했기 때문이었다.

"질문에 질문으로 대답하는 건 좋은 대화법이 아니지. 우물우물, 뭐 일단 내가 손님인 상황이니까 내 소개부터 하지. 난 타모얀의 대우라고 한다. 우물."

"대우요?"

"그래. 그런데 너는 계속 묻기만 하는구나? 우물우물. 너, 세현 맞냐? 강현의 동생."

"마, 맞습니다."

세현은 형의 이름이 나오자 정신이 번쩍 들어서 큰 소리로 대답했다.

"그래. 그럴 거라고 생각했다. 넌 강현을 많이 닮았어. 참, 내 이름은 대우다. 그게 큰 소를 뜻하는 거라고 하더라. 강현이 지어준 이름이거든. 그 녀석은 내가 큰 소로 보인다고 했지. 음, 꺼어억!"

"그, 그렇군요."

세현은 대우의 말에 마땅히 대꾸할 말을 찾지 못했다.

대우는 형의 느낌대로 큰 소를 떠올리게 하는 이였다.

머리 정중앙에 가르마를 한 것처럼 생긴 뿔이 커다랗게 나 있었는데 어디선가 봤던 물소의 뿔을 연상시켰다. 거기다가 얼굴 모양도 확실히 소의 그것을 닮아 있었다. 만약 밖에서 봤다면 미노타우로스를 제일 먼저 떠올렸을 것이다.

그는 짙은 갈색이 주를 이룬 가죽 코트를 입고 있었는데 커다란 덩치를 모두 수용하고도 넉넉하게 남을 정도로 품이 컸다.

정중앙 가르마를 닮은 뿔, 그 아래에 속눈썹이 예쁜 커다란 눈, 툭 튀어나온 주둥이 끝에 매끈한 코와 그 아래의 입.

대우는 덩치가 큰 것만 빼면 친근감이 가는 모습이었다.

"그나저나 넌 운이 좋구나? 강현의 부탁 때문에 내가 여길 간혹 들르긴 하지만 이렇게 딱 만나긴 쉽지 않았을 텐데 말이야. 우물우물."

"형이 부탁을 했습니까?"

"그래. 그 녀석이 언젠가 여기 동생이 오게 될 거라고 가끔 들러서 확인해 달라고 했지. 거기다가 동생의 수련도 좀 봐 달라고 했고 말이야. 우물우물."

"저, 그게 언제였습니까? 사실 형은 4년 전에 이면공간으로 들어간 후에 실종된 상황이라서요."

세현이 다급하게 물었다.

에테르와 각성 능력을 얻다

"그래? 그 녀석 쉽게 어떻게 될 녀석이 아닌데? 도대체 어딜 들어간 거지? 우물우물."

"남색 등급의 이면공간이었습니다."

"음, 이쪽에서 남색 등급은 하나밖에 없는데? 강현 녀석의 나라, 그러니까 너희 나라에서 남색 등급으로 들어가면 거기밖에 없지. 하지만 그 정도에 당할 강현이 녀석이 아니었는데? 우물우물 꿀꺽!"

대우는 이해가 되지 않는다는 표정을 지었다.

"뭐, 무슨 사정이 있겠지. 걱정하지 마라. 내가 아는 강현은 쉽게 어떻게 될 놈이 아니다. 다만 이곳 이면공간이 워낙 변수가 많아서 자칫하면 엉뚱한 일을 겪게 되는 곳이니까, 녀석도 그런 상황일 거다. 곧 돌아오겠지. 끄어억!"

대우는 강현이 실종이 되었다는 말에 잠깐 고민을 하는가 싶더니 곧바로 별것 아닐 거란 듯이 말했다. 그는 강현에게 생길 수 있는 최악의 상황은 아예 고려를 하지 않는 듯했다.

세현은 대우가 형의 능력을 무척 신뢰하고 있음을 알 수 있었다.

적어도 대우는 형이 사고를 당했을 거라곤 생각지 않은 모양이었다. 세현은 그런 대우의 태도에 형이 무사할 거라는 보장을 받은 것처럼 안정감을 느꼈다.

"그러니까 네 형은 신경 쓰지 말고 일단 너부터 좀 어떻게 하자. 강현이 동생치고는 너무 약하잖아. 우물우물."

"윽!"

세현은 대우의 거침없는 돌직구에 그대로 침몰했다.

"저기 그런데 아까부터 뭘 그렇게 씹고 계시는 거죠?"

세현이 이대로 밀릴 수는 없다는 생각에 대우에게 물었다.

"음? 넌 모르는구나? 우린 위가 여덟 개야. 그래서 일단 위에다가 먹은 것들을 넣어 두지. 그 후에 시간 날 때마다 꺼내서 씹어먹는단 말이지. 움움 우물우물."

"되새김질인 겁니까?!"

*　　　　*　　　　*

"에테르를 몸에 안착시키는 것은 천공기사에게 무척 중요한 일이야. 너희 천공기사는 에테르를 몸에 안착시키는 순간 각성 능력이라고 하는 특별한 능력을 가지게 되지. 그건 알고 있지? 움물움물."

대우가 에테르에 대해서 교육을 시작하면서 세현에게 물었다.

"네, 알죠. 그걸 에테르를 각성할 때 생기는 능력이라고 해서 각성 능력이라고 부르죠."

"맞아. 사실 에테르와 함께 하나의 능력을 얻게 된다는 말인데 그건 천공기를 사용하는 너희들의 특권 같은 거지. 콰드득 콰드득, 우리 같은 주민들은 그런 혜택이 없거든."

이번에는 뭘 씹었는지 과격한 소리가 대우의 입에서 흘러나온다. 세현은 들어도 못 들은 척 넘어간다. 대우가 뭘 먹었는지 확인하고 싶은 생각은 절대 없었다.

"그래요? 그건 몰랐네요. 하긴 이면공간의 주민들에 대해선 알려진 것이 거의 없죠."

"쯧, 우리 같은 주민을 만나고 무사한 놈들이 별로 없지. 대부분 욕심을 부리다가 대가를 받거든. 그리고 무사한 경우라도 제 이익을 위해서 입을 다물고 말이야. 음음음."

대우는 별로 마음에 들지 않는다는 듯이 말했다.

그의 코에서 뜨거운 바람이 몇 번 뿜어져 나왔다.

"뭐 어쨌건 그건 쓸데없는 이야기니까 넘어가고, 중요한 것은 그거야. 에테르를 몸에 안착시키는 것과 거기서 얻는 특별한 능력 말이야. 우물우물."

"듣기로는 각성 능력은 무조건 운이라면서요?"

세현이 물었다.

"그렇지. 어떤 능력이 생길지는 아무도 모르고, 또 원하는 능력 쪽으로 유도할 방법도 없지. 뻐걱 뻐걱! 그렇다고 천공기에 능력이 담겨 있는 것도 아니지. 각성을 몇 번 하는 병신들을 봐도 같은 각성 능력을 얻는 건 아니라고 하더군."

"그러고 보니까 대우도 천공기라고 부르네요?"

세현이 신기한 듯이 물었다.

"다른 이름으로 부르면 알아 듣기나 해? 강현 녀석이 처음으로 붙인 이름이라니까 그냥 그걸로 쓰는 거지. 버석버석버석!"

"아, 그리고 보니까 대우 씨가 지금 쓰는 말도 한국어네요?"

"푸하하. 아니야, 그게 아니지. 난 타모얀 말을 하는 거고, 넌 너희 말을 하는 거야. 고유 명사만 빼곤 전혀 다른 말이지. 우물우물."

대우는 세현의 말에 어이가 없다는 듯이 웃음을 터뜨렸다.

덕분에 입에 들었던 건더기들이 제법 튀었다.

"윽, 조, 조심 좀 하세요. 그런데 타모얀 언어라고요?"

"그렇지. 몰랐냐? 천공기를 가지고 있으면 이면공간 안에서는 서로 다른 언어를 쓰더라도 대화가 되거든. 그래서 그런 거야. 냠냠."

세현은 대우의 말에 눈만 껌뻑거렸다.

"아, 맞다. 천공기사들은 사용 언어가 달라도 이면공간 안에서는 대화가 가능하다고 들었던 기억이 있네요. 그런데 그게 이면공간의 주민들과 대화를 할 때도 적용이 되는지는 몰랐네요."

"야, 우린 처음 만났을 때부터 말이 통했거든? 너 은근히 둔한 면이 있는 것 같다?"

대우가 세현을 놀리듯이 말했지만 세현은 꿀 먹은 벙어리가 될 수밖에 없었다.

대우의 말이 틀린 구석이 없는 것이다.

"오랫동안 사람들과 제대로 된 대화를 하지 않아서 그런 겁니다. 조금씩 나아질 겁니다."

결국 세현이 찾은 변명은 그것이었다. 형의 실종 이후로 사람들과 거리를 두고 살았던 것이 이유라는.

"자자, 본론으로 돌아오자. 아무튼 에테르를 지니게 되면 그 자체로도 좋지만 너희 천공기사들은 한 가지 특별한 능력을 얻게 되는데, 그것이 어떤 것이냐에 따라서 차후의 성장 방향이나 속도, 가능성에 차이가 생겨. 그건 당연한 일이지. 우물우물우물, 이해가 되냐?"

"네. 대우 님. 좋은 각성 능력을 얻은 천공기사들에 대한 이야기는 종종 방송에서 봤습니다."

"그래. 그렇다면 입 아프게 설명할 이유는 없지. 음음, 자 그럼 이제 본격적으로 에테르 호흡법을 익혀보자."

대우는 그렇게 말하곤 강현의 에테르 호흡법을 세현에게 가르치기 시작했다.

"형의 호흡법을 알고 있어요?"

세현이 놀란 표정으로 물었다.

"내가 익히진 못했지만 알고는 있지. 그래야 너를 가르칠 거 아냐? 커어억! 푸화!"

말 끝에 대우는 크게 트림을 했다.

"그, 그렇군요."

세현은 얼굴을 뒤로 빼면서도 대우에 대한 평가를 상향 조정할 수밖에 없었다. 형이 대우를 얼마나 굳게 믿었는지를 실감한 탓이었다. 세상 사람을 믿지 않는 형이 호흡법까지 알려줄 정도로 믿는 이가 대우인 것이다.

"자, 일단 편하게 앉자. 꼭 다리를 꼴 필요는 없다. 뭐 그래도 그게 편하면 그렇게 앉고. 다음에는 들숨에 폐로 들어오는 에테르를 느껴보자. 으으음! 꿀꺽! 그렇지. 그렇게 느리게 호흡을 하면서 에테르를 정확하게 구별해 내는 것이 중요하지."

대우는 세현이 따라갈 수 있는 적당한 속도로 에테르 호흡법을 가르쳤다.

후우웁!

세현은 살짝 눈을 감은 상태로 천천히 숨을 들이키며 에테르를 폐로 받아들였다. 그리고 그렇게 들어온 에테르를 의념으로 통제하려 애썼다. 에테르 호흡의 첫 과정이 의념으로 에테르를 통제하는 것이다.

"잘 하고 있다. 집중이 중요한 거다. 우물우물, 뭐냐? 내 목소리에 집중이 깨지면 어쩌자는 거냐? 에테르에 집중해라. 오로지 다른 것은 모두 버리고 에테르만 걸러내야 한다."

세현은 대우의 목소리에 집중이 깨지는 것을 느끼고 속으로 투덜거렸다.

겨우 집중을 했는데 그걸 깨다니.

대우는 세현 옆에 비스듬히 옆으로 누워서 왼손으로 귀 밑을 받치고 다리를 꼰 상태로 건들거리고 있었다. 세현은 대우의 뿔 밑으로 얼굴에 바짝 붙은 소의 귀를 상상했다.

"뭐야? 정신 안 차려? 무슨 생각을 하는 거야?! 우물우물우물."

대우는 귀신같이 세현이 딴 생각을 하는 것을 알아차리고 고함을 질렀다. 화들짝 놀란 세현이 다시 호흡법에 집중한다.

*   *   *

세현은 먹고 자는 시간을 제외한 모든 시간에 에테르 호흡에 매달렸다. 언제 팥쥐의 붉은색 천공 주얼의 충전이 끝나서 현실 세계로 튕겨 나갈지 모르는 상황이었다.

대우를 만나고 나흘째 되는 날까지 세현은 에테르 호흡을 완성하지 못하고 있었다. 그래도 이제는 잡념 없이 에테르에 집중할 수 있는 시간이 점점 늘어나고 있었다.

에테르에 생각의 힘으로 영향력을 행사하는 것도 조금씩 성과를 보이고 있었다.

뭔가 가물거리며 실마리가 잡힐 듯했다.

다른 사람들이 보면 기절할 듯이 빠른 성장이지만 세현은 그저 이면공간 밖으로 튕겨 나갈 것만 걱정하고 있었다.

"쯧, 아침부터 고생이 많다. 그나저나 좀 되는 것 같으냐?"

대우가 아지트 입구에서 어슬렁거리며 나왔다.

"아직입니다. 그저 그래요."

"너, 지금 무지 빠른 거거든. 보통은 그 정도 되는데 몇 달은 걸리는 거다, 너."

대우는 세현이 너무 성급한 것이 아닌가 싶어서 걱정이었다.

"하지만 잘못하면 여기서 튕긴다고요. 시간이 별로 없어요."

하지만 세현으로선 급할 수밖에 없는 상황이었다.

"하긴 그것도 그러네. 그래도 거의 된 것 같으니까 힘내라."

대우는 세현의 상황을 보지 않아도 안다는 듯이 말했다.

"휴우, 네네. 열심히 해야죠. 그런데 오늘은 되새김질 안 하시네요?"

"먹은 것이 있어야지. 그렇지 않아도 오늘은 잠시 다녀올 곳이 있다. 할 일도 있고, 배도 채워야 하니까."

세현의 말에 대우는 배를 쓰다듬으며 말했다.

세현은 다시 눈을 감고 에테르 호흡에 집중하기 시작했다. 시간이 얼마나 걸리건 반드시 성공해야 할 일이었다.

집중에 집중을 거듭한 후, 자신의 육체 내면을 수백 배 확대해서 볼 수 있게 된 세현이 보기에 자신의 몸에는 에테르가 움직일 통로가 거의 없는 상태였다.

세현은 형의 호흡법대로 에테르를 움직이게 하기 위해서 몸에 에테르 통로를 만들고 있었다.

'조금만 더 하면 된다.'

세현은 마지막까지 집중을 놓치지 않으려 애쓰면서 에테르 통로를 뚫어 나갔다.

세현은 오늘따라 유달리 집중이 잘 되는 느낌을 받고 있었다.

그리고 그건 모두 대우 덕분이었다.

첫날부터 대우는 언제나 세현에게 수련에 도움이 될 타모얀 비전의 마법을 걸어주고 있었다.

부모가 어린 타모얀을 가르칠 때 사용하는 마법으로 대상자의 집중력을 높여주는 효과가 있었다.

그런데 그 마법이 오늘은 다른 어느 날보다 훨씬 잘 걸린 상태였다. 정신에 간섭하는 마법이라 편차가 큰 편인데, 오늘 세현에겐 최고 수준으로 마법이 걸린 것이다.

모든 에테르 호흡법은 에테르가 흘러서 출발점으로 되돌아오는 방식으로 되어 있었다.

어떤 형태로든 에테르 통로의 시작과 끝은 연결이 되어 있어야 하는 것이다. 그래야 에테르가 어디론가 빠져나가지 않고 몸 안에서 정착을 할 수 있다.

그렇게 원형을 이루는 에테르의 기본 틀을 에테르 서클이라고 한다.

'이제 곧 완성이다!'

세현은 흥분되는 마음을 애써 가라앉히며 마지막 힘을 쏟아서 에테르 통로를 처음 출발했던 곳에 연결시키는데 성공했다.

하지만 통로의 완성이 곧 에테르 서클의 완성은 아니다.

이제 에테르가 지날 통로가 만들어졌으니 에테르 서클을 만들 차례다. 처음과 끝이 연결된 에테르 통로에서 세현의 의념을 받은 에테르가 움직이기 시작했다. 원을 이루며 순환을 시작한 에테르는 세현이 만든 원형의 에테르 통로를 따라서 돌고 또 돌았다.

그러면서 길게 늘어졌다.

그러다가 결국 에테르의 머리가 자신의 꼬리 부분을 따라잡아 꼬리를 콱 물고 하나로 연결이 되었다.

세현의 에테르 서클이 태어나는 순간이었다.

🖐 우우우우웅! 쏴아아아아아!

세현은 자신의 몸 안으로 엄청난 에테르가 쏟아져 들어오는 것을 느꼈다.

사실 그 에테르의 양은 그리 많은 것이 아니었지만 처음으로 몸에 에테르가 정착하는 순간을 경험하는 세현에겐 엄청난 기운이라 할 만했다.

'돼, 됐다!'

세현은 소리라도 지르고 싶은 환희를 느꼈지만 끝까지 참고 견디며 에테르 호흡법을 유지했다.

들숨과 날숨을 따라서 세현의 의념 공간으로 에테르는 끝도 없이 흘러 들어와서 세현이 만든 에테르 통로로 스며들었다.

겨우 끝과 끝이 연결되어 에테르 통로를 흐르고 있던 실 같은 에테르 서클에 그렇게 흘러 들어간 에테르가 더해졌다.

그때마다 아주 미세하게 에테르 서클의 굵기가 굵어진다.

주인인 세현조차 정말 늘어나긴 하는지 의심이 들 정도로 조금씩이지만, 호흡법의 효과가 바로 그것이니 믿을 수밖에.

에테르 호흡법을 계속하면 언젠가 세현이 지금 만들어 놓은 에테르 통로를 가득 채울 정도로 에테르 서클이 굵어질 것이다.

그 후로 통로를 넓히고 서클을 더 두껍게 만드는 과정을 반복하다가 어느 순간 한계에 이르면 통로 밖으로 새로운 통로를 만든다.

강현의 에테르 호흡법은 그렇게 해서 에테르 서클의 수를 늘려가는 것이 핵심이었다.

'되긴 된 것 같은데 나는 어떤 능력을 얻게 된 거지?'

세현은 어느 정도 에테르의 흐름이 안정되고 다시 끊어질 염려는 없다는 확신이 서자 딴 생각을 하기 시작했다.

몸에 에테르 통로를 완성하고 에테르를 정착시키는 것에 성공했다.

그럼 뭔가 새로운 능력을 얻었을 것이다. 하지만 세현은 자신이 얻은 능력이 무엇인지 알 수가 없었다.

분명 에테르 통로에서 에테르의 머리와 꼬리가 연결되는 순간, 뭔가 변화가 있긴 했다.

그 짧은 순간 엄청난 에테르가 몸으로 쏟아져 들어왔고 또 동시에 세현이 만든 단순한 형태의 에테르 통로 주변에 엄청나게 복잡한 에테르 통로가 생겨났다.

그 복잡한 모양의 에테르 통로가 바로 세현이 얻은 능력을 대변하는 것이다.

"뭐야? 왜 에테르를 넣을 수가 없는 거야?"

하지만 그 에테르 통로에는 세현의 에테르가 들어가지 않았다.

"거 참, 신기하네. 너 도대체 무슨 각성 능력을 얻은 거냐?"

대우가 두툼한 검지로 볼을 긁으며 물었다.

"아니, 그걸 알면 제가 대우 님께 여쭤보겠어요?"

"분명히 각성 능력이 생기긴 했는데 에테르를 넣어서 발동을 하려면 되지 않는다고? 우물우물."

"네. 그거죠. 혹시 이게 패시브 능력 뭐 그런 걸까요?"

세현이 대우에게 그렇게 물어보자 대우가 커다란 눈으로 세현은 한심하다는 듯이 바라봤다.

"왜, 왜요?"

"그게 상시 적용 스킬이라면 그 에테르 통로에도 항상 에테르가 흐르고 있어야지. 그래야 능력이 적용이 될 거 아니냐. 쯧, 어째 나보다 더 몰라. 패시브니 뭐니 하는 거 너희 세상 게임에서 나오는 거잖아. 꺼어억! 음음."

"하하하. 그, 그렇죠. 그러고 보니 패시브라면 에테르가 항상 흐르고 있어야 되는 거네요. 네. 맞아요. 그럼 제 각성 능력은 패시브는 아니란 소린데 왜 쓰질 못하죠?"

"자기 능력을 자기가 의도대로 쓰지 못하는 거면, 뭐 조건부 자동 발동형 스킬? 그런 거인 모양이지."

대우가 눈동자를 열심히 굴리며 대답했다.

"뭡니까? 그 급조한 티가 역력하게 나는 스킬 분류는? 지금 그거 생각하느라 되새김질도 잊었죠?"

세현이 눈을 게슴츠레하게 뜨고 대우를 쳐다봤다.

"에테르 각성을 했다고 너 조금 기어오르는 것 같다? 왜 에테르를 얻으니까 내가 만만해 보이냐? 응응."

대우가 코에서 뜨거운 바람을 쏟아내며 세현의 얼굴 가까이 들이댔다.

"에이, 설마 그럴 리가 있겠어요? 그냥 형 친구라고 하니까 조금 편하게 대해도 되지 않을까 하는 거죠. 왜요? 처음처럼 그렇게 대해 드려요?"

"푸륵, 됐다. 쯧, 아무튼 어린 것들이란 천방지축이라니까. 어쨌거나 잘 들어. 뭐 세현이, 니 말대로 스킬 분류야 멋대로 했다지만 내 생각이 틀린 것은 아닐 거야. 음음 우물우물, 일단 네 각성 능력은 분명이 생겼어. 하지만 네 의지로 발현이 되지 않지. 거기다가 자동으로 항상 적용이 되는 것도 아니야. 그럼 당연히 어떤 조건에 충족되면 발동이 될 거란 말이 되는 거지. 우물우물. 꿀꺽."

"그럼 어떻게 해요?"

"뭘 어떻게 해? 수련! 그게 답이지. 이것저것 하다 보면 짜잔 하고 그 능력이 발현되겠지. 음음."

"뭡니까? 그 대책 없어 보이는 대책은?"

"일단 나가! 나가서 훈련이나 해!"

대우도 세현이 얻은 각성 능력이 뭔지 정말 궁금했다.

각성 능력의 발현!!

세현은 에테르 서클을 완성한 후부터 육체 훈련을 시작했다.

에테르가 몸에 깃들면 그 자체로 신체 능력이 높아진다.

그리고 그 에테르를 이용해서 몸 안에 에테르 통로를 어떻게 만드느냐에 따라서 초능을 발휘할 수도 있다.

하지만 그렇게 되기 위해서는 일정 수준 이상의 에테르를 몸에 축적해야 한다. 때문에 몸에 지닌 에테르의 양이 별로 많지 않은 초보 천공기사들은 공통적으로 육체 능력을 이용한 전투기술을 익힌다.

세현 역시 그 순서를 건너뛸 수는 없었다.

휘익! 휙! 휙!

세현은 연못을 앞에 두고 열심히 검을 휘두르고 있었다.

한 손에는 검, 다른 손에는 방패를 든 모습이었다.

한 때, 세현도 형의 뒤를 이어서 천공기사가 되겠다며 훈련을 했던 때가 있었다.

형이 실종되기 전까지 세현은 규칙적으로 검술과 방패술을 익혔었다. 에테르를 사용할 수 없는 상태라서 겨우 형(形)만 배운 경우였지만, 천공기사였던 강현의 가르침을 받았던 세현이다. 때문에 에테르가 깃든 몸으로 검과 방패를 다루는 지금, 세현의 몸놀림은 제법 틀이 잡혀 있었다.

휘익! 휙! 쉬잉! 파방!

검을 휘두르고 이어서 방패를 이용한 타격을 더한다.

그리고 곧바로 다시 앞으로 전진하며 크게 검을 휘두른다.

눈앞에 적이 있는 것을 가정하고 움직이는 쉐도우 무빙.

하지만 세현은 마뜩치 않은 표정으로 움직임을 멈췄다.

"에테르 덕분에 근력이나 민첩성이 높아진 것은 좋지만 그래봐야 조금 더 강해지고 빨라진 것뿐이야. 에테르를 이용한 공격이나 방어는 아직 멀었어."

세현이 연못가에 바위에 올라앉으며 중얼거렸다.

"아주 제대로 기지도 못하는 놈이 뛰겠다고 설치는구나. 그놈의 천공기도 겨우겨우 통제를 하면서 말이다. 그것도 내 도움을 받지 않으면 안 되는 녀석이. 우물웅물."

어딜 다녀오는 모양인지 대우가 반대쪽 숲에서 걸어 나오며 핀잔을 준다.

그런 대우의 등에는 커다란 상자가 어깨끈에 묶여서 매달려 있었다.

"다녀오셨어요?"

"그래."

세현과 대우의 문답을 짧고 간결했다.

대우는 다른 이면공간에 다녀온 것이다.

이면공간의 주민들은 이면공간 사이를 오고가는 특별한 방법이 있다고 했다. 하지만 천공기사의 천공기를 주민이 사용하지 못하는 것처럼 주민들의 방법을 인간인 세현이 쓸 수는 없는 거라고 대우가 못을 박았다.

거기다가 이면공간의 비밀에 대해선 함부로 말하는 못하는 것들이 있다고 해서 대우가 어딜 다녀오던 묻고 따지지 않기로 둘 사이에 암묵적인 약속이 생겼다..

"이거 좀 빨리할 수 있는 방법이 없을까요?"

세현이 대화의 주제를 바꿨다.

대우는 세현이 '이거'라고 대충 이야기했어도 뭘 말하는지 정확하게 알아들었다.

"세상 날로 먹으려 들면 안 되는 거지. 음음, 에테르를 몸에 돌리는 것도 미숙한 놈이 무기나 방패에 에테르를 싣겠다고 욕심을 부리다니, 쯧. 뭐 그래도 꼭 하고 싶다면 방법이 있긴 하지. 음무우."

"방법이 있어요?"

세현이 반색을 하며 대우에게 되물었다.

세현이 원하는 것은 에테르를 겉으로 발현하는 것이었다.

미약하게라도 검이나 방패에 에테르를 깃들게 할 수 있다면 전투 필드에서 몬스터를 상대할 수 있다.

"당연히 방법이 있지. 우물."

"가르쳐 주세요. 대우 님, 네?"

"그래, 뭐 어려운 것도 아니니까. 신체 외부로 에테르를 끌어내는 것은 말이다. 우물우물우물."

대우가 그렇게 말하곤 시간을 끌었다.

"네, 대우 님."

세현은 더 애가 탔다.

"푸울, 열심히. 아주 열심히 노력하면 된다. 음음음."

"네? 열심히요?"

"뭐? 그거 말고 또 뭘 바라는 거냐? 날강도 같은 놈아!"

버럭 대우가 소리를 질렀다.

대우의 고함에 세현은 멍청한 표정으로 입을 벌리고 굳어 버렸다. 세현은 대우의 장난에 홀딱 넘어갔지만, 또 생각해보면 대우의 말이 틀린 것은 하나도 없었다.

'쯧, 하긴 내가 너무 성급하게 굴긴 했지. 맞는 말씀이잖아. 열심히! 그러다 보면 얻는 것이 있겠지."

세현은 바위에 앉은 그대로 다시 에테르 호흡을 시작했다.

육체를 혹사 시키며 에테르를 모두 소비한 후에, 다시 에테르 호흡을 하며 에테르를 복구하고, 동시에 에테르의 보유량을 늘린다.

그것이 세현이 하고 있는 훈련의 핵심이었다.

*　　　　　*　　　　　*

삼십 일.

세현이 이면공간에 들어와서 보낸 시간이 벌써 그렇게 흘렀다.

세현은 그동안 조금의 게으름도 피우지 않고 에테르 호흡과 전투술 연마에 힘썼다.

그 덕분에 요즈음 조금씩 검과 방패에 에테르를 밀어 넣는 것에 성공하기 시작했다. 비록 짧은 시간, 가끔씩만 일어나는 현상이지만 조금만 더 감을 잡으면 세현의 의지로 그것을 조절할 수 있게 될 것이다.

그 때문에 세현은 더욱 훈련에 박차를 가하는 중이었다.

지금도 훈련을 거듭하다가 에테르가 모두 소비되자 곧바로 자리에 앉아서 에테르 호흡을 시작한 상황이었다.

세현은 금방 에테르 호흡에 완전히 빠져들었다.

이전에는 에테르를 통제하기 위해서 엄청난 집중력이 필요했고, 자칫하면 호흡을 하는 중에도 에테르가 의념이 통제를 벗어나곤 했었다.

하지만 이제는 원하기만 하면 어렵지 않게 에테르 호흡을 시작할 수 있었고, 또 호흡을 하는 동안 에테르의 통제를 놓치는 경우도 없었다.

세현도 이젠 그 모든 것이 타모얀의 대우가 도움을 준 때문이란 것을 알고 있었다. 세현도 느끼지 못할 정도로 자연스럽게 세현의 집중력을 높여주는 기술을 항상 세현에게 걸어주는 대우였다.

오늘도 아침 일찍 그 기술을 걸어 준 대우는 어딜 다녀온다며 자리를 비운 상태였다. 그런데 세현이 에테르 호흡법을 시작하고 얼마 지나지 않아서 무언가 이상한 일이 일어나기 시작했다.

세현은 에테르 호흡을 하면서 지금 이 순간 에테르 호흡이 너무 도 부드럽게 이루어지고 있음을 느꼈다.

'아! 이게 에테르 호흡의 가장 이상적인 모습인가?'

세현은 그렇게 생각했다.

비록 하나의 원만 만든 상태지만, 지금의 경지에선 가장 이상적 인 호흡을 자신이 하고 있는 것이 아닌가 하는 생각이 든 것이다.

'좋군!'

세현은 스스로 만족감을 느끼며 속으로 중얼거렸다.

그런데 그 순간 세현의 에테르 통로가 일제히 에테르를 빨아들 이기 시작했다.

지금까지 한 번도 반응을 보이지 않았던 그 에테르 통로.

각성 능력을 발현하는 그것이 움직이기 시작한 것이다.

화화화화확!

"커억!"

세현이 울컥 피를 토하며 앞으로 엎어진 것은 그와 동시였다.

엎어진 세현은 마치 죽은 듯이 꼼짝도 하지 않았다.

*　　　*　　　*

"이놈은 왜 여기서 엎어져 자고 있는……. 음?"

대우는 오랜만에 고향에 들러서 배를 채우고 기분 좋게 세현이 있는 곳으로 돌아왔다.

그런데 세현이 바위에 엎드려 자고 있는 것이 아닌가?

하지만 대우는 그것이 자는 것이 아니라 뭔가 이상이 있는 것임을 세현의 입에서 토해진 피로 금방 알아봤다.

"뭐냐? 이 녀석. 몸에는 아무 이상이 없는 것 같은데? 어? 어떻게 된 거야? 에테르 서클이 왜 이렇게 망가진 거지?"

대우는 세현의 몸을 살피다가 깜짝 놀라고 말았다. 그동안 열심히 키워온 세현의 에테르 서클이 사라져 버렸기 때문이다.

"서클이 끊어지는 최악의 상황은 면한 것 같은데… 이건 뭐야? 어떻게 된 거지?"

대우는 세현을 바위에 바로 눕혀 놓고 세심히 세현의 몸을 살폈다.

"신기하네. 어떻게 된 거야? 이런 상황에서 에테르 호흡을 하고 있어? 정신을 잃은 상태니까 이건 에테르 호흡의 완성이라고 봐야 하나?"

대우가 혼잣말을 하며 믿기 어렵다는 표정을 지었다.

에테르 호흡이 익숙해져서 그것이 정점에 달하면 그때부터는 굳이 신경을 쓰지 않아도 에테르 서클이 스스로 알아서 회전을 한다. 하루 종일 에테르 호흡을 하는 것과 같은 효과를 보게 되는 것이다.

그것이 에테르 호흡의 완성이다.

지금 세현의 몸에선 그 현상이 벌어지고 있었다.

"이게 무슨 일이지? 에테르 서클은 거의 끊어질 듯이 얇아지고, 대신에 에테르 호흡법은 완성이 되었다고?"

대우도 상황을 파악할 수 없는 괴상한 일이 벌어졌다.

"어떻게 된 거지?"

세현이 갈라진 목소리로 중얼거렸다.

세현이 정신을 잃었다가 다시 깨어났을 때, 그가 제일 먼저 알게 된 것은 그의 에테르 통로에 남은 에테르가 하나도 없다는 것이었다.

지금까지 모았던 에테르가 모두 증발한 것이다. 당연히 세현으로선 어이가 없고 허탈한 일일 수밖에 없었다.

그런 상황에서 잠시 마음을 안정시킨 세현은 뭔가 이상한 것을 느꼈다.

자신의 에테르 통로에서 뭔가가 꼬물거리고 있었던 것이다.

그것을 알아차린 세현이 극도로 집중해서 에테르 통로를 살폈을 때, 세현은 다행스럽게도 그 통로에 끊어지지 않은 에테르 서클이 있다는 사실을 깨달았다.

처음 세현이 만들었던 것이 손가락 굵기라고 하면, 지금 남은 에테르는 실처럼 가는 것이지만 어쨌거나 세현이 만든 에테르 통로 안에 그것이 연결된 상태로 돌아가고 있었다.

거기다가 더 놀라운 것은 세현이 의식하지 않고 있는 상태에서도 계속해서 에테르 호흡이 진행되고 있다는 것이었다.

"뭐야? 이젠 내가 호흡을 하지 않아도 알아서 호흡이 진행된다는 거야? 거기다가 일상생활을 하거나 할 때도? 그럼 내가 에테르를 사용할 때도 계속 호흡법이 유지 되는 건가?"

세현은 당장에라도 에테르를 사용하는 실험을 하고 싶었다.

"그러지 않는 것이 좋을 거다. 지금 상태에서 에테르를 사용하면 그나마 지켜낸 에테르 서클이 끊어질 걸? 움물움물."

하지만 세현은 머리맡에서 들려온 대우의 목소리에 찬물을 뒤집어 쓴 듯이 정신이 번쩍 들었다.

에테르 서클이 끊어지다니, 그건 정말 끔찍한 일이었다.

에테르 서클이 끊어지면 에테르 각성 무효가 된다는 말이다.

물론 그 상태가 되어도 몸에 큰 이상이 없다면 다시 에테르 서클을 만들 수는 있다. 하지만 그렇게 새로 에테르 서클을 만들면 그때, 다시 각성 현상이 벌어지는 것이 문제다.

새로운 각성 능력을 하나 더 얻게 되니 좋을 것 같지만 그 능력이 기존에 있던 능력, 즉 기존의 각성 능력 에테르 통로에 겹쳐서 만들어지는 것이 문제다.

이전에 있던 것과 새로 생긴 각성 에테르 통로가 합쳐지면?

더 나은 능력이 만들어지는 것이 아니라 그저 쓸모없는 에테르 통로가 생길 뿐이다.

"한번 해볼래? 몸 안에 쓰레기 하치장을 만드는 거지. 곳곳에 쓸모도 없는 에테르 통로들이 길목을 막고 있는 꼴이 될 테니까. 우물우물. 한번 해볼래?"

대우가 세현의 상상을 확인시켜 주듯이 한마디를 툭 던졌다. 세현은 잠자코 몸을 눕히고 자연스럽게 운용이 되고 있는 에테르 호흡에 집중했다.

지금은 그저 가만히 있는 것이 회복에 도움이 될 터였다.

"이게 내 각성 능력인가? 에테르 호흡을 자동으로 해주는 것이?"

세현은 어느 정도 에테르 서클을 안정시킨 후에 일어나 앉았다. 그리고 이번 사태에 대해서 생각을 정리하기 시작했다.

이번 사고의 시작은 각성 능력이었다.

각성 능력을 발현하는 에테르 통로가 세현의 에테르를 끌어 들이며 시작된 사건이었으니까.

그럼 그 각성 능력이 세현 자신에게 남긴 것은 무엇인가? 따질 것도 없이 지금도 스스로 알아서 돌아가는 에테르 호흡법이다.

그러니 세현의 각성 능력이란 것이 에테르 호흡법을 완성시켜주는 그런 것이 아닌가 짐작을 해보는 것이다.

"괜찮은데? 이렇게 되면 나는 다른 사람들보다 몇 배는 빨리 에테르를 쌓을 수 있겠어. 하루 24시간 에테르 호흡을 하는 것이나 다름이 없으니까."

세현이 몸을 추슬러 일어나며 중얼거렸다.

그 목소리에는 환희가 가득했다.

"멋져. 정말 좋아."

세현이 다시 한 번 중얼거렸다.

에테르 호흡이 자동으로 진행되게 된 후로, 세현은 쉬지 않고 육체 훈련을 거듭했다. 에테르 호흡이 자동으로 진행이 되나 에테르를 모두 소비하는 것이 어려울 정도였다.

거기다가 소유 에테르의 양이 늘어나면 같은 시간에 회복되는 에테르의 양도 늘어난다. 눈덩이의 크기가 클수록 한 번에 굴려서 묻힐 수 있는 눈의 양이 많은 것과 같은 이치로 에테르의 회복량이 늘어나는 것이다.

하지만 이전에 에테르 호흡에 빼앗기던 시간까지 온전히 육체 훈련에 투자할 수 있게 된 후, 세현의 에테르 운용 능력은 비약적으로 발전하고 있었다.

이제는 검과 방패에 에테르를 밀어 넣는 것도 어느 정도 익숙해지고 있는 상황.

"조금만 더 하면 실패하지 않겠어. 완벽하게 익히는 거지."

세현이 그렇게 중얼거리며 검을 오른쪽 위에서 왼쪽 아래로 내리 그었다.

그와 동시에 왼쪽 팔뚝에 장착된 방패는 가슴 앞쪽 공간을 열어주면서 왼쪽 옆으로 휘둘러졌다. 검을 대각선으로 휘두르면서 방패는 왼쪽을 타격하는 기술이었다.

이 때, 허리를 돌리며 힘을 싣는 것이 중요했다.

하지만 그보다 더 중요한 것은 검과 방패, 두 곳에 동시에 에테르를 싣는 것이었다.

지금 세현이 하는 훈련은 에테르를 사용한 근접 전투 훈련이었다.

당연히 움직임 하나하나에 에테르가 깃들어야 하는 것이다.

"차앗!"

세현이 내리 그은 검을 위로 쳐올려 가상의 적의 목을 공격하며 방패를 당겨 다시 가슴을 보호하는 동작을 이어갔다.

그런데 그렇게 검을 휘두르며 세현이 검에 에테르를 싣는 순간 이변이 일어났다.

다시 한 번 전과 같은 현상이 벌어졌다.

각성 능력의 발현이 다시 시작된 것이다.

세현은 순간 통제 되지 않는 에테르 때문에 당황했다.

순식간에 세현이 모았던 에테르들이 각성 능력 발현을 위한 에테르 통로로 빨려 들어갔다.

세현은 이번에는 확실히 알 수 있었다. 각성 능력에 사용되는 에테르는 일반적인 에테르가 아니라 에테르 통로에서 몸집을 키운 에테르 서클이었다.

호흡을 하면서 에테를 받아들여 총량을 늘일 때마다 조금씩 커지면서 에테르 저장량을 늘려주는 바로 그것이 각성 능력을 위한 통로로 빨려 들어가는 것이다.

결국 그렇게 되면 세현의 에테르 저장 한계는 줄어들 수밖에 없다.

그리고 자칫 그 에테르 서클이 모두 없어지면 세현의 에테르 각성 자체가 무효가 될 수도 있었다.

그런 일이 일어난다면 이전에 세현이 걱정했던 대로, 각성 능력을 쓰지 못하는 반쪽짜리 천공기사가 될 수도 있었다.

"도대체 얼마나 빨아먹는 거야? 그리고 왜 이러는 건데?"

세현이 답답한 마음에 줄어드는 에테르 서클을 보며 소리를 질렀다. 하지만 세현이 소리를 지르는 그 짧은 순간에 각성 능력 에테르 통로는 세현의 에테르와 에테르 서클을 거의 모두 흡수하고 각성 능력을 발현시켰다.

"크윽!"

세현은 눈앞이 하얗게 변하는 것을 느끼며 정신을 잃었다.

그렇게 세현의 두 번째 각성 능력 발현이 일어났다.

이거 자칫하면 쪽박 찰 대박이잖아?

대우는 세현에게 이상이 생기는 순간 그것을 알아차리고 세현 곁에 모습을 드러냈다.

지름이 1㎞도 되지 않는 최하위 이면공간에서 세현의 에테르 변화를 느끼는 것은 대우에게 그렇게 어려운 일도 아니었다. 대우는 세현이 기절하기 전에 세현의 뒤에 나타나 세현의 상태를 확인하고 있었다.

그러다가 세현이 기절하고 나자 버릇처럼 검지로 볼을 긁었다.

"묘한 각성 능력이네? 뭐지 이건? 우물우물우물."

대우는 각성 능력이 발현되면서 세현의 몸에 생긴 변화를 알아냈다. 순식간에 세현의 에테르 서클에서부터 양손 끝까지 굵은 에테르 통로가 열렸다.

"이러면 무기에 에테르를 싣는 건 쉽게 되겠네?"

대우는 뭔가 알 듯 말 듯한 표정을 지었다.

적어도 세현의 각성 능력이 에테르 호흡법은 완성시켜 주는 단순한 것이 아님은 확실했다.

이번에도 세현은 한참이나 지난 후에 정신을 차렸다. 그리고 전과 마찬가지로 그동안 키웠던 에테르 서클의 대부분이 사라진 것을 알게 되었다.

"이걸로 하난 확실한 거네? 내 각성 능력은 에테르의 근원이 되는 에테르 서클을 먹어치우는 거야. 거기다가 에테르 호흡법을 자동으로 만들어주는 것이 각성 능력은 아닌 것 같아."

세현은 전과 마찬가지로 등을 바닥에 댄 상태로 한참을 누워있었다. 그러면서 자신에게 무슨 변화가 생겼는지 조목조목 살폈다.

하지만 아무리 따져도 자신의 에테르 저장 총량이 바닥까지 떨어진 것을 제외하면 변화가 없었다.

세현은 몸을 일으켜 세웠다.

이제 남은 것은 혹시라도 육체적인 능력에 변화가 있는지 살피는 것이었다. 하지만 저번 경우와 마찬가지로 지금 세현의 에테르 서클은 너무 약해진 상황이라 함부로 에테르를 사용할 수는 없는 상태였다.

"경험이 사람을 키우지. 이번에는 성급하게 움직이진 않는구나. 푸푸푸."

대우가 세현의 곁으로 다가오며 말했다.

그의 손에는 물이 담긴 그릇이 들려 있었다.

"아, 고마워요."

세현은 물그릇을 받아 들었다.

"다 마셨냐? 그럼 그 그릇에 에테르 좀 넣어 봐라. 우물우물."

세현이 물을 시원하게 마시고 그릇을 비우자 대우가 대뜸 그릇에 에테르를 넣어 보라고 시켰다.

"에? 그게 무슨?"

세현은 뜬금없는 주문에 잠깐 당황한 표정을 지었지만 곧바로 대우의 말대로 물그릇에 에테르를 주입했다.

츠읏!

"어? 이, 이게?"

그런데 세현이 그렇게 하겠다고 마음을 먹는 순간 손에 들린 물그릇에 은빛의 기운이 감돌았다.

"음 역시 그렇군. 축하한다. 이제 너는 손에 들고 있는 것이 뭐든 에테르를 싣는 건 마음만 먹으면 되는 경지에 올랐다."

대우가 세현의 어깨를 툭툭 두드렸다.

세현은 넋이 나간 표정으로 몇 번이고 물그릇에 에테를 주입했다가 회수하기를 반복했다.

대우의 말처럼 그건 쉬워도 너무 쉬웠다.

그래서 세현은 더 어이가 없었다.

"이게 어떻게 된 일이죠?"

세현이 대우에게 물었다.

휘익! 쉭! 스황! 퍼벙! 팡!

세현의 검과 방패가 어지럽게 허공을 가르고 치고 때리고 민다.

그때마다 검과 방패에서 일순간 은색의 빛이 선명하게 나타났다가 사라진다.

검과 방패에 에테르가 깃들었다가 흩어지는 모습이었다.

만약 지금 세현의 모습을 다른 천공기사들이 봤다면 감탄사를 연발했을 것이다.

검과 방패의 움직임 중에서 임팩트 순간에만 은빛이 나타났다

사라진다는 것은 바로 그 순간에만 에테르를 검과 방패에 깃들게 했다는 것이다.

계속해서 무기와 방패에 에테르를 밀어 넣고 있는 것과 꼭 필요한 순간에만 에테르를 사용하는 것은 엄청난 차이가 있었다.

그 차이를 단적으로 표현하면 십 분 동안 줄기차게 뿜어지는 물줄기와 몇 시간을 필요한 순간에만 쏘아지는 물줄기의 차이라 할 수 있다.

같은 양의 에테르로 훨씬 많이 그리고 오래 공방(攻防)을 유지할 수 있다는 소리다.

"허억! 허억! 이건 뭐 몸을 움직일 때 사용하는 에테르의 양이 더 많은 것 같네. 좋기는 한데, 또 그러다 보니 이쪽이 아쉽단 말이지."

세현이 한동안 움직이던 몸을 멈추고 거친 호흡을 정리하며 중얼거렸다.

"인석아, 네 에테르 주입은 완성형이지만 신체 제어는 초보를 겨우 벗어난 수준이다. 에테르 사용에 차이가 생기는 것이 당연하지. 끄어억! 푸우!"

세현의 투정을 들은 대우가 한쪽 흙바닥에 누워서 햇빛을 쐬며 한 소리를 한다. 세현은 그런 대우의 말에 아무 소리도 하지 못하고 다시 검과 방패를 휘두르기 시작한다.

"그래, 열심히 해라. 조만간 대련도 하고 그러려면. 움물."

대우가 그런 세현을 보고 한 마디를 하고 눈을 감는다.

하지만 대우의 대련이란 말에 세현은 움찔하는 모습을 보였다. 딱 한 번. 붙어 보자고 했다가 정말 탈탈 털렸던 기억이 있었던 것이다.

에테르도 안 쓰고 했던 대련이었는데, 아주 박살이 났었다. 지금도 세현은 자신의 뼈 숫자가 몇 개쯤은 늘어나지 않았을까 의심을 할 정도였다.

그때는 정말 뼈란 뼈는 모두 부러진 줄 알았었다.

뭐 대우는 절대 몸을 상하게 하진 않았다고 했다.

그저 고통만 좀 심하게 느낄 뿐이라던가?

세현은 떠오르는 악몽을 털어버리기 위해 머리를 훼훼 흔들고는 다시 검과 방패에 집중했다.

각성 능력이 두 번째로 발현 된 후, 세현은 무기나 방패에 에테르를 깃들게 하는 것을 숨 쉬듯 자연스럽게 할 수 있게 되었다.

세현이 마음만 먹으면 그 순간 에테르는 이미 검이나 방패에 깃들어 있었다.

아무리 뛰어난 천공기사라도 세현보다 더 빠르게 에테르를 무기나 방패에 싣고 거둘 수는 없을 거라고 생각될 정도로 완벽한 운용이었다.

하지만 딱 거기까지였다.

양 손에 들고 있는 뭔가에 에테르를 깃들게 하는 것은 언제 어떤 상황에서도 가능했지만 그 외의 에테르 운용은 이전과 달라진 것이 없었다.

물론 비슷한 양의 에테르를 소유하고 있는 이들과 비교하면 세현이 월등히 유리한 입장이 된 것은 분명했다.

그럼에도 세현은 신체 능력 쪽에 쓰는 에테르 사용도 그렇게 완벽하게 쓸 수 있으면 좋겠다는 욕심을 부리고 있는 것이다.

"사람 욕심이 정말 끝이 없구나. 그나저나 내 각성 능력이 대충 어떤 건지는 알겠는데, 잘못하다간 에테르 서클이 박살 날 가능성도 있단 말이지."

그동안 세현과 대우는 세현의 각성 능력에 대해서 몇 가지 가설을 세울 수 있었다.

일단 세현의 각성 능력은 스킬을 완벽하게 세현의 것으로 만들어주는 것으로 보였다. 그것도 완벽한 상태의 스킬로 세현에게 각인을 시키는 것이다.

그 첫 번째가 에테르 호흡법이었고, 다음에 손에 들고 있는 사물에 에테르를 깃들게 하는 능력이었다. 세현은 지금 이 두 가지 능력을 완벽하게 사용하고 있었다.

그런데 그 각성 능력은 어느 순간 세현이 어떤 기술을 완벽하게 사용하는 때에 발동이 되는 듯했다.

즉 세현이 어떤 기술을 완벽하게 펼치면, 그 순간 각성 능력이 발동해서 그 기술을 온전히 세현의 것으로 만들어주는 것이다.

단 한 번만 기술을 완벽하게 성공하게 되면 그 후로는 언제든 자유롭게 완성된 기술을 사용할 수 있다니 굉장한 능력이 아닌가.

*   *   *

정말 굉장한 각성 능력이 아닐 수 없다.

하지만 그에 못지않게 위험스런 단점도 있었다.

앞서 두 번의 각성 능력 발현에서 세현은 정말 아슬아슬하게 에테르 서클을 유지할 수 있었다.

특히 첫 발현에서 세현에게 남은 에테르 서클은 실낱같이 가느다란 상태였다. 거기서 자칫 잘못했으면 에테르 서클은 그대로 붕괴되고, 세현은 각성 능력을 쓰지 못하는 반쪽짜리 천공기사가 되었을 것이다.

두 번째 능력 발현에서도 비슷했다.

처음보다는 나았지만 그때도 에테르 서클이 위태로울 정도로 얇아진 것은 사실이었다.

여기서 세현과 대우는 세현의 각성 능력을 제대로 파악하기 위해서 새로운 시도를 해봐야 한다는 결론을 내렸다.

스스로 조절할 수 없는 능력.

굉장한 능력이지만 위험하기도 한 능력인 셈이다.

"그래도 확인은 해봐야겠지? 나중에 호되게 당하는 것보다는 지금 확인하는 것이 좋을 거야."

대우는 그렇게 말하며 세현에게 새로운 과제를 던져 줬다.

세현은 그 과제에 따라서 수련 내용을 바꿨다.

다만 그렇게 수련에 들어가기까지 어느 정도 시간이 필요했다. 줄어든 에테르 서클을 복구한 후에나 시작할 수 있는 일이기 때문이었다.

그전까지는 최대한 행동을 조심해야 했다.

뭔가 완성된 행동을 하는 순간 각성 능력이 발현될 확률이 있는 것이다.

"넌 지금 눈 깜빡이는 것도 조심해야 해. 눈 깜빡이는 그 동작이 완벽하면 네 그 빌어먹을 각성 능력이 발현될 수도 있으니까.

우물우물우물. 커억! 꿀꺽!"

대우가 그런 말도 안 되는 소리를 했지만 세현은 혹시 정말로 그런 일이 일어나는 것이 아닐지 걱정이 되기도 했다.

어쨌건 무사히 시간을 보내고 에테르 서클을 어느 정도 복구한 후에 세현은 수련을 시작했다.

수련 과제는 에테르 없이 일점 찌르기.

그것은 단순하게 검으로 한 점을 빠르게 찌르는 동작이었다.

찌르기는 검을 쓰는 기본 공격 방법 중의 하나다.

하지만 실제로 자신이 원하는 곳에 조금의 어긋남도 없이 그 찌르기를 넣는 것은 쉬운 일이 아니다.

세현은 지금 에테르를 사용하지 않은 상태에서 그 찌르기를 연습하는 것이다.

그것이 대우가 세현에게 준 과제였다.

그 과제는 에테르 없이 사용하는 기술도 완벽해지는 순간 각성 능력이 발현되는지를 알아 보는 것과, 에테르를 사용하지 않는 기술이니 혹시 각성 능력이 발현되더라도 소비되는 에테르 서클의 양이 작지 않을까 하는 예상에서 나온 것이었다.

하루에 수만 번의 찌르기.

에테르 호흡은 신경 쓰지 않아도 진행이 되니 세현은 부담 없이 오로지 찌르기에만 집중을 했다.

그렇게 며칠이 흘렀다.

그동안 세현은 찌르기에 대한 수많은 고민을 하며 최적의 자세를 찾기 위해서 애를 썼다.

그리고 세현이 그렇게 기다리던 그 순간이 왔다.

그 순간은 세현이 의도한 것이 아니었다.

오로지 거듭된 찌르기 동작 중에 한 번, 운 좋게 최고의 찌르기가 나왔고, 그 순간 세현의 각성 능력이 발현되었다.

세현은 자신의 각성 능력 에테르 통로로 에테르가 빨려들어 가는 순간부터 바짝 긴장을 했다.

이번에도 에테르가 거의 남지 않을 정도가 될까 하는 것이 제일 궁금한 점이었다.

"크으윽!"

세현은 어느 정도 에테르 서클을 빨아들인 각성 능력 에테르 통로가 팽창하듯 에테르를 온몸으로 쏟아 내는 것을 느끼며 신음을 흘렸다.

순간적으로 세현의 몸 곳곳에 기묘한 느낌이 스치듯 지나갔다.

세현의 몸에 완벽한 찌르기 동작이 새겨지는 순간이었다.

"아아악! 아파! 아파! 아프다고! 우아아악 제기랄!!"

세현이 고함을 지르며 몸을 뒤틀었다.

차라리 기절을 하는 쪽이 훨씬 좋았을 거란 생각을 하는 세현이었다. 앞서 두 번의 경험에서는 세현이 기절을 했기 때문에 고통을 느끼지 못했는데 지금은 멀쩡하게 깨어 있는 상태로 엄청난 고통을 느끼는 중이었다.

"크크, 그래도 한 가지는 알겠네. 기술의 수준에 따라서 필요한 에테르 서클의 양이 달라. 크크크!"

세현은 자신의 각성 능력에 대해서 한 가지라도 정확한 것을 알아낸 것을 다행스럽게 생각했다.

하지만 동시에 자신의 능력이 매우 위험하다는 것도 새삼 깨달았다.

조금 전의 찌르기도 세현이 의도해서 된 것이 아니었다.

그저 우연하게 최고의 동작이 나왔을 뿐이다.

그런데 각성 능력이 발현되었다.

그 말은 혹시라도 굉장한 기술을 연습하다가 한 순간 그것을 완벽하게 성공하면 각성 능력이 발현 될 거란 뜻이었다.

만약 그 기술이 굉장히 고차원적인 기술이어서 세현의 에테르 서클로 감당이 되지 않으면?

세현은 거기까지 생각을 하고는 고개를 저었다.

결과는 생각하기도 싫었다.

"이렇게 되면 내가 제일 신경을 써야 할 것이 에테르 서클을 키우는 거겠군. 뭐 모든 천공기사들이 그렇겠지만 말이야."

세현은 그렇게 말을 하면서도 그나마 다행이라고 생각했다.

자신이 얻은 첫 능력이 바로 하루 24시간 에테르 호흡을 하게 해주는 능력이었으니 세현 자신보다 에테르 서클의 확장이 빠른 사람도 없지 않겠는가.

대우는 찌르기를 통해서 세현의 각성 능력을 파악한 후, 세현에게 찌르기 다음으로 베기와 치기, 두 가지를 훈련시켰다. 에테르 없이 육체적인 능력만으로 베고 치는 동작을 완성하도록 한 것이다.

그리고 그 과제를 세현은 운 좋게도 며칠 간격으로 완수해 냈다.

츠릿! 촤악! 츠츠츳! 투광! 콰드득!

"이런, 또!"

한창 흥을 내며 수련을 하던 세현은 자신의 방패 공격에 끝부분이 박살이 나는 나무 기둥을 보며 살짝 짜증을 냈다.

에테르를 사용하지 않은 상태로 검과 방패를 휘둘러도 이젠 한 아름 두께의 나무 기둥도 버티지 못하고 잘리거나 터져 나가기 일쑤였다.

찌르기, 베기, 치기!

세현이 지금까지 익힌 것은 이 세 가지 기본 기술뿐이었다. 그런데 검과 방패로 그것들을 연습하면 그야말로 생각지도 못한 위력들이 나온다.

찌르기로 나무를 관통하고, 베기로 잘라 내고, 치기로 박살을 낸다.

에테르 때문에 신체 능력이 올라간 것을 제외하면 일체 에테르를 운용하지 않은 상태에서 일어나는 일이다.

세현은 각성 능력의 도움으로 어떤 상태에서도 찌르기와 베기, 치기를 완벽하게 구사할 수 있게 되었다.

그 때문에 간단한 동작만으로도 엄청난 위력이 나오는 것이다.

거기다가 세현이 두 번째로 익혔던 기술, 즉 손에 들고 있는 것에 에테르를 주입하는 기술을 사용하면 그때는 차원이 다른 위력이 나타난다.

세현은 지금 자신의 능력이면 붉은색 등급의 전투 필드 정도는 충분히 혼자서 쓸고 다닐 수 있을 거라고 예상하고 있었다.

"근데 이걸 결합하면 어떻게 될까?"

세현이 검에 에테르를 주입시켜 은빛을 머물게 하며 중얼거렸다.

찌르고 베고 치는 완벽한 동작에 에테르를 주입하는 능력까지 더하면 어떻게 될지 궁금했다. 지금까지는 될 수 있으면 그 두 가지가 서로 합쳐지지 않도록 신경을 쓰고 있었다.

그게 되는 순간 세현 자신이 가지고 있는 에테르 서클이 각성 능력을 발현시키고 남을 정도인지 어떤지 알 수가 없었기 때문이다.

여전히 세현의 각성 능력은 그의 발목을 잡고 있었다.

"푸푸, 남자라면 도전을 해봐야지. 아무렴. 그렇지. 우물우물."

그때, 대우가 숲에서 나오며 세현에게 말했다.

"누구 죽일 일 있어요? 그러다가 에테르 서클 날아가면요?"

세현이 발끈했다.

"그래서 이 대우 님께서 널 위해 준비해 온 것이 있지. 음음음."

대우는 발끈하는 세현에게 가까이 다가오며 커다란 눈을 세현의 얼굴에 가까이 들이댔다.

"주, 준비한 거라니요?"

세현은 대우의 긴 속눈썹 달린 눈은 반칙이란 생각을 했다. 크고 맑은 눈동자에 살짝 질린 표정을 하고 있는 세현 자신의 얼굴이 가득 담겨 있었다.

"새로운 과제를 주지. 그걸 해내면 넌 네 고향으로 돌아가도 된다. 암암. 그래도 되지."

세현은 고향으로 돌아간다는 말에 심장이 빠르게 뛰기 시작했다.

새로운 에테르 서클과 귀환

"그러니까 에테르 서클의 일부를 뭐로 만든다고요?"

"푸푸, 강철!"

"하아, 그게 가능해요?"

세현은 어이가 없다는 표정으로 대우를 바라봤다.

에테르 서클을 강철로 만든다니 그게 가능하긴 한 걸까?

"원래 잘 안 쓰는 방법이야. 그게 그렇게 되면 강철처럼 변한 에테르 서클은 활용이 거의 불가능하거든. 움움."

하지만 대우는 태연한 얼굴로 할 말을 이어갔다.

"그런데 왜 그런 짓을 해요?"

"실험정신이 투철한 녀석들은 자신의 에테르 서클이 박살나는 것도 각오하고 뭔가를 하는 놈들이 많아. 뭐 우리 타모얀은 그렇지 않은데 다른 종족 중에 그런 성향을 지닌 이들이 있는 거지. 우물우물우물."

"그래서요?"

"그래서는 뭐가, 자꾸만 에테르 서클이 박살나서 폐인이 되는 놈들이 나오니까 아예 기본적인 에테르 서클은 절대 부서지지 않도록 만들자고 해서 강철의 에테르 서클이 나오게 된 거지."

"쓰지는 못하지만 적어도 에테르 서클 자체가 붕괴되는 것은 막아준다는 거네요? 그게 저한테는 꼭 필요한 거고 말이죠?"

"우물우물우물. 그런 거지. 내가 그걸 얻어 내느라고 고생을 좀 했다. 별것도 아닌 걸, 지네들 종족의 비전이라면서 안 주려고 얼마는 떼를 쓰던지."

"빼, 빼앗아 오신 거예요?"

"아니다. 컴컴. 절대 그런 건 아니지. 그 쪽에서 요구하는 조건을 들어주기로 하고 받아 온 거다. 흠흠흠."

세현은 대우의 눈동자가 떨리는 것을 보았다. 뭔가 정상적인 방법으로 얻어 온 것은 아니라는 느낌이 팍 하고 왔다.

하지만 세현 자신에겐 꼭 필요한 것이었다.

"알았어요. 나한테 꼭 필요한 거니까 어쩔 수 없죠. 그런데 그 조건이란 거 뭐예요?"

세현은 어쩐지 불안한 느낌이 들어서 대우에게 확인하듯 물었다.

"우물우물우물. 그건 나중에 알려주마. 지금은 일단 강철의 에테르 서클이나 익혀라. 잘못하다가 폐인이 되는 건 피해야지. 우물우물우물."

"왠지 더 불안한데요? 뭘 숨기는 거죠?"

"안 배울 거냐? 우물. 그럼 없던 일로 하고!"

대우의 목소리가 커졌다.

그리고 세현은 꼬리를 말 수밖에 없었다.

"하아, 알았어요. 배워요, 배운다고요."

"우물우물, 걱정하지 마라. 음음. 그렇게 별거 아니다. 음음."

세현은 대우가 그렇게 말하면서 슬며시 시선을 돌리는 것이 불안하기만 했다.

세현은 강철의 에테르 서클을 익히기 시작했다.

'에테르 서클 안에 새로운 에테르 통로를 만들어서 특별한 성질을 지니게 만들다니, 놀랍군.'

강철의 에테르 서클은 그리 어려운 방식은 아니었다.

섬세한 에테르 운용이 가능하고 끈기만 있으면 할 수 있는 것이었다. 단, 비전의 에테르 통로를 알고 있어야 한다는 조건만 맞출 수 있다면 말이다.

그렇게 세현은 자신의 약점을 보완할 수 있는 기술을 익혔다.

그리고 용감하게 찌르기, 베기, 치기라는 완성된 동작에 에테르를 싣는 능력을 합치는 실험을 했다.

이미 완성된 두 가지 능력의 결합!

세현은 그 시도에서 두 가지를 얻을 수 있었다.

하나는 각성 능력의 발현에 필요한 에테르 서클이 부족해도 강철의 에테르 서클이 있으면 최악의 경우는 피할 수 있다는 것.

그리고 다른 하나는 기본 동작에 에테르를 싣는 기술이 결합된 능력이 무시무시하다는 것!

결국 세현은 한 번 실패를 하고 다시 시도해서 성공을 했다는 이야기다.

그러느라 세현은 에테르 서클을 키우기 위해 제법 많은 시간을 허비했다.

하지만 그것도 나쁜 것은 아니었다.

세현의 에테르 서클은 몇 번이나 성장했다가 축소되는 과정을 거쳤다. 그 때문인지 이제는 처음의 두 배 정도로 빠르게 에테르 서클이 성장했다.

"계속 에테르 서클이 늘었다가 줄었다가 할 테니까 앞으로도 점점 성장 속도가 빨라지겠군. 움움움. 그거 참, 굉장한데?"

대우는 놀라움을 감추지 않았다.

친구의 부탁으로 잠깐 맡았던 녀석인데 지금 보면 그 성장 가능성이 무궁무진하다.

'이미 괴물이지. 겨우 1년도 안 된 녀석이 저런 짓을 할 수 있다니 말이야.'

대우는 엄청난 속도로 숲을 파괴하고 있는 세현을 보며 고개를 저었다.

세현이 익힌 기술은 기본기술 셋이 전부였다.

찌르고 베고 치는 동작.

하지만 그 동작을 어떤 상황에서도 완벽하게 펼칠 수 있는데다가 그 동작의 임팩트 순간에 에테르를 주입하니 세현 앞에서 숲의 거대한 나무들이 수숫대처럼 박살이 나고 있었다.

"저 정도면 주황색 등급 전투 필드도 혼자 쓸고 다니겠네. 괴물이야, 괴물."

대우는 고개를 살살 흔들었다.

사실 대우의 입장에서 세현의 지금 능력은 그리 대단치 않았다.

아직 무기에 에테르를 싣는 정도가 고작인 세현이었다. 무기술로 따지면 그 위로 에테르를 무기 밖으로 덧씌우는 단계와 에테르만으로 유형의 무기를 만드는 단계가 남아 있었다.

그리고 그 위로도 훨씬 고차원적인 능력의 세계가 있었다.

세현 정도는 아직 햇병아리 수준일 뿐이다.

하지만 미래를 생각하면 세현은 괴물이 될 수밖에 없었다.

오로지 시간의 문제였다. 세현이 에테르 서클을 크게 키울수록 세현은 강력한 기술을 익힐 수 있다.

완벽한 기술.

그 무서움은 지금 세현이 기본기만으로 숲을 박살내는 것으로도 충분히 증명되고 있었다.

"우물우물우물. 뭐 괜찮아. 악한 놈은 아닌 것 같으니까 말이야. 푸푸푸."

대우는 세현의 파괴 행각을 눈으로 쫓으며 그렇게 중얼거렸다.

*　　　*　　　*

세현은 대우가 내 준 마지막 과제를 확실하게 수행했다.

세현의 앞에는 완전히 박살이 난 이면공간이 펼쳐져 있었다.

숲을 이루던 나무는 모두 박살이나 있었다.

대우의 마지막 과제가 숲을 상대로 한 전투였다.

"꼭 이렇게 해야 해요?"

세현이 대우에게 물었다.

"어차피 네가 나가고 나면 코어를 회수할 거였으니까. 그렇게 되면 이 공간은 사라지는 거지. 음음. 그러니 네 능력을 시험하는 용도로라도 쓰면 좋은 거지. 우물우물."

"아쉽네요."

세현은 그렇게 말하며 주변을 둘러 봤다.

그리고 잠시 후에 다시 말했다.

"그런데 이렇게 된 꼴을 보니까 아쉽다는 생각이 없어지기는 하네요."

대우는 그런 세편의 말에 피식 웃었다.

"푸푸. 자 이젠 네 고향으로 돌아가라. 대충 1년 정도 머문 것 같네. 여기서."

"그래야죠. 그나저나 돌아가면 난리가 났을 수도 있겠네요. 실종이니 뭐니 하면서."

"그럴 수도 있겠지. 아, 한 가지는 확실하게 해둬라. 천공기는 언제나 충전을 해둬. 충전 가능한 수준까지는 언제나 말이야. 우물우물."

"네네. 그래야. 위험할 때, 이면공간으로 도망이라도 가죠."

세현은 그 정도는 당연히 알고 있다는 듯이 웃으며 말했다.

*　　　　*　　　　*

이면공간으로 들어간 천공기사가 어떤 등급으로 들어가는지는 이동할 때 빛나는 천공기 주얼로 확인할 수밖에 없었다.

하지만 그건 천공기사가 숨기려고 하면 방법은 많았다.

그러니 이면공간으로 사라진 천공기사를 쫓는 것은 쉬운 일이 아니다. 위험한 순간에 몸을 피하기엔 그만한 방법도 없다는 소리다.

"우물우물, 지금 붉은색, 주황색, 노란색까지 채워 놓았냐?"

"하아, 죽어라 고생해서 겨우겨우 채웠죠."

세현이 왼쪽 손을 들며 손목의 '팥쥐'를 드러내 보였다.

팔찌였던 '팥쥐'는 이제 손목에 문신처럼 스며들어 있었다.

세현의 의지에 따라서 드러난 '팥쥐'에는 세 개의 천공기 주얼이

빛을 내고 있었다.

충전이 끝나서 언제든 공간 이동을 할 수 있음을 나타내는 것이었다.

"알고 있겠지만 이면공간에서 곧장 이면공간으로 이동하는 것은 위험하다. 음음."

대우가 세현에게 경고하듯 말했다.

"당연하죠. 지금 여기서 이동했는데 대우 님이 여기 코어를 회수하면 이곳이 사라지고, 전 돌아올 곳이 없어지는 거니까요."

세현도 대우가 걱정하는 것이 뭔지 알고 있었다.

가능성은 많지 않지만, 때로 사라지는 이면공간들이 있기에 하는 말이었다.

"자, 그럼 이제 가는 일만 남았군. 우물우물. 준비가 끝난 것 같아."

"네. 그러네요. 그럼 안녕히 계세요."

세현은 작별을 길게 끌고 싶지 않았다.

이곳 이면공간은 이제 사라질 것이고, 대우를 다시 만날 약속은 없었다.

대우는 세현이 어느 정도 자격을 갖췄을 때, 다시 만날 수 있을 거라고 했지만 그건 기약 없는 약속이었다.

형과의 인연으로 세현에게 많은 도움을 준 대우지만 그도 일정선은 분명하게 그어 놓은 듯이 행동했었다.

"아, 잠깐. 음음. 잊은 것이 있다."

세현이 그렇게 망설임 없이 천공기를 작동시키려는 순간 대우가 급하게 세현의 손목을 붙잡았다. 대우도 세현이 그렇게 갑자기 떠

날 거란 생각은 하지 못했던 모양인지 동작이 급했다.

"엇? 왜? 왜요?"

세현은 반응도 제대로 하지 못하고 손목이 잡혀 버린 상황과 '팥쥐'와의 연결이 막혀 버린 상황에 깜짝 놀라며 대우를 바라봤다. 대우가 세연의 손목을 잡으면서 '팥쥐'와 세현의 연동까지 끊어 버린 것이다.

둘 사이의 수준 차이가 명확해지는 순간이었다.

"음음. 잊을 뻔 했다. 강철의 에테르, 그거!"

대우가 정말 큰일 날 뻔 했다는 표정으로 말했다.

"아, 그거 익히는 대신에 조건이 있다고 했죠? 그래서 그게 뭔데요?"

세현도 잠시 잊었던 것을 떠올리며 물었다.

"이거!"

세현의 질문에 대우가 뭔가를 세현에게 전했다. 그것은 세현의 왼쪽 손목으로 들어와서 '팥쥐'로 스며들었다.

"뭐? 뭡니까?"

세현이 깜짝 놀라며 물었다.

천공기는 천공기사에게 가장 중요한 동반자였다.

그런데 그 천공기에 뭔가 이질적인 것이 스며든 것이다.

"음음. 좋은 거다. 일종의 씨앗이라고 생각해라."

"씨앗이라니요?"

"세상에는 많은 종족이 있는데 음, 그중에는 특이한 종족이 있다. 우물우물. 네 천공기엔 아주 굉장한 종족의 씨앗이 들어간 거다."

"이해가 되도록 설명을 해줘야죠. 제 천공기에 무슨 짓을 한 거예요?"

"나쁜 거 아니다. 음음. 그럼, 그럼. 자, 이제 가봐라. 자세한 것은 나중에 좀 더 성장하면 그때, 알게 될 거다."

태우가 세현의 손목을 놓아주며 말했다.

"하나만 물어보죠. 이거, 형하고 관계가 있습니까?"

세현의 시선이 대우의 얼굴에 매섭게 꽂혔다.

"그건 네 형하고 상관없다. 강철의 에테르를 익히는 대신에 그걸 맡게 된 거지. 음음. 하지만 그거 절대 나쁜 거 아니다. 그건 확실하지. 푸푸푸. 어서 가라. 이젠 정말 코어 회수를 할 거니까."

세현은 대우의 말과 표정에서 그가 더는 정보를 주지 않을 거란 사실을 깨달았다.

그동안 함께하면서 대우는 철저하게 선을 지켰고, 지금 대우는 그 선에서 세현을 대하고 있었다. 세현은 이럴 때에는 대우에게 아무것도 바랄 수 없음을 알고 있었다.

"좋아요. 뭐 알아서 하라면 그렇게 해야죠. 그럼 나중에 봐요."

"푸푸푸. 넌 무척 기대가 되는 녀석이니까 조만간 다시 볼 수 있을지도 모르겠다. 푸푸푸."

"오래 안 걸릴 겁니다."

세현은 그렇게 말을 하고는 곧바로 '팥쥐'의 붉은색 주얼을 작동시켰다. 그리고 잠시 후, 오래전에 충전이 끝나 있었던 주얼은 세현을 현실로 이동시켰다.

세현이 사라진 빈 자리를 대우가 한동안 침묵 속에서 바라봤다.

"푸푸. 좋아. 좋아. 저런 굉장한 천공기라니. 도대체 강현, 그 녀석은 저걸 어디서 얻은 거지? 저건 하나씩 주얼을 늘린 것이 아니라 만들어질 때부터 일체로 만들어진 특별한 천공기인데. 어쨌건 거기에 씨앗을 심었으니 된 거지 뭐. 최고의 토양에 씨앗을 심은 거잖아. 푸푸푸."

대우는 한참 뒤 그렇게 중얼거리고는 허공에 손을 내밀었다.

그러자 이면공간 전체가 소용돌이치듯이 그의 손으로 빨려들기 시작했다.

"이젠 여긴 더 필요가 없지. 어쨌거나 강현의 부탁도 들어 줬고, 겸사겸사 씨앗도 하나 심었으니까. 괜찮았어. 음음."

어느새 대우의 손에는 이면공간을 유지하는 코어가 들여 있었고, 지금까지 안정적이던 이면공간은 외곽에서부터 신기루가 무너지듯 허물어지고 있었다.

그리고 그렇게 조금씩 사라지는 이면공간에서 대우의 모습은 어느 순간 사라지고 없었다.

세현은 천공기가 작동하는 순간 그가 이면공간으로 들어갔던 지하철역의 선로 위로 옮겨졌다.

돌아오는데 위험은 없었다.

통제할 수 있는 천공기로는 이면공간에서 현실로 돌아올 때에는 이동 장소 주변의 상황을 어느 정도 파악할 수 있는 여유를 얻을 수 있었다.

문제가 있으면 이동을 중지할 수 있다는 이야기다.

세현을 그 기능을 이용해서 선로 위에 아무것도 없음을 확인하고 현실로 이동했다.

거기다가 세현이 현실로 돌아온 시간은 사람들이 거의 없는 새벽시간. 허공에서 나타난 세현 때문에 놀랄 사람은 승강장에 없었다.

저 멀리 스마트폰 화면에 정신이 팔린 승객 몇이 있었지만 승강장 끝에서 잠깐 사이에 일어난 일을 알아차린 사람은 없었다.

"돌아왔군."

세현은 등에 진 배낭을 한 번 추스르곤 곧바로 반대쪽 승강장으로 걸음을 옮겼다.

집으로 갈 시간이었다.

1년 동안 집을 비워 둔 상황이라 어떤 일이 세현을 기다리고 있을지 알 수 없지만, 세현에겐 더 없이 익숙하고 편안한 공간이 그곳이었다.

커다란 배낭을 메고 여기저기 헤어진 옷을 입은 세현의 모습에 간혹 세현을 돌아보는 이들이 있었지만 그 관심은 오래 가지 않았다.

그리고 그런 무관심은 세현이 집에 도착한 후에도 계속 되었다.

1년간 사라진 세현을 기다리는 것은 아무것도 없었다.

Chapter 3

가면기사가 되어 다시 이면공간으로!

"기가 막히는군."

응접실 바닥에 앉아서 세현이 중얼거렸다.

세현은 집으로 돌아왔다.

하지만 변한 것은 아무것도 없었다.

원판 모양의 청소 로봇은 세현이 없는 동안에도 부지런히 집안 청소를 했다.

먼지 하나도 없는 깔끔한 실내.

세금이나 공과금으로 상당 금액이 빠져나간 통장 잔액만 바뀌었을 뿐, 세현에겐 아무 변화도 없었다.

"정말 나를 감시하는 사람이 전혀 없었던 건가?"

허탈한 일이었다.

세현은 자신에 대한 감시가 완전히 끝났다는 사실을 몰랐던 것이다.

물론 지금이라도 세현의 특이 행동이 그들의 정보망에 걸리면 곧바로 뭔가 조치가 취해지겠지만, 현재로선 세현에 대한 어떤 감시도 없는 것 같았다.

그러니 언제나 노심초사하던 세현으로선 기가 막힐 일이다.

집으로 돌아와서 사흘을 긴장하며 지냈다.

하지만 아무 반응도 없었다.

어쩌면 지금도 세현을 감시하는 이들이 있을지도 모를 일이다.

원거리에서 세현을 감시하는 자들이.

하지만 세현은 고개를 저었다.

1년을 실종되었던 세현이 나타났다.

감시가 있었다면 당연히 재깍 반응이 있어야 했다고 생각했다.

결국 언제부턴가 없어진 감시를 지금까지 있다고 믿으면 불안하게 지냈다는 말이다.

"제기랄!"

생각만 해도 화가 날 일이다.

세현은 버럭 소리를 질렀다.

하지만 잠시 후, 화를 가라앉히고 지금 상황이 그에게 유리하다는 점에 집중하기로 했다.

"일단은 정식으로 천공기사 등록을 할 수가 없으니 무허가로 일을 해야지 뭐."

어차피 천공 길드는 물론이고 국가 기관도 그가 적성이 없다고 알고 있다. 그가 정식으로 천공기사로 등록해서 좋을 일은 하나도 없었다.

그러니 비등록 천공기사로 지내야 할 터였다.

국가에 등록하지 않은 천공기사는 강현이 실종되고 2년 정도가 흐른 후부터 본격적으로 사회 문제가 되기 시작했다.

어디선가 천공기가 암거래되기 시작한 것이다.

그것이 어느 나라에서부터 시작된 것인지는 확실하지 않지만 대부분 중국에서부터라고 말했다.

어쨌건 천공기가 암중으로 거래되면서 국가가 파악하지 못하는 천공기사들이 등장하기 시작했다. 그리고 그들이 이면공간에서 가지고 나온 것들이 어두운 경로로 퍼지기 시작했다.

사실상 이때부터 이면공간의 물품들이 통제되지 못하는 상황이 벌어진 것이다.

하지만 이런 암거래가 사회 발전에 꽤나 긍정적인 영향을 주기도 했다는 것은 대부분의 사람들이 인정하는 것이었다.

이전까지 어느 정도 독점적인 지위에서 에테르 관련 사업을 하던 이들이 수많은 경쟁자를 만나게 된 것이다.

생산자의 경쟁은 소비자들에게 이익이 되어 돌아오는 경우가 많다.

게다가 이면공간에서 얻는 수익이 수익인 만큼 몇 년 지나지 않았는데도 지금은 등록하지 않은 천공기사의 수가 제법 많았다. 거기다가 그들에 대한 제재도 그렇게 심한 편은 아니었다.

어차피 이면공간에서 생산된 것들은 여전히 모자란 경우가 많았다. 어떤 경로로든 현실에 이면공간의 물품들이 늘어나는 것은 장려해야 할 일이었다.

적어도 국가 단위로 봤을 때에는 그것이 정답이고, 때문에 불편

한 심기를 보이는 기업들의 헛기침에도 국가가 나서서 비등록 천공기사를 잡아들이긴 어려웠다.

그럴 경우 그들이 다른 나라로 빠져나갈 것이 뻔한 일이니 알아도 모르는 척 두고 볼 수밖에 없는 것이다. 아니, 방치하는 게 오히려 이득이었다.

세현도 그 점을 이용해서 비등록 천공기사로 일단 활동을 해볼 생각이었다.

세현은 1년 만에 집으로 돌아왔지만 빈약해진 통장 잔고를 채우는 것 이외에는 별달리 할 일이 없었다.

통장 잔고는 1년 동안 머물렀던 이면공간에서 가지고 나온 몇 가지 버섯과 약초를 팔아서 채워 넣었다.

그리 큰돈은 아니었지만 급한 불을 끌 정도는 충분했다.

그렇게 주변 정리를 한 세현은 또다시 집을 나섰다.

세현은 이전에 썼던 배낭에 검과 방패, 그리고 생존에 필요한 몇 가지를 챙겨 넣었다.

이전에는 대우가 있었으니 1년이나 그곳에 머물 수 있었지만, 이제부터는 특별한 경우가 아니면 이면공간에 오래 머물긴 어려울 것이다.

현대의 문물을 대부분 거부하는 이면공간에서는 제대로 된 먹을 것을 구하는 것도 쉽지 않았다. 특히 전투필드는 종류에 따라서 사람이 먹고 마실 것이 제대로 없는 곳도 많았다.

독이 가득한 늪이라거나 메마른 사막이라거나, 높은 산악지형이라거나 화산지대라거나 혹한의 대지라거나.

이면공간은 인간에게 가혹한 환경이 굉장히 많은 편이었다. 그래서 어느 정도 생존에 필요한 것을 챙기는 것은 기본이었다.

"등급이 주황색?"

재래식 시장의 한 모퉁이에서 이면공간 물품을 취급하는 장 씨는 얼굴을 싸구려 피에로 가면으로 가린 애송이를 보며 살짝 인상을 찌푸렸다.

"그렇습니다."

"그런데 노란색 등급까지 이면공간 지도를 원한다고?"

"이미 인터넷에 퍼져 있는 것을 필요 없습니다. 당연히 전투 필드를 찾는 것이고, 될 수 있으면 길드 놈들이 드나들지 않는 곳으로."

"그야 그렇겠지. 등록 되지 않은 놈들이야 언제나 그런 곳을 찾아. 그런데 그걸 지금 공짜로 내놓으라고?"

"획득물 거래를 이곳에서 할 테니까 서로 돕자는 겁니다. 관심 없으면 다른 가게로 갈 테니 결정을 하십시오."

"하, 이거 참. 새파란 놈이 어른을 앞에 두고··· 어어, 야, 어딜 가는 거야?"

장 씨는 애송이로 보이는 천공기사 놈의 행동에 투덜거리다가 한 마디 말도 없이 등을 돌리는 것을 보고 급히 불렀다.

하지만 애송이는 장 씨의 부름에도 그대로 가게 문으로 향해 걸음을 옮겼다.

"준다, 줘. 지도!"

장 씨가 고함을 질렀다.

어차피 비등록 천공기사들 사이에서 약간의 인맥만 있으면 구할 수 있는 지도였다. 처음이 어려운 거지 그 후는 어떻게든 실력만 있으면 풀리게 되는 것이 이 바닥이다.

애송이라고 했지만 그건 나이 때문에 그런 거지, 반대로 어린 나이에 주황색, 거기에 노락색까지 바라볼 정도면 어리다는 것이 도리어 큰 장점이다.

장래가 기대되는 유망주 아닌가.

그런 놈을 그냥 놓치기엔 너무 아까운 장 씨였다.

스윽!

얼굴을 가린 가면 속의 눈동자가 장 씨를 돌아봤다.

장 씨는 테이블 밑에서 지도를 꺼냈다.

"서울하고 경기도까지 나와 있는 거야. 알고 있겠지만 핀포인트 아니면 사람 많은 곳은 대부분 까발려져 있는 상태니까 될 수 있으면 경기도로 나가. 주황색 등급은 서울에 쉴 곳도 안 되는데 그중에서 전투 필드는 반도 안 되지. 경기도에는 그보다 조금 많은 편이고."

"그 말은 길드 놈들을 완전히 피할 수는 없다는 말입니까?"

피에로 가면으로 얼굴을 가리고 있던 세현이 물었다.

"어차피 그놈들도 길드의 공식 활동이 아니면 떳떳하지 못한 경우가 많지. 그놈들도 얼굴을 가리거든. 그때는 그놈들도 가면기사라고 봐야지."

"하긴 그렇긴 하지요."

세현은 장 씨의 말에 고개를 끄덕였다.

등록되지 않은 천공기사들이 자신의 신분을 감추기 위해서 사용하는 대표적인 것이 가면이나 투구였다. 그래서 비등록 천공기사를 속칭 가면기사, 페르소나라 부르기도 했다.

그런데 요즘은 등록된 천공기사도 가면을 쓰고 활동을 하는 경우가 늘고 있는 상황이었다.

"그런데 신분증은?"

"필요 없습니다."

장 씨의 말에 세현은 그렇게 대답하며 장 씨의 손에 들려 있던 지도를 챙겨서 등을 돌렸다.

"지도 값은 떼먹지 않을 테니까 걱정하지 마십시오."

"혼자 돌아다녀도 신분증을 필요하지 않나?"

세현이 가게 밖으로 나가는데 장 씨가 걱정스러운 듯이 말했다.

우뚝.

"페르소나(Persona―가면) 신분증이야 때가 되면 생길 겁니다."

세현은 그렇게 말을 하고는 사람들 사이로 모습을 감췄다.

"신분증을 만드는 것이 아니라 생긴다고? 그 패기 하나는 굉장하군. 하긴 원래 가면들의 신분이야 실력으로 말하는 거였지. 요즘처럼 만들어진 패(牌) 따위를 내미는 것이 아니라. 그런데 제법 야무진 꿈이긴 한데… 어떻지."

장 씨는 그렇게 말을 하면서도 왠지 애송이가 떠난 빈 자리를 다시 보게 되는 자신을 발견했다.

그것은 오랜만에 살아나는 촉이었다.

장 씨에게 대박을 안겨 줬던 그 촉이 장 씨의 소름을 돋게 하고 있었다.

그 시간 세현은 또 다른 가게를 찾아들고 있었다.

"어서 옵서!"

"남양주 두리 S3N17."

세현은 들어가자마자 반기는 종업원에게 한 마디를 던졌다.

"이리로 오십시오. 빠르고 안전하게 모시겠습니다."

종업원은 그런 식의 요구에 익숙한 듯이 곧바로 세현을 한 쪽으로 안내했다.

지하로 내려가는 승강기였다.

세현은 승강기를 탔고, 승강기는 자동으로 움직였다.

그리고 문이 열렸을 때, 세현의 앞에는 공중부양 자동차 한 대가 서 있었다. 안쪽을 들여다볼 수 없게 창문에 반사도료가 완벽하게 칠해진 차였다.

세현은 자동으로 열린 뒷좌석 문에 배낭을 먼저 밀어 넣고 이어서 안으로 들어가 자리를 잡았다.

차는 아무 소리도 없이 움직이기 시작했다.

'내가 이면공간에 들어가 있는 1년 동안 꽤나 많이 바뀌었어.'

세현은 단 1년 사이에 일어난 변화가 떨떠름했다.

비등록 천공기사에 대한 제재는 이제 거의 없다시피 했다.

이 운송 수단도 그런 종류였다.

아무도 모르게 비등록 천공기사를 목적지까지 데려다 주고, 또 호출하면 데리러 온다.

사람이 많은 시장으로 들어가서 준비된 공간에서 환복을 하고 가면을 쓰면 가면기사가 되어 활동을 할 수 있다.

거래는 시장 안에 있는 가게에서 하고 사냥터는 이렇게 준비된 운송수단을 이용하면 된다.

최대한 가면기사들의 신분 노출을 줄여주는 방식인 것이다.

이를 위해서 이쪽에서만 사용 가능한 체크카드도 있었다.

현금을 주고 일정 금액이 충전된 카드를 사서 사용하는 방식이었다.

세현은 세상이 무섭게 변하고 있음을 실감했다.

*   *   *

세현이 탄 차는 그리 오래 걸리지 않아서 목적지에 세현을 내려주었다.

그곳에서 이면공간으로 들어갈 위치를 정하는 것은 세현의 마음이었다.

핀포인트 입장지점처럼 몇 미터, 혹은 몇 십 미터의 한정된 입장 위치가 있는 것이 아니라면 자신이 편한 곳에서 입장을 하면 되는 것이다.

세현이 도착한 곳도 송라산에 속한 두리봉 일대 전체가 한 곳의 주황색 이면공간으로 들어갈 수 있는 곳이었다.

다른 곳에 비해서 이면공간이 넓고 몬스터들이 강한 편이어서 천공기사들이 많이 찾지 않는다는 설명이 붙은 곳이었다.

당연히 관리하는 길드도 없었다.

입장 구역이 넓으면 사실상 관리가 어렵기 때문에 특별히 값나가는 획득물이 나오는 필드가 아니라면 굳이 길드에서 관리하는 경우는 없었다.

세현은 차에서 내려 산으로 한동안 들어갔다.

사람들이 오가는 곳에서 이면공간으로 드나드는 것은 별로 추천할 일이 아니다.

　인적이 드문 곳을 찾는 것은 당연한 것이다.

　세현은 산으로 조금 오르다가 등산로에서 어느 정도 벗어난 곳에서 커다란 바위를 발견하고 그 위로 올라갔다.

　그리고 검과 방패를 꺼낸 후에 천공기 '팥쥐'를 활성화시키고 주황색 등급의 천공기 주얼을 작동시켰다.

　스화화화확!

　이동은 이전에 붉은색 이면공간으로 들어갈 때와 다르지 않았다.

　세현은 이면공간에 들어오자마자 곧바로 검과 방패를 들고 주변을 살폈다. 현실로 갈 때와는 달리 이면공간으로 들어올 때에는 도착지점의 상황을 미리 파악하는 것이 불가능하다.

　때문에 전투필드라면 도착과 동시에 몬스터나 인간에게 공격을 받을 가능성을 염두에 둬야 했다.

　"휴우."

　세현은 주변을 살피고 낮은 한숨을 쉬었다.

　다행히 주변에 위험한 기척은 느껴지지 않았다.

　"후우, 후우. 확실히 에테르 농도가 짙어. 고작 한 등급 높아졌을 뿐인데 말이지."

　세현은 심호흡을 하며 충만한 에테르를 만끽했다.

　그때, 갑자기 세현의 '팥쥐'가 세현의 의도와는 전혀 상관 없이 반응을 보이기 시작했다.

우-우-우-우-우-웅.

"응?"

[아? 아?? 아! 아아!!]

"뭐? 이게 뭐야?"

세현은 깜짝 놀랐다.

'팥쥐'로부터 전해지는 의식이 있었다.

그것은 말이 아니었다.

뭔가 궁금하다고 여기다가 깨닫는 과정이 느껴졌다.

다만 무엇을 궁금하게 여겼고 또 어떤 답을 얻었는지는 알 수가 없었다.

세현은 소매를 걷었다.

다른 사람들이 천공기를 보지 못하도록 끼고 있던 밴드형 헝겊 팔찌도 벗었다.

그리고 '팥쥐'를 활성화한 상태로 노려봤다.

[음? 음?? 음음???]

'팥쥐'로부터 강렬한 궁금증이 전해졌다.

"너, 뭐냐?"

세현 역시 그렇게 강렬한 의식을 전달하는 주체가 궁금했다.

"그러니까 너도 정확하게 자신이 어떤 존재인지 모른다는 말이군. 그러면서 내 천공기에 머물고 있는 상태고?"

[음!]

세현은 나무 위에 몸을 숨긴 상태로 '팥쥐'와 이야기를 나누고 있었다.

세현이 있는 곳은 전투 필드.

언제 몬스터들이 나타날지 모르는 곳이라 긴장을 늦출 수 없는 곳이었다.

그렇다고 '팥쥐'에 이상이 생겼는데 그대로 두고 볼 수도 없어서 결국 나무 위로 올라와 몸을 숨기고 상태 파악을 하는 중이었다.

처음에는 '팥쥐'와 세현 모두가 서로를 이해하지 못해서 교감을 나눌 수가 없었다.

하지만 어느 정도 시간이 흐르자 둘 사이에 대화가 이루어지기 시작했다.

'팥쥐'는 세현이 전하고자 하는 뜻을 빠르게 이해하기 시작했고, 세현도 '팥쥐'가 보내는 의지를 받아들일 수 있었다.

'팥쥐'는 짧고 간결한 의지, 즉 긍정이나 부정, 궁금증, 감탄 같은 것만 전할 수 있었는데 시간이 더 흐르면 좀 더 복잡한 뜻을 전할 수 있을 거라고 했다.

"결국 넌 스스로가 어디서 왔는지 어떤 존잰지 모른다는 건데, 내가 알기로 너는 타모얀 종족의 대우가 내 천공기에 심었다고 했던 그 씨앗인 것 같다."

세현은 팥쥐에게 강철의 에너지 서클과 씨앗에 대해서 이야기해주었다.

[음??]

"대우가 너에 대해서 따로 알려 준 것은 없어. 그저 굉장한 종족이 있는데 그 종족의 씨앗이라고만 했지."

[음.]

세현은 '팥쥐'의 반응에서 실망과 우울을 느꼈다.

"나중에 내가 성장하면 알게 될 거라고 했으니까 너도 언젠간 알게 될 거야. 실망하지 말고."

[음! 음! 음!!]

"그래. 좋아. 그럼 된 거지. 어쨌건 잘해 보자. 팥쥐!"

세현은 천공기에 깃든 의지가 특별하게 문제가 될 것 같지는 않다는 판단을 내렸다.

지금도 천공기 '팥쥐'는 세현이 제어할 수 있었다.

'팥쥐'에 깃든 씨앗이 깨어난 것 같지만 그게 어떤 변화를 일으키진 않았다.

'조금 불안하긴 하지만, 당장 문제가 되는 것은 아니니까. 또 내가 어떻게 할 방법도 없고.'

세현은 단순하게 생각하기로 했다.

문제가 생기면 그때, 해결을 하면 될 일인 것이다.

지금 당장 급한 것은 처음으로 맞이하게 된 이면공간의 몬스터들이었다.

세현은 자신이 있는 나무 밑으로 접근하는 생명체들을 발견하고 바짝 긴장했다.

가면기사 고재한

'여긴 주황색 등급의 이면공간이다. 얕잡아 볼 수 있는 놈들이 아니다.'

[음!]

세현이 칼과 방패를 들고 발밑까지 다가온 몬스터들을 공격할 기회를 노리며 각오를 다지는데 '팥쥐' 역시 세현처럼 긴장하는 것이 느껴졌다.

딱히 뭔가 하는 것도 아니지만 누군가 함께 있어 준다는 느낌이 세현의 마음을 든든하게 했다.

세현의 시선이 첫 목표로 삼은 몬스터로 향했다.

몬스터는 모두 세 마리.

그중에서 제일 앞에 서 있는 몬스터가 뒤따르는 두 마리보다 머리 하나는 더 컸다.

두 다리로 걸으며 손에는 몽둥이를 들고 있는 몬스터는 목 위로 머리통만 빼곤 몸 전체에 털이 가득 나 있었다.

그리고 그 털이 없는 머리에 한 점을 중심으로 넓게 퍼진 기하학적인 무늬가 있었다.

몬스터 패턴이었다.

몬스터들이 사용하는 에테르의 기본적인 통로로 몬스터를 죽였을 때, 그 패턴에서 에테르 주얼이 형성되곤 했다.

몬스터 패턴은 몬스터를 약화시킬 수 있는 약점이기도 한 부분이었다. 몬스터 패턴이 손상된다고 몬스터가 죽는 경우는 별로 없지만, 패턴의 위치는 대부분 몬스터의 급소인 경우가 많았다.

세현은 바짝 긴장한 상태로 아래를 내려다보았다.

놈들은 세현의 존재를 알아차리지 못한 상태로 나무 밑을 지나는 중이다.

'그냥 보낼까?'

잠깐 그런 생각을 해본 세현은 고개를 저었다.

그가 이곳에 온 이유가 몬스터를 사냥하기 위해서다.

자신의 수준을 파악해야 하고, 동시에 돈도 벌어야 했다.

물론 사냥 실력을 내세워서 명성을 얻을 필요도 있었다.

비록 가면기사일 뿐이지만, 그들 중에서도 실력이 뛰어난 이들은 그만한 명성을 얻고, 그에 따른 힘을 가지게 된다.

뛰어난 천공기사는 어디에서나 대우를 받게 마련이다.

세현이 가려는 길이 바로 그 길이다.

훌쩍!

콰직! 퍼벅!

세현이 나무에서 뛰어내려 두 발로 앞에서 오던 몬스터의 양쪽 어깨를 짓밟는 것과 동시에 칼은 정수리를 찔렀다.

그리고 찌르기의 임팩트에는 어김없이 에테르가 무기에 주입되었다.

"이런! 차앗!"

세현은 살짝 혀를 차며 몸을 날렸다.

그가 정수리를 찍었던 몬스터의 머리는 이미 수박이 터지듯 터진 상태, 그 몸뚱이가 쓰러지기 전에 세현의 검과 방패가 움직였다.

찌른 검을 서선으로 그어 올리며 베고, 방패는 휘둘러 쳤다.

츠리릿! 퍼벙!

세현은 동작이 끝난 순간 잠시 동안 우뚝 멈춰 있었다.

"아, 이건 좀 생각을 해볼 문제군."

세현은 쓰러져 있는 세 구의 사체를 보며 중얼거렸다.

나무에서 뛰어내리며 찌르고, 뒤이어 베고 치는 동작 세 번에 몬스터 세 마리가 시체가 되었다.

뛰어내리기 전에 가졌던 긴장감이 무색할 일이다.

세현은 생각보다 뛰어난 자신의 능력을 두고 생각에 잠겼다.

고재한은 눈을 크게 부릅떴다.

'굉장하네. 한 방에 한 마리씩이야. 상위 등급 천공기산가?'

그는 놀라움과 흥미를 담아서 그 사내를 쳐다봤다.

고재한이 그를 발견한 것은 우연이었다.

전투 필드에서 홀로 몬스터 사냥을 하는 것은 무척 위험한 일이다. 때문에 고재한은 최대한 조심스럽게 필드를 탐색하며 사냥감을 물색하고 있었다.

파티를 구성하면 좋겠지만 가면기사들끼리 파티를 맺는 것은 그리 쉬운 일이 아니다.

가면을 쓴 순간부터 익명성을 앞세워 본성을 드러내는 인간들이 많기 때문이다.

그러니 파티를 구성하려면 적어도 등을 찌르진 않을 거라는 믿음 정도는 있어야 하는데, 그런 사람들을 구하는 것은 쉽지 않은 것이다.

고재한은 가면기사로 활동하기 시작한 것이 얼마 되지 않았다. 그는 홀로 사냥을 해야 하는 상황이라 최대한 안전을 챙기는 사냥을 했다.

그렇게 주변을 살피다가 혼자 나무 위에 있는 가면기사를 발견하고 살펴보는 중인데 그가 나무 밑으로 지나가는 몬스터 세 마리를 순식간에 해치운 것이다.

'저런 실력이면 노란색 등급은 넘었을 것 같은데?'

고재한은 가끔 상위 등급의 천공기사가 하위 등급으로 내려오는 경우를 떠올려 봤다.

쉽고 편하게 몬스터를 사냥하기 위해서, 혹은 천공기 주얼의 충전이 되지 않아서 하위 등급으로 들어와 에테르를 보충하는 경우가 떠올랐다.

'에테르를 보충하기 위해서 온 건가?'

고재한은 멀리 보이는 천공기사의 움직임을 눈으로 쫓으며 생각했다.

몬스터 세 마리를 잡은 천공기사는 잠깐 서서 움직이지 않더니 곧바로 다시 발걸음을 옮겼다.

'뭐야? 왜 몬스터 사체를 그냥 두고 가는 거야? 저런 정도는 그냥 버린다는 건가?'

고재한은 몬스터 사체를 그냥 두고 가는 모습에 깜짝 놀랐다. 몬스터를 잡았는데 그냥 가다니, 그건 이해하기 어려운 일이었다.

'지가 무슨 파란색 등급이나 남색 등급 천공기사라도 된다는 거야? 그래서 주황색 등급 몬스터는 눈에 들어오지도 않는다는 거야?'

고재한은 가면 속에서 인상을 팍 찌푸렸다.

그리고 곧바로 몸을 숨기고 있던 나무 그늘에서 나와 그 천공기사를 향해서 뛰쳐나갔다.

"잠깐만! 거기, 잠깐만 서 보십시오!"

"음?"

세현은 갑작스럽게 나타난 인기척에 살짝 놀라며 몸을 돌렸다.

제법 멀리 떨어진 곳에서 가면기사 하나가 세현을 향해 달려오고 있었다.

세현은 언제든지 뽑을 수 있게 검의 손잡이에 손을 올리고 달려오는 가면기사를 기다렸다.

흰색과 검은색.

가면의 위쪽 절반은 흰색, 아래쪽 절반은 검은색인 특이한 가면을 쓴 가면기사가 잠깐 사이에 백여 미터를 달려 세현의 앞으로 다가왔다.

"뭡니까?"

세현의 목소리는 낮게 가라앉아 있었고 감정이 담겨 있지 않았다.

"저기, 저것들 버리는 겁니까?"

고재한이 앞뒤를 재지 않고 곧바로 세현에게 물었다.

세현은 고재한이 가리킨 몬스터 사체를 힐끗 바라봤다.

그리고 고재한을 보았다.

"도축을 할 거라면 하십시오. 나는 상관하지 않을 테니까."

세현은 눈앞의 가면기사가 사체에 관심을 가지는 이유가 도축 때문일 거라고 짐작했다.

몬스터 사체는 돈이 된다.

사체를 모두 가지고 갈 수 있으면 좋겠지만 부피의 제한이 있어서 그럴 수가 없다.

그러니 가치가 큰 부분만 따로 떼어 내서 가지고 가는 것이 보통이다.

세현도 그것은 알고 있었다.

하지만 막상 몬스터를 잡고 보니 그 몬스터의 어떤 부분이 돈이 되는지 알 수가 없었다.

그래서 에테르 주얼이 나왔는지만 살피고 떠나려던 참이었다.

"등급이 꽤나 높은 분인가 봅니다? 주황색 등급의 몬스터 부산물은 눈에 들어오지도 않는 것을 보면 말이죠."

고재한은 피에로 가면의 기사를 보며 빈정거리듯 말했다.

그리고 곧바로 후회했다.

'아 제기랄, 내가 왜 이러나 몰라. 상위 등급 천공기사에게 이게 뭔 짓이야. 저게 열 받는다고 칼부림이라도 하면 어쩌려고? 에라, 멍청한 새끼, 감정 조절도 못하냐?'

고재한은 스스로를 탓하며 슬쩍 눈앞의 가면기사를 살폈다.

"그건 아닙니다. 음, 이렇게 하지요. 저 사체들을 드릴 테니까 도축하는 것 좀 보여 주십시오. 처음으로 몬스터를 사냥하는 거라 도축하는 방법을 몰라서 말입니다."

하지만 고재한의 걱정과는 달리 피에로 가면의 반응은 전혀 뜻밖의 것이었다.

*　　　　*　　　　*

"네?!"

고재한은 깜짝 놀라서 멍청하게 되묻고 말았다.

"제가 초보라서 말입니다. 저것들을 잡긴 했는데 잡아놓고 보니 어딜 챙겨야 할지 모르겠더군요. 그래서 그냥 주얼이 나왔나만 보고 가려던 참이었습니다."

세현은 그렇게 말하며 가면을 쓰고 있다는 것이 다행이라고 생각했다.

아니었으면 붉어진 얼굴색을 들켰을 것이다.

"아, 그, 그렇군요. 그런데 초보라면서 어떻게 이 사키메구들을 한 방에? 아, 죄송합니다. 일부러 훔쳐본 것은 아니고 사냥감을 쫓다가 우연찮게 사냥하는 장면을 봤습니다."

고재한은 자신이 감시를 한 것은 아니라고 변명을 했다.

"저 몬스터의 이름이 사키메구입니까? 저는 그것도 몰랐습니다."

"온몸에 털이 잔뜩 있고, 사람처럼 두 발로 걸어 다녀서 저런 것들은 대부분 그냥 사키, 혹은 메구라고 불렸는데 그게 전부 털 원숭이란 뜻입니다. 그래서 언제부턴가 저런 종류는 묶어서 사키메구라고 부르죠."

"그렇군요. 그런데 어떻습니까? 도축하는 것을 좀 봐도 되겠습니까?"

"하하하. 그거야 뭐 그렇게 하십시오. 그런데 정말 초보 맞습니까?"

고재한은 실력에 대한 물음에 답을 하지 않는 상대의 태도에 이번엔 조금 조심스럽게 물었다.

"맞습니다. 제가 붉은색 등급에서 수련만 하다가 이번에 처음으로 주황색 등급에 들어왔지요. 그런데 힘들게 배운 것이 영 쓸모가 없었던 것은 아닌 모양입니다. 사냥이 쉽더군요."

"아, 그렇군요."

고재한은 세현의 말에 어느 정도 이해가 되었다는 음성으로 고개를 끄덕였다.

천공기사가 되려면 천공기의 선택을 받아야 한다.

하지만 천공기를 얻는 것은 쉽지 않은 일이다.

공급보다 수요가 많은 것이 천공기다.

당연히 천공기를 손에 쥐는 이들은 어떤 식으로든 권력과 닿아 있을 수밖에 없었다.

그것이 돈이건, 권력이건, 무력이건 간에.

고재한은 눈앞에 있는 천공기사 역시 그러하리라 예상했다.

거기다가 제법 오래 수련까지 받았다니 등급이 높은 베테랑 천공기사의 도움을 받을 수 있는 가문이거나 세력에 속해 있을 것이 분명했다.

'거기다가 제법 귀한 대접을 받고 자란 녀석일 가능성이 높겠어. 천공기사에게 채집과 도축을 가르치지 않다니, 그건 저 녀석은 그런 일을 할 필요가 없다는 거겠지. 돈이 넘쳐나는 놈이 분명해.'

고재한의 생각은 거기까지 닿았다.

'그런데도 지금 도축을 배우겠다는 건? 뭐, 유희 같은 거겠지. 재미삼아서.'

"자, 그럼 시작하겠습니다."

고재한은 허리춤에서 생긴 것이 서로 다른 칼이 들어 있는 뭉치를 꺼내서 바닥에 놓고 주르륵 풀었다.

"나중에라도 도축을 하려면 이런 도축용 도구를 준비하는 것이 좋습니다. 실력이 있는 사람들은 단검 하나로 모든 것을 한다고 하지만 그거야 나중 일이죠. 자, 일단 이 사키메구에서 제일 중요한 부분이 어딘가를 알아야 합니다. 물론 에테르 주얼이 나온다면

야 더할 나위 없이 좋지만 그게 아니라면 여기 이 부분이 제일 좋습니다. 왜냐면 가격 대비 부피가 가장 작기 때문이죠."

고재한은 그렇게 말을 하며 죽은 사키메구의 눈동자에서 얇은 수정막을 빼냈다.

그리고 이어서 사키메구의 사체에서 돈이 되는 부분들을 하나하나 설명하게 적출하기 시작했다.

"결국 돈이 안 되는 부분은 없군요?"

도축이 끝난 후에 세현은 가면 속에 하얗게 질린 얼굴을 감추고 그렇게 말했다.

눈앞에 사키메구 한 마리가 완전히 해체되어 있었다.

"뭐, 그렇죠. 하지만 저는 이 중에서 요것, 요것, 요것만 챙깁니다. 이유는 아시겠지요?"

"부피가 작으니까요?"

"맞습니다. 들고다닐 수 있는 양은 기껏 40리터밖에 안 되는데 저런 것들을 모두 챙겼다간 여기 세 마리만으로 한계를 넘게 되죠."

"이해했습니다. 가격이 싸더라도 부피가 작으면 여러 개를 챙길 수 있으니 이익이 된다는 거군요?"

"하하, 맞습니다. 그러니까 요것, 요것, 요것만 챙기면 된다는 거죠! 아시겠지요?"

고재한이 사키메구의 수정체와 꼬리뼈, 힘줄을 가리키며 말했다.

고재한은 눈앞에 있는 녀석이 비록 실력은 좋을지.몰라도 확실히 초보라는 것을 알 수 있었다. 그걸 시험하기 위해서 사키메구의 해체를 조금 과하게 한 면도 있었다.

첫 사냥이라고 했으니 어디서 이런 험악한 광경을 봤겠는가.

'반응을 보니 초보는 확실히 초보야. 그런데 그럼 그 실력은 또 뭐야? 도대체 누구에게 배웠기에 처음 사냥을 나왔다는데 저런 실력이지?'

고재한은 점점 눈앞의 피에로 가면에게 흥미가 커지는 것을 느꼈다.

"그런데 힘줄은 시간도 오래 걸리고 귀찮은 과정이 많군요."

세현이 마뜩찮은 음성으로 말했다.

부피가 작고 값이 많이 나가긴 하지만 사체에서 힘줄을 긁어내는 것은 별로 하고 싶지 않은 세현이었다.

"하하하. 그야 뭐… 그럴 수도 있겠네요."

고재한은 세현의 반응에 살짝 심통이 났다.

돈이 많은 놈은 어쩔 수 없다는 생각이 든 것이다.

"차라리 그거 뜯고 있는 동안에 몬스터 사키메구 한 마리 더 찾아서 잡는 것이 좋을 것 같네요."

하지만 세현으로선 당연한 말이었다.

잡기 어려운 몬스터도 아닌데 사체 하나에 그렇게 시간을 끌고 있을 이유가 없는 것이다.

고재한은 세현의 말을 듣고 충분히 그렇게 생각할 수 있겠다는 생각이 들었다.

힘줄보다는 수정체와 꼬리뼈가 도축하기도 간단하고 부피도 적은데다가 가격도 비쌌다.

확실히 힘줄을 뽑고 있을 시간에 다른 놈을 하나 더 잡을 수 있다면 그게 나은 선택이었다.

"틀린 말은 아니군요. 하지만 이곳 필드에서 사키구메를 잡는 것이 쉬운 일은 아닙니다. 파티를 구성하고도 조심해서 사냥을 해야 하는 놈들이죠. 적게는 셋에서 많으면 여섯까지 무리를 지어 다니는 놈들이니까요."

고재한은 '모두 너처럼 실력이 좋은 놈들만 있는 것은 아니다.' 란 말은 차마 할 수가 없었다.

"저, 그럼 우리 이렇게 할까요?"

세현이 뭔가 좋은 생각이 났다는 듯이 고재한을 보며 말했다.

"네? 무슨?"

"함께 사냥하죠. 숫자가 많으면 좀 도와주시고, 아니면 제가 사냥을 할 테니까 도축을 해서 수익은 반반으로 나누기로 하죠. 어때요? 물론 힘줄을 빼고, 수정체하고 꼬리뼈만 도축하는 걸로 하고요."

세현은 고재한에게 함께 사냥을 하자고 제안했다.

그렇다고 세현이 고재한을 믿고 계속 함께하겠다는 생각을 가진 것은 아니었다. 그저 앞으로 쌓을 명성을 위해서 소문을 낼 사람으로 고재한을 택한 것이었다.

혼자서 아무리 사냥을 하고 다녀도 봐주는 사람이 없으면 알려지기 힘들다.

'악인 같지는 않고, 또 그렇다고 해도 내가 조심하면 될 일이니까 잠깐 함께 다니는 것이 좋겠지. 어떻게든 나에 대한 소문을 내긴 해야 하니까.'

세현은 그렇게 생각하며 고재한의 결정을 기다렸다.

고재한은 세현의 가면을 뚫어져라 바라보고 있었다.

가면기사 고재한과 함께하다

"차앗!"

터덩! 키에에엑!

"합!"

츠리릿! 키에에에!

다섯 마리의 사키메구 중에서 마지막 놈이 세현의 방패에 얻어 맞은 후, 목에 커다란 검상을 입고 피를 뿌리며 비틀거렸다.

세현은 그런 사키메구에게서 몇 걸음 물러나 검을 세우고 놈이 쓰러져 죽기를 기다렸다.

이미 치명상을 입은 상태니 뿜어내는 피를 맞아가며 검을 더 휘두를 이유가 없었다.

"매번 느끼는 거지만 정말 깔끔하군요."

고재한이 머리에 볼트가 박혀 있는 사키메구의 한쪽 다리를 잡고 끌고 오며 엄지손가락을 세워 보였다.

볼트는 고재한이 쏜 것이었다.

세현과 고재한이 함께 사냥을 하게 된 후로, 매번 첫 공격은 고재한이 맡았다.

그는 석궁과 검을 동시에 다뤘는데, 혼자 사냥을 하려면 몬스터가 가까이 오기 전에 수를 줄이거나 상처를 입혀 놓을 필요가 있기 때문이었다.

그래서 세현과 사냥을 할 때에도 고재한이 먼저 석궁을 쏴서 몬스터를 공격하고, 이후에 다가오는 몬스터를 세현이 중간에서 기습하는 방식을 쓰고 있었다.

세현은 고재한의 말에 가면 속에서 설핏 웃고는 겉으로 반응을 보이지 않았다.

고재한도 딱히 무슨 대답을 들을 생각은 없었다는 듯이 사키메구의 사체들을 한 곳에 모았다.

그러다가 갑자기 목소리를 높혔다.

"이야! 운이 좋군요. 드디어 에테르 주얼이 나왔습니다."

그리고 고재한은 죽은 사키메구의 머리 근처에서 손가락 마디 하나 정도 크기의 결정체 하나를 들어 올렸다.

에테르 주얼이었다.

반투명한 주황색의 결정체는 수정을 주황색으로 물들여 놓은 것처럼 보였다.

에테르를 품고 있는 보석, 에테르 주얼이었다.

"주황색 등급이라, 확실히 운이 좋다고 해야겠습니다. 이곳에서 잡는 몬스터들도 붉은색 에테르 주얼을 주는 경우가 더 많은데 말입니다. 하하하."

고재한은 정말 기쁜 듯이 웃었다.

'그래서 어쩔 거지?'

세현은 차갑게 가라앉은 눈빛으로 고재한을 바라보고 있었다.

재물이 사람을 변하게 한다는 것을 세현은 잘 알고 있었다.

휙!

하지만 세현의 긴장은 일순간 풀리고 말았다.

고재한이 손에 들고 있던 에테르 주얼을 세현에게 던진 것이다.

세현은 오른손으로 그것을 받았다.

그리고 고재한을 뚫어져라 바라봤다.

"뭐, 어차피 도축만 같이하기로 한 거 아닙니까. 사냥해서 나오는 것은 각자 취하는 것이 맞지 않겠습니까? 이놈에게서 주얼이 나왔다면 그건 내가 가져야 옳을 거고 말입니다."

고재한은 자신의 석궁 볼트에 맞아 죽은 사키메구를 발로 툭 차며 말했다.

세현은 그런 고재한을 잠시 바라보다가 등을 돌렸다.

"어, 어딜 가는 겁니까? 도축하는 거 안 봅니까?"

고재한이 갑자기 어디론가 가는 세현을 보며 놀라 소리를 질렀다.

"잠깐 혼자 있고 싶습니다. 도축이 끝나면 아지트에 먼저 가십시오."

세현은 고재한에게 그렇게 말을 하고는 숲으로 몸을 날렸다.

"뭐야? 무슨 일이지?"

고재한은 평소와 다른 세현의 행동에 고개를 갸웃거렸지만 그렇다고 세현의 뒤를 따를 수도 없었다.

"일단은 모르는 척하는 거지. 우리가 무슨 특별한 사이도 아니고."

고재한은 어쩔 수 없다는 듯이 말하곤 사키구메의 사체로 다가갔다.

[음! 음! 음!]

세현은 고재한의 모습이 보이지 않을 정도로 멀리 떨어지자 곧바로 나무 위로 올라가 자리를 잡았다.

고재한의 말로는 이곳 필드에는 나무 위로 다니는 몬스터나 비행 몬스터가 없으니 나무 위는 그런대로 안전한 장소라고 했다.

세현은 굵은 가지에 자리를 잡자마자 왼쪽 손목의 '팥쥐'를 활성화 시켰다.

'팥쥐'는 조금 전부터 아주 강력한 의지를 전하고 있었는데, 그 의지가 원하는 것이 에테르 주얼이었다.

"이걸 달라는 말이야?"

세현은 주황색 에테르 주얼을 오른손 엄지와 검지로 잡은 상태로 왼쪽 손목의 천공기 '팥쥐' 가까이 가져가며 물었다.

[음!!!!]

"확실히 이걸 달라는 건 맞는 것 같은데, 천공기에 에테르 주얼을 넣는다는 말은 들어 본 적이 없는데? 그런 방식으로 천공기 주얼을 충전하는 경우도 없고 말이지."

[음·음!!]

"천공기랑 상관없어? 니가 쓸 거야? 아니, 흡수할 거야? 먹어?"

세현은 '팥쥐'로부터 전해지는 의지를 해석하기 위해서 이리저리 말을 바꾸었다.

그리고 결국 '팥쥐'가 에테르 주얼을 먹고 싶어 한다는 사실을 알아냈다.

"나참, 이게 얼마짜린지 알고나 그러는 거야? 이걸 먹겠다고? 내가 태어나서 처음으로 획득한 에테르 주얼을?"

[음!!!!!]

"기가 막히는군. 아주 떼를 써라, 떼를 써!"

세현은 고개를 내저었다.

거의 맹목적인 요구가 '팥쥐'로부터 전해지고 있었다.

말 그대로 떼를 쓰는 아이와 같은 느낌이었다.

'어떻게 하지?'

세현은 잠시 고민을 했지만 대우의 모습이 떠오르자 별수 없다는 듯이 체념했다.

'대우, 그가 분명히 해롭지 않을 거라고 했지. 거기다가 씨앗이라고 몇 번이나 말을 한 것을 보면 성장을 시켜야 한다는 의미도 있었던 거고. 어쩔 수 없군.'

세현은 주황색 에테르 주얼을 왼손목의 천공기 '팥쥐'에 접촉시켰다.

파삭! 휘리리리리링!

순간 에테르 주얼이 조각조각 박살이 나면서 그 속에 갇혀 있던 에테르가 쏟아져 나왔다.

하지만 그렇게 나온 에테르의 대부분이 '팥쥐'에 흡수되기 시작했다.

'정말로 먹어 치우는 건가?'

세현의 심상에 한 입에 주먹밥을 우겨 넣는 작은 입이 떠올랐다.

얼마간 부스러기를 흘리긴 했지만 그 입은 결국 주먹밥 하나를 모두 삼켰다.

[음! 음음음!!!!]

그리고 '팥쥐'로부터 더할 수 없이 만족스러운 느낌이 전해졌다.

지금까지 단편적으로 전해지던 수많은 느낌들 중에서 에테르 주얼에 대한 욕구만큼이나 강렬한 느낌이었다.

'포만감? 고마움? 졸음?'

세현은 그렇게 느꼈고, 그 느낌 이후로 '팥쥐'는 고요해졌다.

'배터지게 먹고 자는 거냐?!'

세현은 어이가 없었다.

'결국 얻은 것은 하나도 없이 에테르 주얼만 하나 뺏긴 거네?'

세현은 고개를 저으며 아지트로 향했다.

가는 길에 확인하니 조금 전에 모아두었던 사키메구의 사체들은 도축이 끝난 상태로 조금씩 에테르로 변해서 연기로 흩어지고 있었다.

이면공간 안에서 몬스터들은 시간이 지나면 사체도 남기지 않고 에테르가 되어 사라진다.

그전에 도축을 하고 특별한 처리를 해야 에테르로 변하는 것을 막을 수 있었다.

그나마 그건 별로 어려운 것이 아니어서 천공기사가 지니고 있는 에테르를 일정 주기마다 아주 조금씩만 주입하면 충분했다.

서로 다른 성질의 에테르가 충돌을 하기 때문인지 그런 상태의 몬스터 사체는 승화되지 않는 것이다.

세현은 허공으로 사라지는 사키구메의 사체를 잠시 바라보다가 다시 몸을 날려 아지트로 향했다.

*　　　　*　　　　*

"왔습니까?"

세현이 고재한이 기다리는 아지트로 돌아갔을 때, 고재한은 간단하게 식사 준비를 해놓고 세현을 기다리고 있었다.

즉석에서 간편하게 먹을 수 있는 음식, 끓는 물을 부어서 먹거나 혹은 물을 부을 필요도 없이 그냥 포장을 뜯어서 먹을 수 있는 종류.

천공기사들이 준비하는 음식들은 대부분 그런 것들이었다.

그나마 이곳 전투 필드는 생태가 풍성한 까닭에 야생에서 먹을 것을 구하는 것이 가능한 곳이었다.

물론 세현은 그런 채집에도 미숙해서 고재한에게서 많은 것을 배우고 있었다.

"오늘은 에테르 주얼도 구경을 했으니 파티라도 해야 하는데 마침 재료가 없네요. 하하."

고재한은 포장된 인스턴트 식품을 내놓으며 미안한 듯이 말했다.

"괜찮습니다. 몸만 축나지 않을 정도면 되지요."

세현은 고재한이 내미는 음식을 받으며 말했다.

"입에 안 맞을 텐데, 그래도 음식 타박을 하지 않으니 다행입니다."

"네?"

"아, 아닙니다."

고재한은 급하게 말을 돌렸다.

분명히 있는 집안에서 자란 놈이 분명한데 음식을 두고 까탈을 부리지 않는 것이 기특해서 한 말이지만 또 그걸 그렇다고 할 수도 없지 않은가.

"흑백면, 우리, 사냥터를 옮겨 보는 것이 어떻겠습니까?"

그때, 세현이 고재한에서 새로운 제안을 했다.

둘은 지금까지 사키메구가 나오는 곳에서만 사냥을 하고 있었다.

하지만 그들이 있는 전투 필드에 등장하는 몬스터가 사키메구만 있는 것은 아니었다.

그러니 새로운 종류의 몬스터를 사냥해 보자는 제안을 하는 것이다.

"뭐, 그런 이야기가 나올 거라고 생각하고는 있었습니다. 피에로, 당신은 돈을 목적으로 이곳에 들어온 것이 아닐 테니 말입니다."

"그럼 내가 무얼 목적으로 들어왔다고 생각합니까?"

"그야 경험이겠지요. 몬스터를 사냥하는 경험을 쌓고, 그 후에는 곧바로 노란색 등급으로 옮겨 가겠지요. 그리고 그 후에는 초록색 등급으로 갈 테고 말입니다."

"내가 노란색 등급과 초록색 등급으로 갈 수 있을 거라고 생각하는 겁니까?"

세현은 눈앞에 있는 사내가 어째서 그런 생각을 하게 되었는지 궁금했다.

"피에로, 당신은 좋은 스승에게 교육을 받았을 겁니다. 에테르 호흡법도 뛰어난 것을 가지고 있고 말입니다. 비록 사냥 중에 아주 기초적인 것들만 사용하고 있지만 나는 그렇게 깔끔한 동작들을 본 적이 없습니다. 그것만 봐도 당신이 얼마나 굉장한 스승을 모셨는지 알 수 있는 일입니다."

"나 혼자서 독학했다면 절대 안 믿겠군요?"

"불가능한 일이니까요."

고재한은 딱 잘라서 대답했다.

"좋습니다. 그러니까 그런 후원을 받았으니 내 배경이 아주 대단할 거라고 믿는 거군요?"

"그렇습니다. 그러니 당연히 천공기 주얼도 초록색 정도까지는 구할 수 있을 거라고 생각하죠."

"음, 그렇게 생각할 수도 있겠군요."

세현은 고재한의 오해를 군이 풀어줄 이유가 없었다.

어떤 오해를 하건 일단 세현 자신에 대한 소문만 잘 내주면 되는 것이다.

"아니란 말입니까?"

고재한은 세현의 반응이 밋밋하게 나오자 혹시 하는 생각에 물었다.

하지만 세현은 손가락으로 자신의 얼굴을 가리키며 가면을 툭툭 쳤다.

가면기사, 페르소나의 신분을 파헤치려는 시도는 칼부림으로 이어질 수 있는 무례였다.

고재한은 세현의 그 동작에 움찔 하고는 고개를 돌렸다.

"그래서 어쩔 겁니까? 사냥감을 바꾸는 것은?"

세현이 다시 물었다.

"뭐 그렇게 하지요. 어차피 주황색 등급의 몬스터들이라면 별반 차이도 없으니까 말입니다. 코어 몬스터만 아니라면야."

"코어 몬스터라, 그놈이 발견되긴 했습니까?"

세현이 코어 몬스터라는 말에 흥미를 보이며 고재한에게 물었다.

이면공간을 유지하는 힘의 원천인 코어.

그것을 지니고 있는 몬스터가 코어 몬스터였다.

모든 이면공간에는 그 이면공간을 유지하는 코어가 있는데 유독 몬스터들이 등장하는 전투 필드에서만 이면공간 코어의 획득이 가능했다.

전투 필드의 코어 몬스터를 사냥하면 거기서 이면공간 코어를 얻을 수 있는 것이다.

하지만 그 코어를 지닌 몬스터는 좀처럼 나타나지 않았다.

좁다면 좁은 붉은색 이면공간의 전투필드에서도 모든 몬스터를 잡아 죽여도 코어 몬스터를 발견하지 못하는 경우가 허다했다.

또 그러다가도 어느 날 갑자기 그 필드에 코어 몬스터가 뚝 떨어진 것처럼 나타나기도 했다.

"그게 나왔으면 여기가 이렇게 조용하겠습니까? 아마 천공기사란 천공기사는 다 몰려들 테고, 길드도 모두 몰려올 겁니다. 그럼 우리 같은 페르소나들은 설 곳이 없어지는 거죠."

"하긴, 이면공간 코어라면 아무리 등급이 낮은 것이라도 그 가치가 무궁하니까."

세현은 고개를 끄덕였다.

에테르 주얼은 에테르를 품고 있는 보석이지만 스스로 에테르를 흡수하거나 보충하지 못한다.

하지만 코어는 달랐다.

코어는 스스로 에테르를 만들어냈다.

그래서 사람들은 천공기의 붉은색 주얼과 코어가 유사한 것이 아닌가 의심하고 있기도 했다.

그 문제는 아직도 밝혀지지 않은 연구과제였다.

"그래도 혹시라도 코어 몬스터가 나타나면 좋겠군요. 피에로, 당신이라면 코어 몬스터라고 해도 잡아낼 수 있지 않겠습니까?"

고재한은 세현을 보며 충분히 그럴 수 있을 거란 듯이 말했다.

"코어 몬스터는 한 등급 위의 몬스터보다 더 강하다고 알려져 있습니다. 그 말은 주황색 등급의 코어 몬스터는 노란색 등급 몬스터보다 강하고, 초록색 등급 몬스터보다 약하다는 소리죠. 제가 노란색 등급 몬스터보다 강한 놈을 잡을 수 있을 거라고 생각하십니까?"

세현이 고재한을 노려보듯 쳐다보며 물었다.

"가능할 것 같은데요?"

고재한은 세현을 보며 전혀 기죽지 않은 목소리로 대답했다. 그는 정말로 세현이 주황색 등급의 코어 몬스터를 잡을 수 있을 거라고 생각했다.

"초록색 등급의 몬스터에게 충격을 주기 위해서는 에테르를 무기에 싣는 것이 아니라 겉으로 뽑아내야 합니다. 무협 식으로 이야기하면 검기(劍氣), 도기(刀氣)같은 거 말입니다. 그게 아니면 거의 충격을 줄 수가 없지요. 주황색 등급의 몬스터에게 일반적인 물리 충격이 별 소용이 없는 것과 같은 이칩니다. 모르십니까?"

세현이 조금은 날카로워진 목소리로 고재한을 보며 말했다.

"음."

고재한은 세현의 반박에 낮은 신음소리를 내며 입을 닫았다.

'당신이 그걸 할 수 있을 것 같거든. 무기에 에테르를 싣는 것을 그렇게 완벽하게 해낼 수 있다면 에테르를 무기 밖으로 뽑아내는 정도는…….'

고재한은 상대를 자극하지 않기 위해서 자신의 생각을 드러내지 않았다. 그것까지 말했다가는 마치 자신이 피에로를 염탐하는 것처럼 느껴질 것이 분명해 보였기 때문이다.

"그럼, 내일부터는 다른 사냥감을 찾아보는 것으로 결정을 해도 되겠습니까?"

그때, 세현이 확인하듯이 고재한에게 물었고, 고재한은 고개를 끄덕이며 동의했다.

"좋습니다. 그렇게 하지요. 어차피 피에로, 당신이 주도권을 가지고 있으니 나야 따를 수밖에 없지요. 그래도 평소보다 훨씬 벌이가 두둑하니 나는 그걸로 만족하고 있습니다."

"고맙습니다."

세현은 구차한 말을 덧붙이지 않고 깔끔하게 인사를 했다.

어쨌거나 고재한이 도움이 되고 있는 것은 사실이고 동행의 입장에서 그가 양보를 하는 것도 사실이니 감사 인사를 한 것이다.

복면인들의 습격

"그놈, 봤나?"

"누구?"

"그 피에로 말이야."

"이야긴 들었지. 굉장하다고 하던데? 상위 등급 천공기사라는 소리도 있고."

"나도 먼발치에서 한 번 봤는데 몬스터를 아주 썰어 버리더구만. 한두 방에 그냥 훅훅 가는 거야."

"젠장 그런 놈이 뭐 하러 여길 들어와?"

"아니야. 듣자니까 무슨 그룹 후계자라던데?"

"그룹 후계자? 그런 놈이 여길 왜?"

"아니, 그런 놈이 천공기사가 되었으니까 어떻게 됐겠어? 지원 빵빵하게 하고, 붉은색 이면공간에서 죽어라 엘리트 교육을 시킨 거지. 그렇게 해서 어느 정도 실력을 쌓은 후에 실전 훈련을 나온 거라니까."

"그걸 어떻게 알아?"

"그 피에로 하고 함께 다니는 놈 있잖아. 그 흑백면 말이야."

"희고 검은색으로 된 가면이라고 흑백면? 알지. 여기 다닌지 좀 됐잖아. 그런데 그놈이 피에로랑 함께 다녀?"

"그렇지. 그놈이 피에로의 뒤를 닦아주면서 함께 다니는데, 벌이가 꽤나 좋은 모양이야. 아무튼 그놈이 피에로에 대해서 그렇게 이야길 했다더군."

"음, 그래? 하지만 그런 귀하신 몸이라면 혼자 그렇게 밖으로 내돌리는 것도 이상하잖아?"

"흑백면 말로는 사자는 새끼를 절벽에서 민다던가 어쩐다던가 하는 거 아니겠냐고 하던데?"

"지랄, 그러면 그 실력에 노란색이나 초록색 등급에 가야지, 왜 여기서 몬스터들 씨를 말리고 다닌데?"

"그렇지. 여기가 우리 같은 놈들에겐 절벽이겠지만 그놈에겐 절벽이 아니라 산책로 같은 거 아냐?"

"커엄, 그만하지. 솔직히 우리라고 지원을 못 받고 있는 건 아니 잖아."

"하하하, 듣다듣가 그런 개소린 처음이네. 우리가 지원을 언제 받았어? 그게 다 빚이지. 어떻게든 우릴 뜯어 먹으려는 놈들이 채운 족쇄, 그거지."

"푸하하하하, 뭐 그런 놈도 있고, 그 피에로 같은 놈도 있고 그런 거지. 킬킬킬."

"다른 곳으로 가지요."

"네에. 그게 좋겠군요."

세현은 여러 사람들이 함께 사용하는 공동 야영장에 들어가려다가 밖으로 들리는 가면기사들의 말소리 때문에 한동안 멈춰 있었다.

그들이 자신에 대해서 이야기를 하고 있었기 때문이다.

그런데 막상 이야기가 진행될수록 야영장에 들어가서 함께하기가 꺼려졌다.

어차피 가면을 쓰고 있으니 얼굴이 팔릴 일은 없겠지만 그래도 꽤나 거부감이 강한 사람들 사이에서 잠을 자는 것은 아무래도 내키지 않았다.

결국 세현은 고재한과 함께 숲으로 들어가 야영장에서 멀지 않은 곳에 자리를 잡았다.

"경계선 깔았습니다."

세현이 모닥불을 피우는 동안에 고재한이 주변을 돌아다니며 부산을 떨다 돌아오며 말했다.

주변에 사람이 있다는 표시를 남겼다는 의미였다.

몬스터는 그것이 무슨 의미인지 모르지만 가면기사들이라면 이곳에서 야영을 하는 이들이 있다는 것을 알 수 있는 표시였다.

그것이 있으면 친분이 있는 이들이 아닌 이상은 그 영역을 먼저 온 사람의 것으로 인정하고 침범치 않는 것이 관례였다.

또 자칫 그 관례를 지키지 않다가는 석궁 볼트나 화살, 혹은 단검이 날아들어도 항의를 할 수가 없었다.

몬스터인줄 알았다면 할 말이 없는 것이다.

"죄송합니다."

모닥불 곁으로 다가 앉은 고재한이 세현에게 사과를 했다.

"뭐가요?"

"피에로, 당신에 대해서 이런저런 이야기를 한 거 말입니다. 난 그냥 추측이라고 했는데 듣는 사람들은 그걸 진짜라고 생각하는 모양입니다."

"기분이 좋은 것은 아니지만 그걸 가지고 뭐라고 할 생각도 없습니다. 없는 자리에서 남의 이야기를 하는 것을 어떻게 말리겠습니까."

세현은 별것 아니라는 듯이 고재한의 사과를 받아들였다.

사실 이번 이면공간 진입은 그런대로 성과가 좋았다.

특히 고재한이 있어서 적응이 쉬웠던 점도 있고, 때로 고재한이 세현에 대한 이런저런 흥미로운 이야기를 퍼뜨리기도 해서 뜻밖에 소문이 빨리 퍼진 면도 있었다.

물론 세현의 실력이 이곳에 드나드는 다른 천공기사들보다 뛰어나다는 것이 제일 중요한 이유겠지만 고재한의 공도 작지 않았다.

"그런데 이젠 돌아갈 때가 되지 않았습니까?"

고재한이 세현을 보며 물었다.

고재한이 세현을 만난 것이 벌써 열흘 가까이 되었다.

보통 그 정도면 현실로 나가서 휴식과 재정비를 하고 다시 들어오는 것이 보통이었다.

"하긴, 배낭도 가득 찼으니 나갈 때가 되긴 했군요."

세현도 고재한의 말에 선선히 고개를 끄덕였다.

이번 출정에서 목표로 했던 것은 모두 이루고도 남았다.

배낭에는 두둑한 돈다발을 안겨줄 획득물이 가득했고, 주황색 등급의 몬스터는 상대가 되지 않는다는 수준 파악도 했다.

거기다가 피에로라는 가면기사로서의 이름도 약간은 알렸다.

그 정도면 충분했다.

"저, 그런데……."

고재한이 뒷말을 줄이며 세현의 눈치를 봤다.

"말씀하십시오."

"다음 사냥은 노란색 등급으로 가실 겁니까? 혹시 그렇다면 저도 함께 갈 수 없겠습니까?"

"음? 노란색 등급의 이면공간을 함께 가자고 했습니까? 그럼?"

"네, 저도 노란색 등급의 천공기 주얼이 있습니다."

세현의 놀란 목소리에 고재한이 그렇게 털어 놓았다.

"하지만 어째서 저와 함께 가겠다는 겁니까?"

세현이 의심스럽다는 표정으로 물었다.

"혼자 가긴 너무 위험한데 또 딱히 믿고 함께 갈 사람도 없습니다. 그런 상황에서 피에로님은 제가 아는 중에선 제일 괜찮은 파트너라는 생각이 들었습니다. 그래서 부탁을 해보자고 했지요."

"뜻밖의 부탁.... 응?"

세현은 고재현에게 뭔가 말을 하려다가 벌떡 자리에서 일어나 한쪽으로 시선을 고정했다.

그곳은 공동 야영장이 있는 방향이었다.

"크아아악! 모, 몬스터다!"

"막아! 정신들 차려!"

"크아악, 사, 살려줘! 으아아악!"

"아니, 이게 무슨?"

고재한도 그 소리를 들었는지 벌떡 자리에서 일어났다.

"야영장이 습격을 당한 모양입니다."

세현이 굳은 표정으로 말했다.

"하지만 어떻게 그런 일이?"

고재한은 이해가 되지 않는다는 표정으로 눈을 똥그랗게 떴다.

"짐을 챙겨요! 어서!"

세현이 고함을 질렀다.

그리고 급하게 자신의 배낭을 챙겨 메고, 흙을 모닥불에 차 넣었다.

"아니, 무슨 일입니까?"

"말할 틈이 없어요. 서둘러요."

고재한은 세현이 급하게 움직이는 것을 보고 뭔가 있다는 느낌에 급하게 자신의 짐을 챙겼다.

"갑시다."

세현은 앞장서서 숲으로 들어갔다.

그가 가는 방향은 야영장이 있는 쪽이었다.

세현은 자신이 모닥불을 피웠던 곳에서 어느 정도 멀어지자 곧
바로 속도를 늦추고 최대한 은밀하게 움직이기 시작했다.

"저기...."

"쉿! 저길 봐요."

세현이 야영장 쪽을 가리켰다.

고재한은 그곳을 유심히 살피다가 뭔가를 발견하고 인상을 찌
푸렸다.

"의도적으로 야영장으로 몬스터를 끌고 왔군요. 저들이."

"지금도 한 명씩 몬스터를 끌고 와서 야영장에 오면 우회하고
있습니다. 그렇게 계속 야영장 안으로 몬스터를 밀어 넣고 있는
거죠."

*   *   *

"저런 짓을 하는 놈들이 있다는 소리를 듣기는 했지만 정말
로...."

고재한은 언젠가 집에서 보았던 서류의 내용을 떠올리며 말했
다.

"저런 짓을 하는 놈들이 있다고요? 하지만 그런 소문은 없었는
데요?"

세현이 물었다.

"사실은 저런 짓을 하는 놈들이 다른 나라 놈들이란 소리가 있습니다. 그렇게 해서 우리나라의 천공기사 수를 줄여 놓겠다는 의도라고 들었습니다. 그런데 증거가 없이 그런 소리를 하면 외교 문제가 되니까 쉬쉬하고 있다고."

"대단하네요. 그 정도 정보라면 어지간해선 얻기 힘들 텐데 말이죠."

세현은 흑백면의 가면을 뚫어져라 바라봤다.

그에게 뭔가 있을 것 같은 느낌이 들었던 것이다.

"커엄, 어떻게 하시겠습니까?"

고재한이 급하게 시선을 피하며 세현에게 물었다.

"제대로 몸 한 번 풀어 보죠. 정 안 되면 도망을 가더라도 일단은 붙어 보고 결정을 해야죠."

세현은 다른 나라에서 우리나라의 천공기사 수를 줄이기 위해서 하는 짓일 수도 있다는 말에 발목이 잡혔다.

제1천공기사의 나라, 그래서 천공기사의 숫자나 수준에서 제일 앞서가는 나라가 대한민국이었다.

그리고 그것은 세현의 형인 강현이 쌓아 놓은 금자탑이었다.

그것을 허물려는 시도를 그냥 두고 보기엔 형에 대한 자부심이 너무 강한 세현이었다.

"위험할 수도 있습니다만."

"제가 천공기 주얼 작동이 제법 빨라요. 혹시라도 위험하다 싶으면 먼저 떠나세요. 그리고 혹시 밖에서도 놈들이 있을 수 있으니까 조용히 움직이고요."

세현은 그렇게 말을 하고는 검과 방패를 들고 조심스럽게 움직이기 시작했다.

"이대로 헤어지게 되면...."

"장 씨네 가게로 연락하세요."

세현은 속삭이듯 그렇게 말하고는 어둠 속으로 완전히 모습을 감추었다.

세현이 사라진 자리에서 고재한은 한참 움직이지 않았다.

'젠장, 그래 석궁 몇 발만 쏘고 가는 거야. 원거리에서 석궁 몇 발 당겨 주고, 곧바로 이면공간을 벗어나면 되는 거지.'

고재한은 결심을 굳히고 조금씩 의문의 인간들이 모여 있는 쪽으로 다가갔다.

그 앞쪽 어딘가에 피에로 가면이 있을 것이다.

그리고 어쩌면 자신이 석궁을 쏘기를 기다리고 있을지도 모른다.

지금까지 함께 몬스터 사냥을 할 때에는 언제나 그렇게 했었으니까.

고재한은 심호흡을 하고 석궁을 들어 올렸다.

석궁 볼트의 뾰족한 촉, 그 끝에 희끗한 형상이 올려졌다.

'제기랄, 저건 사람이잖아!'

고재한은 눈을 질끈 감고 말았다.

세현은 배낭을 적당한 곳에 숨겨두고 방패와 검만 들고 조심스럽게 이동했다.

몬스터를 끌어와서 천공기사들을 공격하고 있는 놈들에게 어떻게든 한 방 먹여주고 싶은 생각이 간절했다.

확인하지는 않았지만 다른 나라 놈들이라면 더더욱 대가를 치러주고 싶었다.

"웃차, 우와, 죽을 뻔했네. 자칫했으면 뒤를 잡힐 뻔했어."

또 한 명의 복면인이 동료들이 있는 곳으로 몸을 날려 들어오면서 호들갑을 떨었다.

세현은 그 소리가 들릴 정도로 가까이 접근한 상태로 그들을 살피고 있었다.

"이제 마지막인가?"

"아니, 한 명 더 남았어."

"그래?"

"그렇지. 그나저나 저놈들, 제법 버티는데?"

"몇 놈이나 죽은 거 같아?"

"몰라, 처음에 제법 비명이 들렸는데 그 후로는 비명이 별로 들리지 않아서 말이야."

"쯧, 결국 우리 손에 피를 묻혀야 하는 건가?"

"흔적을 남기지 않는 것이 좋은데 말이지."

"그래서 이런 걸 쓰는 거잖아."

한 복면인이 허리에 달고 있던 것을 들어 보였다.

몬스터의 발톱이 달려 있는 발이었다.

"뭐, 이런 것도 괜찮지."

다른 한 놈은 날이 붙어 있지 않은 몽둥이를 들어 보였다.

"그렇지. 여긴 사키메구가 나오는 곳이니까 그것도 괜찮지."

"칼 같은 걸 쓰는 몬스터가 나오는 곳이면 이렇게 신경 쓰지 않아도 되는데 말이지."

"괜찮아. 적당히 죽이고 빠지면 문제가 생겨도 가면기사들끼리 다툼이 생긴 걸로 덮고 넘어갈 거야. 증거가 없는데 어쩔 거야?"

"킬킬킬, 그건 그렇지."

세현은 그들의 이야기를 들으며 인상을 찌푸렸다.

천공기의 통역 기능이 너무 좋아서 그들이 하는 말이 전부 한국어로 들린 까닭이다.

언어를 듣고 어느 나란 천공기사인지 확인하려던 계획은 물거품이 된 상황.

하지만 어쨌거나 저들이 천공기사들을 죽이려는 의도가 분명하다는 것은 확인했다.

'그래. 그러니 너희도 죽을 각오를 했겠지?'

세현은 복면인들을 공격할 결심을 했다.

'사람을 상대하는 일, 살인. 각오한 일이다. 언젠가는 하게 될 거라고! 오늘 첫 경험을 하는 거다.'

세현은 팔다리의 근육에 에테르를 주입하며 폭발적인 힘을 끌어냈다.

휘익! 콱! 츠릿! 콰광!

몸을 날린 세현은 순식간에 세 명을 공격했다.

세현이 제일 좋아하는 공격 방식으로 제일 먼저 찌르고 이어서 검을 빼며 휘둘러 베고, 그 반동을 이용해서 방패로 치는 공격이었다.

"커억!"

"케게 !"

"꾸에엑!"

세현의 검은 냉정했다.

심장을 찌르고 목을 베었다.

그리고 방패는 머리를 터뜨렸다.

"뭐냐? 죽엇!"

"이런 개새끼!!"

"어미와 붙어먹을 놈이!!"

순식간에 세 명이 쓰러졌지만 복면인들의 반응도 빨랐다.

곧바로 세현을 향해서 갖가지 무기들이 쏟아져 들어왔다.

"훙!"

콰과광! 콰광! 콰곽!

"커억!"

"윽!"

"뭐냐? 이건?"

하지만 세현의 방패는 그 공격들을 별 힘도 들이지 않고 쳐냈다.

세현의 방패와 부딪힌 복면인들의 무기는 하나같이 크게 튕겨 나갔다.

일촌의 간격만 있어도 치기를 할 수 있는 세현이었다.

무거운 곤봉을 휘둘렀던 복면인은 튕겨진 무기를 수습하지 못해서 손에서 놓치는 꼴을 보이도 했다.

"멈춰! 넌 뭐하는 놈이냐?"

차자장!

세현의 검을 맞받으며 복면인 하나가 소리를 질렀다.

세현은 자신의 검을 막은 복면인을 향해서 곧바로 무차별적인 공격을 퍼부었다.

찌르고 베고 치는 동작을 언제 어느 순간에도 완벽하게 해낼 수 있는 것이 세현이었다.

세현의 검이 마치 길게 늘어나듯 잔상을 남기며 복면인에게 휘몰아쳐 나갔다.

그때마다 세현의 검에서는 은빛 에테르가 번쩍거렸는데, 임팩트 순간에만 에테르가 실리는 검이 한순간 계속해서 은빛으로 빛나는 것처럼 보였다.

그만큼 빠르게 공격이 이루어지고 있다는 소리였다.

"크어억!"

결국 세현의 공격을 버티지 못한 복면인이 무릎을 꿇으며 주저앉았다.

"팀장님!"

순간 다른 복면인들이 세현을 향해서 달려들었다.

주저앉은 팀장을 구하려는 의도였다.

하지만 그들이 세현에게 닿기 전에 이미 세현의 검이 팀장이라는 복면인의 이마를 찌르고 빠져나갔다.

"큭!"

팀장은 짧은 신음과 함께 모로 쓰러졌다.

"이노옴!!"

조금 늦게 도착한 복면인 하나가 세현을 향해 검을 휘둘렀다.

휘익!! 픽!

"커억! 이, 이건?"

하지만 그는 세현에게 공격을 성공하기 직전에 어디선가 날아온 볼트에 심장이 뚫렸다.

복면 사이로 커다랗게 커진 눈동자가 세현을 바라보았다.

그 눈동자는 애처롭게 떨다가 초점이 사라졌고, 사내는 바닥으로 쓰러졌다.

세현은 죽은 사내에게서 어렵게 눈을 떼고 석궁 볼트가 날아온 쪽으로 잠깐 시선을 줬다가 다시 검과 방패를 앞세워 복면인들을 향해 뛰어들었다.

"젠장, 후퇴, 후퇴해!"

"하지만 팀장님이!"

"이미 죽었어! 피해야… 커억!"

후퇴를 주장하던 사내에게 다시 한 발의 석궁 볼트가 날아와 박혔다.

그 순간 복면인들은 사방으로 흩어져 달아나기 시작했다.

"이런!"

세현은 그 모습에 당장 쫓을 생각도 하지 못하고 멈칫거렸다.

Chapter 4

태극 가면?

"죽여! 놓치지 마라!"

"천공기를 사용할 시간을 주면 안 돼!"

"빌어먹을 새끼들! 죽여 버려!"

세현은 갑자기 들려오는 고함소리에 죽은 복면인을 수습하려던 움직임을 멈췄다.

갑자기 사방에서 새로운 이들이 나타나 복면인들을 쫓기 시작한 것이다.

세현은 당황스러웠다.

'뭐지? 어디서 나온 놈들이야? 길드인가? 태극무늬 가면이라니 설마 정부 소속이라는 건가?'

세현은 잠깐이지만 복면인을 쫓아가는 이의 얼굴에서 태극 문양을 보았다.

'발을 빼야 하나?'

세현은 쓰러져 있는 복면인들을 한 번 일별하고는 슬쩍 뒷걸음질 치기 시작했다.

괜히 정부와 얽히고 싶은 생각은 절대 없었던 것이다.

"그냥 가려고?"

하지만 세현의 시도는 갑자기 들려온 목소리에 무산되고 말았다.

그리 멀지 않은 곳, 겨우 십 미터도 되지 않을 거리에 두 명의 천공기사가 서 있었다.

'역시 태극무늬야.'

세현은 그들의 얼굴에 붉은색과 푸른색의 태극무늬가 있는 것을 확인했다.

"저를 잡을 겁니까?"

세현이 물었다.

사실 그 두 명이 그곳에 있다는 것도 몰랐다.

그건 그들의 실력이 세현을 뛰어넘는다는 말이나 다름이 없었다.

세현은 다시 한 발자국 뒤로 물러났다.

"우린 페르소나를 잡기 위해 온 것이 아니야. 그러니까 그렇게 경계할 필요는 없어. 잠깐 이야기나 하자고."

세현이 도주를 위해 거리를 벌리는 것을 보면서도 태극 가면의 사내는 별로 신경을 쓰지 않는 모습이었다.

그건 그 사내의 뒤에 서 있는 또 다른 태극 가면도 마찬가지인 듯 꼼짝도 하지 않고 있었다.

"무슨 이야기를 하시고 싶으십니까?"

세현이 물었다.

저들이 자신을 제압을 하려고 시도하면 당장 떠오르는 타개책이 없었다.

어떻게든 저항을 해보겠지만 그게 효과가 있을 것 같지 않았다.

"일단 감사 인사부터 해야겠지. 이놈들이 야영장에 몰아 놓은 몬스터를 먼저 해결해야 해서, 시간이 좀 늦었거든. 자칫했으면 모두 놓쳤을 수도 있었던 일이야."

세현은 사내의 나이가 그렇게 많지 않다는 느낌을 받았다.

처음에는 꽤나 나이가 든 사람으로 생각을 했는데 막상 몇 마디를 듣고 있으니 삼십대 중반에서 사십대 초반 정도로 느껴졌다.

"아니었을 겁니다. 이놈들, 몬스터가 다 죽고 나면 야영장의 남은 천공기사들을 정리하려고 벼르고 있었습니다."

"호오? 그건 또 의외로군. 그렇게까지 적극적으로 일을 하는 경우는 거의 없는데?"

사내는 세현의 말에 깜짝 놀라는 반응을 보였다.

"어쩌면 그 정보가 맞을지도 모르겠습니다. 실적에 눈이 먼 놈이 하나 있다던 정보 말입니다."

"쯧, 그런가?"

한 걸음 뒤에서 사내를 따르던 또 다른 태극 가면이 마치 비서처럼 보고를 했고 앞에 서 있던 태극 가면은 살짝 고개를 끄덕였다.

세현은 그 모습을 말없이 지켜보고 있었다.

"어쨌거나 이 하이에나 놈들을 소탕하는데 도움을 준 것은 사실이지. 더구나 여기서 싸움을 벌여서 우리가 포위망을 만드는 시간도 벌어 줬고 말이야."

사내는 다시 세현에게 시선을 던지며 말했다.

"그래서 포상이라도 주시겠습니까?"

세현이 물었다.

"아, 그래. 포상, 그거 좋은 말이지. 상 받을 일을 했으면 당연히 포상을 받아야지. 음, 그런데 가면에게 훈장을 줄 수도 없고, 결국은 돈인가?"

태극 가면의 사내가 세현을 보며 물었다.

"가면에게 무슨 명예가 있겠습니까. 말씀대로 돈이 제일 좋겠군요."

"푸훗, 그렇지. 하지만 가면을 벗으면 명예를 얻을 수 있지 않겠나?"

세현은 사내가 자신에게 신분을 밝힐 것을 요구하고 있다는 사실을 알 수 있었다.

하지만 세현은 절대로 신분을 알려주고 싶은 생각이 없었다.

"저는 돈이 좋습니다만, 주실 돈이 없으시다면 굳이 손을 내밀고 있을 생각도 없습니다."

세현은 가면을 벗을 생각이 없음을 그렇게 에둘러 표현했다.

"그럼 어쩔 수 없지. 공을 세운 사람을 몰아붙이는 것은 할 짓이 아니지. 알았네. 원하는 대로 해주지. 그럼 다음에 또 보지."

사내는 그렇게 말을 하고는 순식간에 모습을 감췄다.

세현은 그 사내가 눈으로 쫓기 어려운 속도로 숲으로 사라진 것을 겨우 알아차렸다.

"받으십시오."

그때, 세현의 눈앞에 뭔가가 내밀어졌다.

검은색으로 된 투박한 카드였다.

"2억이 들어 있는 카드입니다. 페르소나를 상대로 하는 어떤 곳에서도 사용이 가능합니다. 참고로 꼬리 같은 것은 붙이지 않은 겁니다."

세현은 천천히 카드를 받아들었다.

하지만 세현은 빨라지려는 심장의 박동을 억누르기 위해서 무척 애를 쓰고 있었다.

'카드가 내밀어질 때까지도 가까이 다가온 것을 몰랐다. 마음만 먹었다면 목을 자르고도 남았겠군. 어쩌면 잘리고도 한참 지나서야 알지 않았을까?'

세현은 비서처럼 보였던 사내의 능력 또한 지금으로선 대적 불가란 사실에 식은땀이 나는 것을 느꼈다.

"긴장하지 마십시오. 우린, 국익을 위해서만 움직입니다. 그럼 다음에 또 볼 수 있기를 바랍니다."

카드를 넘긴 사내는 그렇게 말을 하고는 숲으로 훌쩍 몸을 날렸다.

"아, 그 카드는 동료분과 나눠 쓰기를 권합니다. 원래 동료와는 수익을 나누는 것이라지요."

숲으로 모습을 감춘 사내의 마지막 목소리가 선명하게 세현의 귀에 와 닿았다.

'에테르를 이용한 거다!'

세현은 그 사실을 깨닫고 다시 한 번 자신이 가야 할 길이 멀다는 것을 느꼈다.

"난리가 났군요."

그때, 흑백이 선명한 대조를 이루를 가면을 쓴 고재한이 모습을 드러내며 말을 걸었다.

세현은 그가 다가오는 것을 이미 알고 있었기에 놀라지 않고 그에게 시선을 던졌다.

"혹시 아는 사람들입니까? 저 태극 가면들?"

세현은 어쩌면 흑백면이 태극 가면들에 대해서 알고 있을지도 모른다는 생각이 들었다.

세현이 생각하기에 흑백면은 뭔가 숨기는 것이 많은 사람이었다.

"딱 보면 떠오르는 대로 정부 소속의 천공기사들입니다. 정확하게 말하자면 대통령 직속의 천공기사들이라고 할까요?"

"역시 알고 있군요. 점점 당신이 어떤 사람인지 궁금해지는군요. 하지만 이걸 쓰고 있는 상태에선 서로에 대해 깊이 알려고 하지 않는 것이 그나마 작은 호감이라도 유지하는 길이겠지요. 그러니 참아 보도록 하겠습니다."

고재한은 세현이 그렇게 말했지만 실제론 자신에 대해서 무척 궁금하게 여기며 어느 정도 털어 놓으라고 압박하고 있다는 것을 알았다.

하지만 고재한은 고개를 흔들었다.

"개인적인 궁금증은 덮어 뒀으면 좋겠습니다. 내가 피에로, 당신을 파고들지 않는 것처럼 말입니다."

"그럼 결국 우린 서로에 대해서 알게 되는 순간 결별하게 될 것 같군요. 뭐 그때까지는 함께 어울려 봅시다. 어차피 이것도 나눠야 하고 말입니다."

세현이 손에 들고 있던 검은색의 카드를 들어 보였다.

"특별하게 만들어진 카드죠. 이면공간으로 가지고 들어와도 문제가 생기지 않도록 전기력을 사용하지 않았음에도 밖에선 카드단말기에서 사용이 가능하다고 하더군요. 거기다가 검은색, 그거 꽤나 귀한 건데 말입니다."

"귀한 거라면 충전해서 쓸 수도 있습니까?"

"하하, 그건 저도 모르겠군요. 하지만 발급 조건이 제법 까다롭다고 알고 있습니다. 그나저나 그놈들, 복면도 안 벗겨 보신 겁니까?"

고재한이 결국 궁금증을 이기지 못하고 죽은 복면인들을 가리키며 물었다.

도대체 어떤 놈들이 이런 일을 꾸몄는지 확인을 하고 싶은 생각에 몸이 달아 있는 고재한이었다.

"솔직히 이들의 얼굴을 확인하면 이후로 귀찮은 이들이 생길 것 같아서 피하고 싶은데, 또 가면을 쓰고도 몸을 사리는 것이 쪽팔려서 그러기도 어렵군요."

세현은 그렇게 말을 하면서 팀장이라고 불렸던 사내의 복면을 벗겨 냈다.

이마에 찔린 상처가 있기는 하지만 훼손이 심한 것은 아니어서 쉽게 얼굴을 알아 볼 수 있었다.

하지만 세현이 아는 얼굴은 아니었다.

"존슨 김!"

하지만 고재한은 그 얼굴을 알고 있는 듯, 놀란 음성으로 소리를 질렀다.

＊   ＊   ＊

"아는 사람입니까?"

"그는...."

"놀랍군요. 존슨 김의 얼굴을 아는 사람이 이곳에 있다니 말입니다. 흑백면이라면 이곳 전투 필드에선 제법 이름이 알려진 가면 기사지요. 하지만 그렇다고 해도 존슨을 알고 있다니 정말 의외로군요. 만약 석궁으로 저들을 죽이지 않았다면 우린 흑백면 당신을 크게 의심했을 겁니다. 첩자가 아닌가 하고 말입니다."

세현의 물음에 고재한이 답을 하려는 순간, 태극 가면 한 명이 나타났다.

세현은 그가 자신에게 카드를 전했던 그 비서 태극 가면임을 알 수 있었다.

"뭐, 이 안에 뭐가 들어 있는지는 뜯어보기 전에는 알 수 없는 거 아니겠습니까?"

고재한이 자신의 가면을 가리키며 말했다.

"확실히 그렇지요. 자칫하다가 그 가면 안에서 10대 천공기사의 얼굴이라도 나오는 날에는 정말 곤란하게 되겠지요."

'그건 그렇지. 가면의 속성이 그런 거지. 가면을 벗거나 벗겨지기 전까지, 그 안에 뭐가 들어 있는지 알 수 없다는 거.'

태극 가면의 사내는 농담처럼 말을 했지만 그만큼 가면이 지니고 있는 속성을 잘 표현한 말도 없을 거라고 세현은 생각했다.

"그래서 존슨 김이 뭐하는 사람입니까?"

세현은 태극 가면을 무시하고 고재한에게 물었다.

"EE의 이사입니다."

"EE라면 에테르 에너지 말입니까?"

세현도 익숙하게 들어서 알고 있는 이름이 나왔다.

"EEKRO의 이사이기도 하지요."

EEKRO는 한국 에테르 에너지로 미국에 본사가 있는 EE의 자회사였다.

에테르를 이용한 에너지 개발에서 선두권에 있는 회사로 알려져 있었다.

"그런 사람이 천공기사인 것도 놀라운데 이면공간에서 의도적인 살인 행위를 하고 있었다는 말입니까? 이게 미국의 뜻입니까?"

세현의 목소리가 날카로워졌다.

"잠깐 진정하십시오. 그런 위험한 발언을 함부로 하면 안됩니다."

그때, 듣고 있던 태극 가면이 세현에게 말했다.

"위험한 발언이라니요?"

"존슨 김이 EE의 이사라고 이번 일이 EE나 미국과 연관되어 있다고 확신할 수는 없습니다. 오프더 레코드로 말씀드리자면 오늘 이곳에 나타난 이들은 전혀 새로운 단체라고 봐야 합니다. 실제로 우리가 파악한 신분을 보자면 우리나라를 포함해서 여러 나라의 사람들이 섞여 있으니 말입니다."

"으음."

세현은 태극 가면의 말을 듣자 그가 말한 위험한 발언의 의미를 깨달았다.

　"배후에 누가 있는지 속단할 수 없다는 말이군요? 이 존슨 김이란 자가 팀장이라고 했지만 그게 EE나 미국이 배후에 있다는 증거는 될 수 없다는?"

　"네. 그런 이야깁니다. 어떤 나라도 용의 선상에 올릴 수 있고, 또 몇 개 나라가 연합을 한 경우도 생각을 해볼 수 있습니다. 거기에서 더 나가자면 국내 세력도... 음, 이건 좀 과한 것 같군요. 우리같은 사람들은 티끌 같은 가능성이라도 확인을 해야 하는 사람들이라... 하하하."

　태극 가면은 국내 세력이 이런 일을 벌일 수도 있다는 이야기를 하다가 실수를 했다는 듯이 말을 끊었다.

　하지만 세현이나 고재한은 그것이 실수라고 생각하지 않았다.

　그런 실수를 할 정도의 사람이 태극 가면을 쓰고 있지는 않을 거라고 생각한 것이다.

　'일종의 경고인가? 아니면 슬쩍 정보를 흘려서 어떤 세력의 반응을 살피겠다는 건가?'

　"오프더 레코드는 확실히 지키겠습니다."

　세현은 그렇게 말을 하고는 등을 돌렸다.

　"어딜 가는 겁니까?"

　고재한이 물었다.

　"제 배낭을 찾으러 갑니다. 그리고 곧바로 이곳을 나갈 겁니다. 연락은 아까 이야기했던 그곳으로 하십시오. 카드는 제가 가지고 있겠습니다."

세현은 고재한을 돌아 보지도 않고 그렇게 이야기하곤 숲으로 모습을 감췄다.

"정말 궁금하군요. 저 피에로가 누군지 말입니다. 완전히 뉴페이스란 말이죠."

태극 가면이 고재한에게 들으란 듯이 말했다.

"저도 이번에 처음 본 사람입니다."

"그렇겠지요. 그나저나 될 수 있으면 고급 정보는 아무렇게나 흘리지 말아주셨으면 합니다만. 고재한씨."

"으음. 나를 알고 있습니까? 그러면서 첩자 어쩌고 한 겁니까?"

"그냥 그렇다고 한 거지. 별 뜻 없었습니다. 그리고 우리가 어떻게 고재한씨를 모를 수가 있겠습니까? 우리들이 누구를 가장 철저하게 살펴야 하는지 잘 아시지 않습니까?"

"하긴, 반쪽 피라도 그 쪽 피를 받았으니 나도 감시 대상일 수밖에 없긴 하겠군요. 거기다가 천공기의 주인이기도 하니 말입니다."

"뭐 그런 거죠. 아, 걱정하지 마십시오. 우리 중에서도 고재한씨에 대해서 아는 사람은 다섯도 되지 않습니다."

"당신들이 알고 있다면 그들도 알고 있겠군요. 완전히 부처님 손바닥 위의 손오공 꼴이군요."

"아, 아직까지는 아닙니다. 그대로 뒀다면 분명히 그렇게 되었겠지만 지금 고재한씨에 대한 정보는 그 쪽에 제대로 들어가지 않고 있습니다. 살짝 비틀어 놓았거든요. 가면기사로 활동하고 있다는 것은 알아도 흑백면이란 사실은 모르죠."

"네?"

"그냥 심술입니다. 심술. 그리고 고재한씨에 대한 응원이기도 하고 말입니다."

"응원이라, 훗. 서로 물고 뜯으면 좋고, 아니라도 날파리 하나 키워서 저 쪽을 신경 쓰이게 하면 좋겠다는 뭐 그런 거겠지요. 어쨌거나 고맙습니다."

"하하하, 서로 돕고 사는 거지요. 그런 의미에서 피에로에 대한 정보가 있으면 좀 부탁하겠습니다."

"그건 어렵겠군요. 그나마 마음에 드는 동료를 만났는데 그런 이유로 놓칠 수야 없지 않습니까?"

"그런가요? 뭐 그렇다면 하는 수 없지요. 자, 그럼 나중에 또 뵙지요. 그리고 오늘은 술이라도 잔뜩 마시고 푹 주무십시오. 그렇지 않으면 현실을 직시하고 견디시거나."

고재한은 태극 가면의 말을 듣고도 더는 대꾸를 하지 않았다.

대신에 그의 천공기 주얼을 작동시켜서 이면공간을 빠져나갔다.

"첫 살인의 충격이 그리 만만한 것이 아니지요. 그걸 어떻게 견딜지 궁금하군요. 그나저나 피에로 그는 어떨까 모르겠군요. 살인이란 경험은 쉽게 할 수 있는 것이 아닌데 말이죠. 그리 나이가 많은 것 같지도 않았는데 넷이나 죽였으니 어떨지..."

홀로 남은 태극 가면은 그렇게 중얼거리며 세현이 있는 방향을 바라봤다.

세현은 배낭을 찾은 후에 곧바로 '팥쥐'의 주황색 주얼을 작동시켰다.

에테르를 가득 채운 상태로 명령만 기다리던 주황색 주얼이 세현의 통제에 따라서 이면공간에서 현실로 이어지는 통로를 열었다.

세현은 도착지점 주변에 위험 요소가 없다는 것을 확인하고 곧바로 이면공간을 떠났다.

에테르 통제가 능숙한 세현은 그 과정을 짧은 시간이 끝마쳤다.

세현은 순식간의 주변 경치가 바뀌면서 자신이 현실에 와 있다는 것을 깨달았다.

하지만 세현은 곧바로 에테르 서클에 저장된 에테르를 끌어 올려 주변의 기척을 살폈다.

다행히 인기척은 느껴지지 않았다.

'에테르가 아깝긴 하지만 혹시 모르니까 확인은 해야지.'

세현은 사람이 없다는 것을 확인한 순간 곧바로 바위에서 뛰어 내려 바위 밑에서 비닐에 싸여 있는 스마트폰을 꺼냈다.

이면공간에서 전자제품을 사용할 수 없기 때문에 미리 감춰 뒀던 스마트폰으로 차량 지원과 함께 딸려 나오는 것이었다.

돌아가는 차의 수납공간에 넣어서 반납하는 방식으로 사용되는 것이었다.

세현이 리콜 서비스를 부탁하고 얼마 지나지 않아서 세현 앞에 공중부양 자동차가 나타났다. 길이 없는데도 자동차가 나타난 것은 지면에 영향을 받지 않는 자동차이기 때문에 가능한 것이었다.

어지간한 곳이면 못 가는 곳이 없는 것이 공중부양 자동차였다.

"피에로, 떠났습니다. 청량리입니다. 아닙니다. 가면을 벗지 않았습니다. 알겠습니다. 네네."

세현이 차를 타고 떠난 후, 먼 곳에서 세현을 감시하던 태극 가면이 소형 헤드셋을 착용한 상태로 보고를 하고 있었다.

주변을 살피기 좋은 위치에 위장막을 치고 있는 태극 가면들 수십 명이 망원경으로 시야가 닿는 곳을 모두 살피며 새로운 움직임을 찾기 위해서 애를 쓰고 있었다.

그들의 검거 작전은 아직 계속되고 있었던 것이다.

세현이 에테르를 끌어 올려도 원거리에서 망원경으로 감시를 하는 것까진 감지할 수가 없었던 것이다.

동생아, 노란색 이면공간엔 가려면 말이지······.

세현은 시장의 운송회사 건물 밖으로 나오자마자 곧바로 장 씨의 가게로 향했다.

그에게 지도 값을 떼먹지 않겠다고 했으니 그 약속을 지키려는 것이다.

세현은 장 씨의 가게에서 몬스터 부산물을 모두 팔아치웠다.

장 씨는 배낭 가득 부산물을 들고 온 세현의 등장에 무척 놀라워했다.

딱 봐도 부피가 작고 가격이 좋은 것들로만 가지고 온 것을 알 수 있었다.

보통 가면기사들이 그 정도를 채워 오려면 훨씬 많은 시간이 필요했다.

"실력이 좋은 파트너들이 있는 모양이군."

"그렇게 떠보지 않아도 됩니다. 저는 혼자 들어갔고, 그곳에서 흑백면을 만나 함께 사냥을 했습니다. 그게 답니다."

"으음? 둘이서? 놀랍군."

장 씨의 촉이 무섭게 발동하기 시작했다.

눈앞에 있는 녀석은 거물이 될 녀석이 분명했다.

무엇보다 젊고 실력이 뛰어나다.

일단 그것만으로도 기본은 먹고 들어가겠지만, 장 씨가 보기에 이 피에로는 뭔가 더 대단한 것을 가지고 있는 것이 분명했다.

"흑백면이 찾아오면 보름 후에 이곳에서 보자고 전해 주십시오. 그리고 그때는 노란색 등급에 어울릴 방어구와 검, 방패를 좀 보여주십시오."

세현은 그렇게 말을 하고는 장 씨가 충전해 준 카드를 들고 가게를 나섰다.

장 씨는 세현과 거래를 마치고 세현이 가지고 있던 카드를 새로운 카드로 바꿔 주었다.

이전엔 그냥 일반 카드였다면 이번에는 은빛의 카드였다.

대단한 것은 아니지만, 카드의 수준을 한 단계 높여 준 것이다.

"알겠네. 그렇게 전해 주지."

세현은 장 씨의 대답을 등 뒤로 들으며 다시 시장으로 나섰다. 그리고 복잡한 시장 골목을 따라서 가면기사들이 모이는 환복(換服) 매장으로 이동했다.

7층의 상가 건물에는 일반인들과 가면기사들이 서로 얽혀서 드나들고 있었는데, 실제로 가면을 쓰고 있는 이들 대부분은 일반인들이었다.

매장에서 제공하는 가면을 쓰고 쇼핑을 하면 일정한 할인 혜택을 준다.

하지만 그것도 매장 직원이 가면을 권하는 경우에만 해당이 되는데, 어쨌거나 매장에서 가면을 받으면 물건 가격이 거의 반값이 되기 때문에 인기가 좋은 매장이었다.

세현은 매장으로 들어가 엘리베이터를 타고 7층을 눌렀다.

그리고 7층에 도착하자 엘리베이터 앞에서 자신을 맞이하는 직원에게 가면 여섯을 부탁하고 계산을 했다.

여섯 개의 가면은 자신과 체형이 비슷한 사람들을 찾아서 가면을 씌우라는 소리였다.

그렇게 시선을 분산시키고 가면기사는 가면을 벗고 빠져나가는 것이 환복 매장의 서비스였다.

물론 때로는 가면기사가 일반인으로 가장해서 물건을 사고 할인을 받으며 매장을 떠나는 경우도 있었다.

하지만 세현은 가면 여섯을 시킨 후에 곧바로 밀실에서 가면을 벗고 옷을 갈아입은 후에 밀실에 있는 승강기를 타고 3층 매장으로 내려가 사람들 사이에 섞였다.

그리고 매장을 돌아다니며 이런저런 물건들을 구매해서 쇼핑백을 들고 매장을 나섰다.

집으로 돌아온 세현은 사온 물건들을 알맞은 곳에 배치하고 곧바로 형의 다이어리를 꺼내 들었다.

이번에 다시 이면공간으로 들어갈 때에는 노란색 등급의 이면공간으로 들어갈 계획이었다.

그러니 이제 형의 조언을 들어봐야 할 때가 온 것이다.

우리 동생이 드디어 노란색 등급에 도전을 하는 거냐? 붉은색이나 주황색은 확실하게 경험을 했지? 그냥 어설프게 몇 번 돌아보고만 건 아니지? 어째 불안하단 말이지. 세현아, 위험은 순식간에 다가온다. 그러니 언제나 차근차근 소가 걷듯이 그렇게… 라고 해도 하고 싶은 대로 할 놈이지. 너도 고집이 있으니까.

세현은 형의 첫 마디에 슬쩍 웃고 말았다.

빨간색 등급과 주황색 등급을 한 번씩만 경험하고 곧바로 노란색으로 가려고 한다는 걸 형이 알면 어떨까 싶었던 것이다.

'머리에 혹이 나겠지. 커다랗게. 그래도 쓸데없는 곳에서 시간 낭비를 하고 있을 수는 없지. 난 힘이 필요하니까.'

세현은 다시 다이어리에 집중했다.

자, 노란색 등급에 도전하려는 동생아, 너도 알겠지만 노란색 등급까지는 어지간히 칼질을 할 수 있으면 몬스터를 잡는 것이 가능하다. 그래, 에테르를 실어서 공격을 할 수 있다면 그럴 수 있다는 말이다.

'형, 그건 걱정하지 마, 나 그거 하나는 확실하게 할 수 있다니까?'

하지만 나는 세현이, 네게 에테르를 무기 밖으로 끌어내는 정도는

된 다음에 노란색 등급에 도전하길 권하고 싶다.

"미국식으로 이야기하면 초급 엑스퍼트는 되어야 한다는 건가?"

세현은 천공기사의 수준을 나누는 기준을 떠올렸다.

초보자, 숙련자, 달인 등의 표현은 사라지고, 유저, 엑스퍼트, 마스터 같은 분류가 쓰이고 있는 현실이었다.

많은 사람들이 익숙하게 쓰는 말들이 처음 만들어져 사용되던 말들을 누르기 시작한 것이다.

아무래도 한국어보다는 영어에 익숙한 이들이 많으니 어쩔 수 없는 현상이었다.

'그래도 형이 살아 있었으면……'

그랬으면 한국어 표현이 조금이라도 더 많이 쓰이고 있지 않을까 하는 생각을 해보는 세현이었다.

"엑스퍼트라. 에테르를 무기 밖으로 끌어내서 공격력을 향상시키는 수준이지. 그러니까 에테르로 검기를 만들어라?"

세현은 형의 다이어리를 읽으면서 조금씩 심장이 뛰는 것을 느꼈다.

형이 그렇게 요구하고 있으면 방법도 알려줄 것이다.

세현은 계속 다이어리를 읽었다.

자, 그러니까 에테르를 무기에 주입하는 것과 그것을 무기 밖으로 뽑아서 덧씌우는 것은 차이가 크다. 당연히 제일 먼저 해야 할 것은? 에테르의 양을 확보하는 거지. 동생아, 너 에테르 양이 얼마나 되냐?

"으음."

세현은 강현의 질문에 살짝 난감한 표정이 되었다.

분명히 세현은 엄청난 효율의 에테르 호흡을 하고 있었다.

이면공간에 있는 동안 쉬지 않고 에테르를 흡수하며 에테르 서클을 확장했다.

하지만 그럼에도 세현은 자신이 가진 에테르의 양이 충분하다고 자신할 수가 없었다.

세현의 에테르 서클은 아직도 원이 하나밖에 없고, 그 원의 중심에는 강철의 에테르 서클이 있어서 일부분의 에테르는 사용을 할 수가 없는 상태였다.

동생아, 적어도 형이 알려준 호흡법으로 두 번째 단계는 들어섰겠지? 에테르 서클이 두 개는 되었을 거라고 믿는다.

세현은 와락 인상을 찌푸렸다.

형이 요구하는 수준이 지금의 자신과는 너무 차이가 났던 것이다.

자, 그럼 동생을 믿고 이 형이 재미있는 것을 가르쳐 주마. 일단 에테르를 무기에 덧씌우는 건, 뭐 특별한 방법이 없다. 흔히 말하는 대로, 네가 지닌 무기를 제대로 이해하고 그 무기에 에테르를 충분히 불어 넣으면 자연스럽게 이루어지는 거니까 말이다.

"형, 그렇게 말하면 도움이 안 된다고."

세현은 투덜거리며 다음 장으로 넘어갔다.

하지만 말이지, 형은 동생에게 새로운 걸 가르쳐 주고 싶다. 형이 검과 방패로 싸우긴 했지만 솔직히 형은 좀 럭셔리하게 싸우고 싶었다. 에테르를 무기에 두르고 앞에서 용맹하게 싸우는 것도 좋지만 그건 어쩔 수 없는 경우에나 하는 짓이고, 동생아 너는 새로운 걸 배워 보자. 이를테면 에테르 마법이다.

"에테르 마법?"

세현은 형의 엉뚱한 소리에 고개를 갸웃했다.

형은 검과 방패를 사용하는 전형적인 전사 타입이었는데 마법이라니?

＊　　　　＊　　　　＊

"곤란하게 되었네."

세현은 탁자 위에 펼쳐진 지도를 보며 중얼거렸다.

지도는 탁자 위에 놓인 스마트폰에서 만들어진 화면이었다.

세현이 몇 번 조작을 하자 다른 색의 이면공간들은 모두 사라지고 노란색의 이면공간만 남았다.

사실상 지도에 표시된 부분들은 해당 이면공간으로 넘어갈 수 있는 위치를 표시한 것이었다.

정확한 경계를 정하긴 어려웠지만 다행스럽게도 노란색 이면공간으로 들어가는 입구의 위치가 겹치는 곳은 없었다.

"넓단 말이지. 서울 전체에서 아홉 개뿐이야. 전국으로 따져도 발견된 것은 백 개를 겨우 넘길 뿐이고. 그런데……."

세현은 화면을 손가락으로 이리저리 움직여서 한 곳을 확대했다.

경상북도 보현산 천문대.

세현이 화면에 띄운 곳은 바로 그곳이었다.

"여길 가야 한다고?"

동생아, 내가 이 작은 다이어리에 모든 것을 적어 줄 수는 없잖냐. 그래서 너를 위해서 준비해 둔 것이 있단다. 노란색 등급의 이면공간에 익숙해지면 한번 찾아가 봐라. 우리 동생은 땀 냄새 풀풀 나는 칼잡이 말고 멋진 마법사가 되어야지. 암.

"좋아, 좋은데 그 다음은 뭐냐고 형!"

그래도 우리 세현이가 내 동생인데 약골이라는 소리는 듣지 말아야지? 음, 그러니까 아까 이야기했던 대로, 무기에 에테르 정도는 씌울 수 있게 되면 찾아가 봐라. 알지? 형이 소개하는 곳이라고 안심하고 갔다가는 큰일 난다는 거? 형이 분명히 말하는데, 거기 코어 몬스터가 있다.

"코어 몬스터라니, 그것도 노란색 등급의 코어 몬스터? 그건 엑스퍼트 아니면 잡을 생각도 못하는 놈이잖아!"

세현은 버럭 소리를 질렀다.

아, 혹시라도 우리 세현이가 마법에 별로 관심을 보이지 않을 수도 있다는 생각이 든다. 그래서 아주 간단한 마법 하나를 여기 적어놓으니까 한번 익혀 봐라. 그렇게 어렵진 않을 거다. 내 동생이 원래 머리가 좋았으니까 암, 암.

*   *   *

"오랜만입니다. 언제 오실지 몰라서 아침부터 기다렸습니다. 하하하."

고재한은 흑백으로 나누어진 예의 가면을 쓴 상태로 장 씨의 가게에서 세현을 기다리고 있었다.

세현은 그에게 살짝 고개를 끄덕여 보이곤 장 씨에게 다가갔다.

"준비는 되었습니까?"

"그야 물론이지."

장 씨는 '무슨 준비?' 따위의 장난은 치지 않았다.

그가 파악하기로 이 피에로 가면은 농담을 별로 좋아하지 않는 듯했다.

장 씨는 진열대 위에 가죽으로 만들어진 갑옷 세트와 금속 방패, 그리고 한손 검을 올려놓았다.

"이것저것 따지고 가릴 것 없이 적당한 놈으로 세트를 만들어 뒀네. 어떤가? 이건 초록색 등급의 몬스터 가죽으로 만든 갑옷이지. 상갑, 하갑에 팔뚝과 종아리 보호대가 딸려 있는 거네. 방패와 검도 딱 그 수준이지. 초록색 등급."

"얼맙니까?"

세현이 물었다.

"다섯 장이네."

"5억입니까?"

"갑옷 세트가 2억, 칼과 방패가 각각 한 장 반씩이지."

"으음. 다음에 사겠습니다."

세현은 장 씨가 내놓은 물건들을 과감하게 포기했다.

태극 가면이 보상이라고 준 카드에 2억이 있지만 그중 절반은 흑백면의 것이고, 이전에 장 씨에게 몬스터 부산물을 팔아서 챙긴 돈이 1억이 조금 넘을 뿐이었다.

그렇다고 칼이나 방패만 하나 따로 사는 것도 내키지 않았다.

"왜, 돈이 모자라나?"

"저번 출정이 첫 사냥이었습니다. 그때 가지고 온 것은 사장님 께 모두 팔았고 말입니다. 그러면 제 주머니 사정이야 뻔히 아실 것 같은데요?"

세현의 시선이 가면 뒤에서 차갑게 장 씨를 노려봤다.

장 씨는 슬쩍 시선을 피하면서 고재한을 노려봤다.

"아니, 뭐 내가 뭐랬다고 그럽니까?"

"부잣집 공자라며?"

"그럴 것 같다고 했지 누가 꼭 그렇다고 했습니까? 그리고 부잣 집 아들이라고 꼭 집안 돈을 쓰는 건 아니지 않습니까? 철저한 독 립채산제 모릅니까? 가면기사로 번 것만 쓴다. 뭐, 이런 걸 수도 있 잖습니까?"

고재한이 장 씨의 구박에 억울하다는 듯이 항변을 했다.

"필요한 것이 있으면 쓰십시오."

그때, 세현이 검은색의 카드를 고재한에게 내밀었다.

"2억 들어 있으니까 반씩 쓰면 될 겁니다. 나는 다음 기회에 적당한 장비를 갖추기로 하고, 이번엔 그냥 가지요."

세현은 결심을 굳힌 듯이 말했다.

"아니, 저도 당장 급한 것은 없습니다. 전에 번 걸로 석궁도 하나 더 마련했으니까요."

고재한이 배낭 양쪽과 허리에 묶여 있는 석궁 셋을 흔들어 보이며 말했다.

이전에는 석궁 둘을 썼는데 이번에 하나가 더 늘어난 것이다.

"다음에 돈 좀 모으면 연발 석궁을 사야겠습니다. 최신품으로 다섯 발까지 연사할 수 있는 것이 나왔다는데 말입니다. 그러려면 저도 돈을 좀 모아야죠."

"에이, 결국 둘이서 하나도 안 산다는 말이잖아!"

장 씨가 신경질을 부렸다.

그러거나 말거나 세현과 고재한은 마지막 점검을 마치고 어깨를 나란히 한 상태로 가게를 나섰다.

"나오면 여기부터 오는 거 잊지 마! 알지?!"

등 뒤에서 장 씨의 목소리가 두 사람을 배웅했다.

"노란색 등급의 이면공간은 무척 넓습니다. 아시지요?"

"그렇다고 하더군요."

"몬스터도 다양하고, 식생이나 생태계도 복잡합니다. 거기다가 간혹 이면공간의 주민들이 나타날 때가 있지요."

"스페셜 필드가 될 때가 있다는 말이군요."

"초록색 등급 이상은 너무 넓어서 그 안에서 구획을 나누어서 전투 필드, 평화 필드, 스페셜 필드 등으로 나눈다고 하잖습니까. 노란색 이면공간은 그렇게까지 넓지는 않아도 변화가 많다고 하더 군요. 특히 전투 필드는요."

"......"

"지금 가는 수유동 황색 이면공간에 대해선 얼마나 아십니까?"

말없이 생각에 잠긴 세현에게 고재한이 물었다.

"그냥 가까운 곳으로 찍었습니다. 어차피 노란색 등급부터는 천 공기사들의 수도 많지 않고, 이면공간도 넓어서 마주칠 일도 많지 않다고 들었으니까요. 저번 같은 일은 없겠지요."

"그야 그렇긴 하겠죠."

"저는 이번이 노란색 이면공간 첫 경험입니다. 그래서 될 수 있 으면 안전하게 사냥을 하면서 수련을 좀 할 생각입니다."

"수련이라고요?"

"앞으로 어느 정도 시간을 두고 수련을 해야 할 과제가 생겼습 니다."

"하긴, 황색 이면공간인데 조심해야죠. 천천히 적응하는 시간이 필요하긴 하겠네요. 저도 성급하게 생각하지 말아야겠군요."

고재한은 눈앞에 있는 피에로 가면이라면 황색 이면공간에서도 충분히 먹힐 거라고 생각했지만, 그렇다고 위험이 전혀 없을 거란 장담은 할 수 없었다.

더구나 자신도 아직 황색 등급의 이면공간은 낯선 공간이었다.

'갈 길이 까마득하네.'

고재한이 그런 생각을 할 때, 세현이 앞장서서 운송 회사 안으로 들어가며 주문을 했다.

"수유, 황색 포인트, 무작위."

"네네, 어서 오십시오. 두 분이신가요? 정성을 다해서 모시겠습니다."

땡!

직원의 인사와 동시에 승강기가 도착 신호를 내며 문이 좌우로 열렸다.

세현과 고재한은 말없이 승강기 안으로 들어갔다.

'엑스퍼트가 될 때까진 한동안 고생을 좀 해야겠어. 그리고 형이 알려준 그것도 익히고.'

노란색 등급의 이면공간 첫 진입

스륵, 스르륵.

세현과 재한이 거의 동시에 이면공간에서 모습을 드러냈다.

4.19 민주묘지의 한적한 장소에서 이면공간으로 들어온 두 사람은 곧바로 주변을 살폈다.

수유동에서 들어올 수 있는 황색 등급의 이면공간은 하나뿐이고, 지금 그들이 들어온 곳은 많은 천공기사들이 진입의 시작점으로 애용하는 곳이었다.

당연히 그런 장소가 조금이라도 안전하게 마련이다.

"아무도 없는 것 같습니다."

"몬스터도 없군요."

세현과 재한은 일단 안전을 확인하고 안도의 한숨을 쉬었다.

"일단 거점부터 마련해 보지요."

재한이 앞장서서 걷기 시작했다.

세현은 그런 재한을 말없이 따라갔다.

'잠깐 진정해. 지금까지 잘 자고 있다가 왜 그래?'

그러면서 세현은 '팥쥐'를 진정시키기 위해서 애를 쓰고 있었다.

[음음! 음!!!]

'팥쥐'는 한껏 들떠서 흥분한 느낌을 강하게 전하고 있었다.

'전에도 주황색 등급 이면공간에 들어왔을 때, 비슷한 반응을 보였던 것 같은데? 너, 왜 그러는 거야?'

[음. 음. 음!!!!]

'뭐가 그렇게 좋아? 그 좋은 거 때문에 잠에서 깼다고? 너 혹시 이곳 이면공간에 있는 에테르 때문에 흥분한 거냐?'

세현은 혹시나 하는 생각에 물었다.

이면공간은 등급이 올라갈수록 그곳에 분포된 에테르의 농도 가 짙어진다.

당연히 주황색 등급의 이면공간보다는 노란색 등급의 이면공간 의 에테르가 더 진할 수밖에 없다.

[음!! 음!]

'팥쥐'가 세현의 물음에 강한 긍정의 의사 표현을 했다.

그리고 그 뒤끝에는 '포만감'이란 감정이 따라왔다.

'너, 에테르를 먹는 거냐? 그게 주식이야?'

[음! 음음!]

역시나 긍정이다.

'그래서 에테르 주얼을 달라고 떼를 썼구만? 그런데 너, 그걸 먹고도 또 더 먹겠다고 깨어난 거란 말이야?'

[음! 음음음음!!]

'아니, 화를 낼 건 없고. 그러니까 내가 널 굶겼다고?'

[음!]

'널리고 널린 것이 에테른데 알아서 먹으면 안 되냐? 너도 지금 여기 에테르가 느껴지니까 깨어난 거잖아. 그럼 알아서 에테르를 먹을 수는 없는 거냐?'

[음음음. 음음!!]

잠시 의기소침해졌던 '팥쥐'로부터 강력한 항의의 의지가 전해진다.

'내가 뭔가 잘못을 했다는 거냐? 아니면, 아! 이야긴 나중에 하자. 지금은 일단 여기 문제부터 해결을 하고.'

[음!!!]

'그렇다고 미워하진 말고!'

[음!]

"그건 뭡니까?"

세현은 커다란 바위 앞쪽의 작은 공터에 뭔가를 펼치는 흑백면에게 물었다.

"시제품이라고 나왔더군요. 이면공간에서 쓰기 좋은 텐트라고 말입니다. 이게 부피가 손바닥 넓이에 두께도 그 정도밖에 안 되는 놈인데 3인용입니다."

고재현을 그렇게 설명을 하면서도 뭔가를 쭉쭉 뽑고 늘이고 하더니 모양 좋은 텐트 하나를 뚝딱 세웠다.

"이게 이렇게 보여도 굉장히 튼튼합니다. 이면공간의 몬스터 부산물을 섞어서 만든 거라고 하더군요. 뭐 값은 좀 비싸긴 합니다만."

그러면서 고재한은 또 뭔가를 꺼냈다.

"이건 이불입니다. 하하하, 원래 여기 압축공기가 들어 있는 캡슐이 함께 달려 있는데 부피 때문에 제거했지요. 대신에 입으로 바람을 불어넣으면 됩니다. 다만 다시 가지고 나가긴 좀 어렵겠죠. 바람을 다시 빼는 것도 귀찮고 말입니다. 여기 하나 더 있으니까 써 보십시오."

세현은 고재한이 건네는 천 뭉치를 받았다.

손에 쥐고 있으니 한 줌도 안 될 정도로 부피가 작았다.

"준비를 많이 한 모양입니다. 흑백면."

"이런 소소한 것들을 모으는 취미가 있습니다. 재미있지 않습니까?"

고재한은 세현에게 그렇게 대꾸를 하고는 텐트 안쪽으로 들어가 뭔가 부지런을 떨었다.

세현은 손에 쥐고 있던 것을 바라보았다.

'이것 역시 이면공간에서 나온 것들이 없었으면 나오지 못했겠지.'

세상은 강현이 이면공간을 발견하고 십여 년 사이에 너무도 많이 변했다.

지금 당장 천공기가 먹통이 되고, 천공기사들이 이면공간을 드나들지 못하게 되면 어떻게 될까?

그런 상상은 곧 세계의 대공황이라는 결론을 이끌어 낸다.

세상의 모든 분야에서 이면공간과 천공기사는 핵심적인 역할을 하고 있었다.

심지어는 연예인 역시 천공기사들이 정점에 서 있었다.

세현은 얼굴을 가리고 있는 피에로 가면을 손으로 쓸어 보았다.

이런 것을 쓰고 비등록 천공기사로 활동을 해도 정부에선 규제가 거의 없었다.

정부가 마음만 먹는다면 가면기사의 정체를 밝히는 것이 불가능하지는 않을 것이다.

하지만 페르소나들을 암묵적으로 인정하는 이유는 그들이 국가에 도움이 되기 때문일 것이다.

인류의 역사는 천공기사의 등장 전과 후를 구별해야 한다.

세현은 어디선가 들었던 그 말을 떠올렸다.

인류 역사의 전환점인 이면공간, 그리고 현 인류를 끌고 가는 견인차 역할을 하는 천공기사들.

'그 시작이었던 형은 더 이상 없다. 사람들은 벌써 형을 잊었지.'

뿌드득.

세현은 어금니를 갈았다.

[음음! 음!]

'끝쥐'가 걱정이 담긴 의지를 전해온다.

'아니야, 별거 아니야. 그냥 잠시 욱했을 뿐이야.'

세현은 '팥쥐'를 다독거리며 아울러 자기 자신의 감정도 수습했다.

'나 혼자 화를 내 봐야 미친 짓일 뿐이지. 내가 힘이 없으면 아무 의미도 없어.'

"확실히 여기가 에테르 수련을 하기엔 더 좋지요?"

고재한이 에테르 호흡을 마치고 일어나며 세현에게 물었다.

세현은 그런 고재한의 관심이 마뜩지 않았다.

한순간도 쉬지 않고 에테르 호흡이 이어지는 세현은 군이 에테르 호흡을 하기 위해서 앉아 있을 필요가 없었다.

하지만 수련을 한다면서 에테르 호흡을 하는 모습을 전혀 보이지 않을 수 없으니 어쩔 수가 없었다.

그래도 자동으로 이루어지는 에테르 호흡보다는 의식을 집중해서 직접 하는 에테르 호흡이 더 효과가 좋은 면이 있으니 그나마 위안이 되었다.

자동으로 에테르 호흡이 이루어지는 것은 세현이 지금 단계의 에테르 호흡을 완성한 보상이다.

하지만 자동적으로 이루어지는 것보다는 확실히 신경 써서 직접 하는 호흡이 더 좋은 것은 어쩔 수 없었다.

'게다가 이젠 다음 단계로 넘어갈 준비도 해야 하니까.'

세현은 두 번째 에테르 서클을 만드는 것을 염두에 두고 있었다.

'그나저나 형이 가르쳐 준 에테르 운용법이 쉽지가 않네. 마법이라고 했으면서 정작 해보면 그건 또 아닌 것 같고…… 도대체 뭐지?'

세현은 아직 완성되지 않은 에테르 운용법을 놓고 고민에 빠졌다.

고재한은 자신의 말에 시큰둥하게 반응이 없는 세현의 모습을 '저놈은 원래 저런 놈이지.' 하는 표정으로 넘겨 버리고 있었다.

＊　　　＊　　　＊

'신기한 방법이야. 그렇지?'

[음.]

'에테르 변형을 위한 회로도? 뭐 그런 거 같은데?'

[음음음.]

'일정한 통로를 따라서 에테르를 이동시키고 또 합치고 충돌시키고, 어쨌거나 복잡한 통로를 지난 에테르들의 성질이 변해서 결국 새로운 뭔가를 만들어 내는 거잖아.'

[음음.]

'이건 어쩌면 현실에서 에테르를 여러 성질로 변화시키는 것과도 연관이 있겠는데?'

화르르르르륵!

세현은 자신의 손끝에 에테르를 변형시킨 불덩이를 만들어 냈다.

형인 강현이 자신의 취향에 따라서 남겼다는 에테르 운용법을 성공시킨 결과였다.

에테르를 가공해서 불로 만들어 내는 것.

'결국 형이 말한 마법사라고 하는 것이 이런 거겠군. 에테르를

어떤 방식으로든 변형시켜서 특정 효과를 만들어 내는 거.'

[음? 음???]

'아, 좀 어렵나? 하긴 넌 아직 어리니까!'

[음!!! 음음음음!!!]

'쯧, 그래, 미안. 미안하다니까. 자자, 에테르 줄 테니까 먹어.'

[음음.]

세현은 '팥쥐'에게 에테르를 흘려 넣었다.

씨앗이 발아한 '팥쥐'는 원래 대기 중에 있는 에테르를 스스로 흡수할 수 있었다.

그런데 세현이 한순간도 쉬지 않고 에테르 호흡을 하는 까닭에 그것이 불가능했다.

세현 주변의 에테르들은 '팥쥐'가 아닌 세현의 에테르 호흡에 먼저 영향을 받기 때문이었다.

그래서 '팥쥐'는 주황색 등급의 이면공간에서 처음 깨어난 후로 계속 허기에 시달려야 했다.

그런데 문제는 당시의 '팥쥐'는 자신이 뭔가 필요하다는 것만 알았지 그게 에테르란 사실을 깨닫지 못했다는 것이다.

세현이 에테르 주얼을 얻기 전까지는.

'아무튼 그 보현산 이면공간에 꼭 가야 할 이유가 생겼어. 이런 방법들이 거기 있다면 그걸 얻어야지. 어쩌면 이건 새로운 힘이 될지도 몰라.'

세현은 아직도 손 위에서 타오르고 있는 불꽃을 보며 기대감을 키웠다.

'그러려면 수련을 해야지.'

"피에로."

고재한이 세현을 부르며 한쪽을 손가락으로 가리켰다.

세현이 그 쪽을 유심히 살폈다.

키가 작은 관목이 드문드문 자라 있는 거칠게 갈라진 돌조각들로 가득한 곳에서 뭔가 움직였다.

"아무튼 몸을 숨기는 재주는 대단한 놈이야."

"생긴 것만 봐도 딱 감이 오잖아. 카멜레온이라니까."

세현과 고재한은 서로 말을 놓고 있었다.

노란색 이면공간에 들어오고 얼마 지나지 않아 둘은 자연스럽게 말을 놓기로 합의를 봤다.

그게 함께 지내는데 더 편할 거라는 생각이 일치했기 때문이다.

"길이 5미터짜리 카멜레온? 어지간해선 칼도 잘 안 박히는?"

"또 그런다. 왜 그래? 까칠하게. 저것만 잡고 쉬자고. 그래도 나갈 때까지 배낭을 채워야 할 거 아냐?"

"저거 한 마리만 잡아도 배낭은 차고 남을 텐데?"

"에이, 그래서야 돈이 되나."

"이미 저번에 벌었던 것보다는 훨씬 더 많이 벌지 않았나?"

세현이 고재한이 한쪽에 밀어 둔 배낭을 눈짓으로 가리키며 말했다.

"그야 그렇지만 벌 수 있을 때 벌자는 거지. 피에로, 너도 이번엔 장비 제대로 갖춰야 하지 않아?"

세현은 고재한의 그 말에는 어쩔 수 없이 수긍해야 했다.

형이 수련용으로 준비해 뒀던 방패와 칼을 아직도 쓰고 있으니, 그건 좀 바꿔야 할 필요가 있었다.

"야, 피에로. 그래도 내가 신경 많이 쓰고 있잖아. 매번 새로운 몬스터들을 찾고, 그것들 잡고 나면 도축도 가르쳐 주고 말이야. 한 종류만 주구장창 파는 게 훨씬 쉽다는 건 알지?"

"그래, 알았다. 그리고 오늘은 저것까지만이다."

"그래, 그래. 그렇다니까."

"또 가는 길에 엉뚱한 곳으로 가서 몬스터 끌어 모으면!"

스르르르릉!

세현의 허리에서 검이 절반쯤 뽑혀나왔다.

"알았다니까 그러네. 자자, 출발하라고."

고재한이 그런 세현의 위협에도 아랑곳하지 않고 세현을 재촉했다.

세현은 살짝 한숨을 쉬고는 몸을 움직였다.

고재한의 석궁 공격 이후에 몬스터가 고재한을 향해 움직일 경로를 파악하고 그 중간에 몸을 숨기려는 것이다.

둘이 함께하게 된 후로, 대부분의 사냥은 그런 식으로 이루어지고 있었다.

쉬익! 퍼벅!

킥, 쉬쉬쉬쉬쉿!

세현이 자리를 잡자 곧바로 고재한이 몬스터 각케를 공격했다.

각케는 카멜레온을 닮은 몬스터를 총칭해서 부르는 이름이었다.

베트남어로 카멜레온이 각케라고 고재한이 설명을 했지만 몬스터 이름의 유래 따위는 아무래도 상관이 없는 세현이었다.

몬스터는 기본적으로 에테르로 보호를 받는다.

천공기사들은 그것을 에테르 실드, 혹은 에테르 스킨이라고 부르는데 등급이 높은 몬스터일수록 강력한 에테르 스킨을 지닌다.

주황색 등급이나 노란색 등급의 이면공간만 되어도 어지간한 화기로는 몬스터를 잡을 수 없는 이유가 거기에 있었다.

에테르에는 에테르로 대응을 하는 것이 지금까지는 최고의 방법이었다.

방금 각케의 귀밑에 박힌 고재한의 석궁 볼트에도 에테르가 가득 담겨 있었다.

고재한은 석궁의 볼트에 에테르를 실어 날리는 원거리 공격이 가능한 천공기사였다.

원거리 투사체를 날리면서 에테르를 유지하는 것은 쉽지 않은 일이다.

그 또한 비기(秘技)로 취급되는 것이었다.

쉬쉬쉬쉿, 쉬쉬쉬쉿. 차르르르르르르.

각케가 사나운 헛소리를 내며 작은 돌들을 밟으며 달려왔다.

자신을 공격한 고재한을 단번에 발견한 것이다.

각케가 세현이 숨어 있는 작은 고랑 위를 지나가는 순간, 세현의 찌르기가 각케의 배에 작렬했다.

각케의 약점, 가죽이 얇은 아랫배 부분은 평소에 땅에 붙이고 있는 까닭에 공격하기가 무척 어려운 부분이었다.

하지만 고랑에 누워 있는 세현이 자신의 몸 위로 지나가는 각케의 약점을 찌르는 것은 그리 어렵지 않은 일이다.

세현의 찌르기는 각케의 몬스터 패턴 중앙에 정확하게 들어갔다.

케켁 쉬쉬쉿 쉬쉬쉬.

각케가 답답한 소리를 내면서 급하게 몸을 굴렸다.

세현은 그런 각케를 따라가서 몸을 날리며 연속으로 검을 찔렀다.

하지만 가장 약한 약점이라고 해도 황색 등급의 이면공간의 몬스터인 각케의 가죽은 완성된 베기, 그 임팩트 순간에 에테르를 싣는 세현의 공격조차도 통하지 않았다.

베기가 통하지 않기 때문에 세현은 계속해서 찌르기 공격을 고집하는 것이다.

휘익! 터덩! 휙! 텅! 춰릿!

"이크!"

세현은 각케의 꼬리 공격을 두어 번 막다가 갑자기 쏘아져 나오는 각케의 혀를 다급하게 피했다.

방패로 막았다가 방패를 각케에게 빼앗긴 기억이 있는 세현이었다.

엄청난 접착력을 지닌 혀였다.

그 혀에 닿으면 뭐가 되었건 떼어내는 것이 거의 불가능할 지경이었다.

그래서 각케의 혀는 꽤나 값나가는 부분이기도 했다.

"이건 챙겨야지."

세현이 혀를 피하는 것과 동시에 검을 휘둘러서 각케의 혀를 중간에서 잘라버렸다.

혀는 가죽과 달리 세현의 베기를 견디지 못했다.

숨숨숨숨.

각케는 혀가 잘리고 소리가 달라졌다.

그런 각케를 향해 세현이 다시 달려들었다.

이젠 꼬리 공격과 몸통 박치기 정도만 조심하면 되는데 그건 방패 치기로 어떻게든 막아 낼 수 있는 공격이었다.

혀만 없다면 그다지 걱정할 필요가 없는 것이다.

"어이, 여기도 있다."

고재한도 검을 빼들고 도착했다.

이젠 차근차근 체력을 빼는 일만 남았다.

화르르르륵.

세현의 검에서 불길이 일었다.

고재한 덕분에 여유가 생겨 에테르로 불을 만드는 수법을 사용한 것이다.

Chapter 5

상황 파악과 짧은 수련

"이번엔 제법 있었군. 한 달이나 있다가 나오다니."

"처음 들어간 노란색 이면공간인데 적응이 쉬웠겠습니까? 이것 저것 알아볼 것도 있고 해서 최대한 버티다 나온 겁니다."

고재한이 장 씨의 인사를 받았다.

세현과 고재한은 한 달 만에 현실로 복귀한 참이었다.

"그래? 그런 것치고는 수확이 대단한데? 이건 무슨 몬스터 백과사전을 보는 것 같군. 어딜 갔다 온 건가? 이것들이 전부 나오는 곳이면 수유 쪽인가?"

장 씨는 세현과 고재한의 배낭에서 나오는 부산물들을 살피면서 단번에 두 사람이 들어갔던 이면공간을 유추해 냈다.

각 이면공간마다 나타나는 몬스터들이 다르다 보니 경험이 많은 그는 어렵지 않게 그것을 알아낸 것이다.

"둘 다 거의 액수 차이가 없겠군. 누가 이렇게 꼼꼼하게 분배를 한 거야?"

장 씨가 고재한과 세현을 번갈아보다가 결국 고재한에게 시선을 맞췄다.

'너지?'하는 눈빛에 고재한이 흑백의 가면 속에서 슬쩍 웃었다.

"그럼 그것도 아시겠네요. 제가 어지간한 시세는 모두 꿰고 있다는 거 말입니다. 그러니까 계산은 정확하게 해주십시오."

"이런, 누가 뭐라나? 내가 여기서 벌써 몇 년을 이 짓을 하고 있지만 손님을 속인 적은 없어. 나를 어떻게 보고 그런 소리를!"

"네네, 그러시겠지요. 그러니까 이번에도 그렇게 해달라는 말씀이지요."

"커엄, 그야 당연한 소리를. 그런데 말이야……."

"뭡니까?"

뭔가 말을 하려다 말고 슬슬 딴청을 피우는 장 씨에게 고재한이 살짝 목소리를 높였다.

몬스터 부산물 거래가 끝나지 않은 상태에서 장 씨가 시간을 끄는 것은 뭔가가 있다는 소리였다.

"이건 정보비가 좀 있어야 하는 건데……."

"뭐요? 정보비요? 여기서 언제부터 그런 것까지 취급을 했습니까? 정보도 팔아요?"

고재한이 제법 놀란 목소리로 장 씨를 보며 말했다.

"아니, 뭐, 내가 정보 브로커 같은 걸 하겠다는 것은 아니고, 나도 어쩌다보니 알게 된 정본데……."

"어쩌다보니 알게 된 정보를 우리에겐 대가를 받고 팔겠다고요?"

고재한이 다시 한 번 장 씨의 말꼬리를 잡았다.

세현의 시선 역시 무심하게 장 씨에게 꽂혀 있었다.

"아니, 이야긴 제대로 들어야지. 나도 이걸 알고 나서 확인을 하느라고 적잖은 비용이 들었다는 말이지."

"그런데 그거 우리하고 직접적인 연관이 있는 정봅니까? 아무리 중요한 정보라도 우리와 연관이 없으면 가치는 그만큼 떨어지는 거 아니겠습니까?"

그때, 세현이 불쑥 끼어들어 장 씨에게 물었다.

"어? 듣고 보니 그런데? 역시 피에로, 날카로운 면이 있단 말이지."

고재현의 시선도 장 씨에게 쏟아졌다.

"아, 뭐 꼭 두 사람과 관계가 있다는 건 아니지만 그래도 들어두면 유익할 걸? 안 들을 거야? 싸게 해줄게."

"유익한 정보라, 어디 들어보지요. 그런데 우리 둘이라고 그 정보비를 두 배로 받는 건 아니겠지요?"

고재한은 유익하다는 말에 그냥 금전적인 손해를 감수하기로 결심했다.

그에 대해선 세현도 별 불만이 없었다.

한 달, 그 사이에 천공기사나 이면공간에 대한 특별한 일이 있다면 알아두는 것이 좋을 것이다.

지금 당장의 푼돈 따위가 중요하지 않기는 세현이나 고재한이나 다를 것이 없었다.

"쯧, 알았어. 알았다고 적당히 하지. 일단 말이야 일이 어떻게 된 거냐 하면……"

장 씨의 정보는 나름의 가치가 있었다.

지난번 존슨 김의 패거리에 관한 이야기였기에 세현이나 고재한도 완전히 관계가 없다고 할 수도 없는 이야기였다.

어디서 흘러나간 것인지 한 무리의 천공기사가 다른 천공기사들을 작업했다는 이야기가 퍼진 것이 사건의 시작이라고 했다.

그러다가 그 짓을 한 놈들이 다국적 가면기사란 소리가 나왔고, 이어서 의도적으로 대한민국의 천공기사 전력을 깎아내리려는 공작이란 소리도 나왔단다.

당장에 일본, 중국, 미국, 영국, 러시아, 프랑스 등의 나라들이 용의선상에 올랐다.

때문에 천공기사들의 분위기가 후끈 달아오르고, 일반인들도 술안주 삼아서 그 문제를 떠드는 지경이 되자, 어쩔 수 없이 정부가 진화에 나섰다.

'사건이 과장되어 전달되고 있다. 비등록 기사들 사이의 분쟁은 이전에도 수시로 벌어지던 일이었다. 이번 사태의 규모가 조금 크지만 유사 사례들과 특별하게 구별하여 국민들이 우려할 정도의 일은 아니다.'라는 것이 정부의 공식 입장이었다.

"외교적인 문제 때문에 어쩔 수 없이 하는 논평인 거고 그건."

고재한은 딱 잘라서 정부의 발표를 그렇게 평가했다.

"그렇긴 하지. 다른 나라들 눈치를 안 볼 수가 없으니까. 하지만 그건 천공기사 모두가 알고 있는 거잖아."

"어쩌면 태극에서 이야기를 풀었을지도 모르지. 우리나라 천공기사들에게 이런 일이 있으니 조심하라고 경각심을 심어주고, 다른 배후 세력에겐 경고를 하는 차원에서 말이야."

"그럴 수도 있겠지. 하지만 배후를 철저히 찾아서 앙갚음을 해
줘야 하는 거 아닌가?"

세현과 고재한은 환복 매장으로 가는 길에 대화를 나누고 있었
다.

장 씨와의 거래는 그다지 큰 손해를 보지 않았다.

사실상 한 달의 공백만 아니라면 이미 널리 알려진 정보였다.

장 씨가 그런 것으로 물건 값을 후려치기는 어려웠다.

그저 고재한의 에누리 신공을 조금 피할 수 있을 정도였다.

"꼬리를 못 잡았거나 잡았어도 건들기 어려운 상황. 뭐 그런 거
아니겠어?"

고재한이 우뚝 걸음을 멈추고 세현을 보며 말했다.

그리고 곧바로 화제를 돌려 다른 말을 꺼냈다.

"그런데 괜찮겠어? 혼자서?"

세현은 고재한을 매장에 들여보낸 후에 다시 이면공간으로 갈
계획이었다.

장 씨에겐 필요한 물품들을 준비해 달라고 이야기를 해둔 상태
였다.

"보름 정도 후에 들어온다며? 그때, 보자고. 나는 아무래도 수련
을 더 해야 해서."

"괜히 미안한데? 내가 너의 수련을 방해한 것 같아서 말이지."

"그건 아니지. 어차피 사냥이야 해야 하는 일이었지. 다만 지금
의 나는 현실의 휴식을 줄이고 다시 이면공간으로 들어가겠다는
것뿐이야."

"내가 일이 없다면 함께하고 싶지만, 나도 메인 곳이 있는 몸이라서 말이지."

고재한이 가면을 쓴 상태로 뒷머리를 긁었다.

"신경 쓰지 말라고 했다. 내 일은 내가, 네 일은 네가 알아서 하는 거지. 그리고 필요할 때, 함께할 수 있으면 함께하고, 또 그게 안 되면 하는 수 없고."

세현이 자신의 피에로 가면을 검지로 툭툭 두드렸다.

서로의 관계가 가면을 쓰고 이루어진 관계임을 상기시키는 동작이었다.

"그렇지. 어차피 우린 페르소나, 언제 헤어져도 이상할 것이 없는 관계지……."

고재한은 조금은 아쉬움이 묻어나는 음성으로 말했다.

세현은 고재한과 환복 매장 앞에서 헤어진 후 다시 장 씨의 가게를 들렀다가 수유동 황색 등급의 이면공간으로 이동했다.

*   *   *

"야, 그거 그렇게 먹어 치우지 말라니까!"

세현이 에테르 호흡을 하다가 버럭 소리를 질렀다.

[음음음!]

"아니긴 뭐가 아냐? 지금 내가 에테르 서클 새로 만들어야 하니까 좀 도와 달라고 몇 번을 이야기해! 응?!"

[음. 음음. 음!]

"그래, 그래. 너도 성장을 하긴 해야지. 하지만 지금 당장 내가 급하다고. 거기다가 너, 에테르 주얼만 나오면 몽땅 먹어치웠잖아. 저번에 주황색 이면공간에서 하나, 여기서 두 개. 그때는 먹고 잠이라도 자더니 이번엔 잠도 안 자고 왜 이러냐?"

[음음음!]

"조금도 안 되는 건 안 되는 거야. 에테르 호흡 중에 모이는 에테르를 그렇게 야금야금 가지고 가면 내가 에테르 서클을 만들 시도를 할 수가 없잖아. 그냥 딱 끊고 참아! 알았어?!"

[음음.]

"한 번만 더 믿어 볼 거야. 또 그러면 정말 가만히 안 둔다!"

세현은 '팥쥐'에게 엄중하게 경고를 하고 다시 에테르 호흡에 들어갔다.

세현이 에테르 호흡에 집중하는 이유는 두 번째 에테르 서클을 만들기 위해서였다.

강현이 전해준 에테르 호흡의 핵심은 단계별로 새로운 에테르 서클을 만들어서 띠의 수를 늘려가는 것이었다.

세현은 지금 자신이 새로운 에테르 서클을 만들어도 될 수준이라고 생각하고 있었다.

호흡법은 완벽한 상태였고, 그동안 꿋꿋하게 늘려온 에테르 서클도 충실했다.

문제가 있다면 에테르 서클의 중심에 있는 강철의 에테르 서클이었는데, 세현은 그것 역시 두 번째 에테르 서클에 만들어 넣을 생각이었다.

하나의 에테르 서클을 둘로 쪼개는 것.

그것이 에테르 서클을 둘로 만드는 방법이고, 그것을 진행할 때

강철의 에테르 서클도 함께 쪼갤 생각인 세현이었다.

다만 그 시도를 하기 위해서는 에테르가 안정적이어야 하는데 '팥쥐'가 자꾸만 조금씩 에테르를 훔쳐 가는 것이 문제였다.

"이번엔 방해 하지 마! 정말로!"

세현은 다시 한 번 '팥쥐'에게 엄포를 놓고는 에테르 호흡에 집중하기 시작했다.

화르르르르르륵! 화르르륵! 화르륵!

세현의 양 손에서 쉼 없이 불덩이가 생겨났다가 흩어지기를 반복했다.

세현은 자신의 에테르 서클을 둘로 나누는데 성공했다.

그 성공에 고무된 세현은 곧바로 두 번째 수준의 에테르 호흡법을 완성하기 위해서 쉬지 않고 호흡법에 매진했다.

하지만 세현의 각성 능력은 발동하지 않았다.

두 번째 에테르 호흡법을 완벽하게 해내지 못했던 것이다.

지금도 에테르 호흡이 자동으로 이루어지기는 한다.

하지만 그때는 하나의 에테르 서클만 움직일 뿐, 다른 하나는 꼼짝도 않는다.

두 번째 단계의 에테르 호흡법이 완성되지 않은 탓이다.

한동안 호흡법에 매달리던 세현은 그게 쉽게 이루어질 수 있는 것이 아님을 깨달았다.

그래서 대신에 흑백면이 들어오기 전에 발화 기술을 완성하기로 결심하고 쉬지 않고 그 기술을 연습하고 있는 중이었다.

스르릉!

세현이 한동안 양 손에 불덩이를 만들다가 이번에는 방패를 착용하고 검을 뽑아 들었다.

그리고 기본적인 검식을 훈련하기 시작했다.

형이 실종되기 전에 종종 했었던 기본적인 움직임들이었다.

하지만 그 기본적인 움직임에 발화 능력이 끼어들면 무척 위협적인 기술이 되었다.

방패와 검에 불이 생겼다가 사라지기를 반복하는 것이다.

"이게 효과가 있기는 한데, 무기에 에테르를 싣는 것과 함께 쓸 수가 없다는 것이 아쉽지."

세현이 한동안 몸을 움직이다가 털썩 자리에 주저앉으며 중얼 거렸다.

에테르를 모두 소비한 것이다.

[음음! 돼?]

'팥쥐'가 에테르 호흡을 시작하는 세현에게 말을 걸었다.

"어휴, 그래, 먹어. 하지만 조금씩만 먹어! 알았지?"

[음! 웅!]

'팥쥐'는 세현의 허락이 떨어지자 에테르 호흡을 통해서 들어오는 에테르의 일부를 끌어가기 시작했다.

'아무튼 얼마나 먹어야 배가 차는 건지 끝도 없이 먹네, 끝도 없이.'

세현은 살짝 그렇게 잡생각을 하다가 다시 에테르 호흡에 집중하기 시작했다.

두 개의 에테르 서클이 생기면서 에테르를 저장할 공간이 배 이상으로 늘어났다.

거기다가 두 번째 서클은 직접 에테르 호흡을 해주지 않으면 매우 느리게 찼다.

그래서 한바탕 수련을 해서 에테르를 소비하고 나면 언제나 에테르 호흡법으로 에테르를 채우는 것이다.

화르륵! 츠릿!

쿠에에엑! 쿠엑!

"언제 들어도 딱 돼지 소리야. 그러니까 팔계란 이름이 붙었지."

생긴 것은 돼지와 별로 닮지 않았는데 입에서 나오는 소리는 영락없는 돼지 소리여서 결국 팔계란 이름이 붙은 비운의 몬스터였다.

날개가 없는 목 짧은 타조를 닮은 몬스터는 세현의 형인 강현이 처음 발견했는데, 그때도 돼지 타조란 이름을 붙였다고 했다.

하지만 이후로 천공기사들이 대부분 오크나 팔계로 불러서 그 이름을 가지게 되었다.

다만 오크보다 팔계가 더 많이 쓰이는 이유는 오크는 대부분의 문화권에서 알고 있기 때문이었다.

아무리 봐도 오크는 안 닮았다는 거부감이 팔계란 이름을 더 쓰게 만든 것이다.

저팔계를 아는 사람들은 역시 그 이름에도 거부감이 있긴 했지만.

꾸에엑! 쿠에 꾸에에게!

에테르로 만들어진 불은 쉽게 꺼지지 않는다.

있는 것이라곤 두 발과 머리밖에 없는 녀석이라 몸통에 붙은 불을 끌 방법이 마땅치 않아서 결국 땅바닥을 뒹군다.

하지만 세현은 그 꼴을 계속 볼 생각이 없었다.

"차앗!"

지잉! 츠릿!

세현의 기합 소리와 함께 검에 은빛이 매끄럽게 떠올랐다가 팔계 몬스터의 목을 자르고 사라진다.

"후욱, 후욱! 힘드네. 여유를 가지고 준비를 했는데도 에테르를 무기에 씌우는 건, 역시 쉽지 않아."

근래에 에테르 서클을 두 개 가지게 됨으로써 무기에 에테르를 억지로 씌울 수 있게 된 세현이었다.

말 그대로 '에테르를 무기에 쑤셔 넣어서 밖으로 삐져나오게 한다.'는 무식한 방법이었다.

형의 다이어리에 무기에 대한 이해가 어쩌고 하는 내용이 나와 있었지만 아직은 감도 잡지 못한 세현이었다.

대신에 에테르의 양으로 억지 검기(劍氣)를 만들어 쓰는 것이다.

"그래도 에테르 화염이 몬스터의 에테르 스킨을 깎아 내는 데에는 제법 효과가 좋아. 그렇지?"

[음. 웅. 그래.]

"하하하, 팥쥐, 너 오늘은 기분이 좋은 모양이구나? 대답을 이렇게 잘 하는 것을 보면."

[음음! 음!]

"응? 뭘 달라고?"

[음음! 음!!]

"도대체 뭘? 어, 에테르 주얼? 이게 나왔네? 그것도 노란색이?"

세현은 방금 잡은 팔계의 사체 옆에 에테르 주얼이 떨어진 것을 발견하고 깜짝 놀랐다.

"그래서 결국 이걸 달라는 거였어?"

세현이 왼쪽 팔목을 노려보며 말했다.

[음음! 음!]

"너도 양심이 좀 있어 봐라. 너, 벌써 주황색 에테르 주얼만 세 개나 먹었다. 그럼 이건 나한테 양보를 해야지!"

[으음. 음.]

세현은 '팥쥐'가 무척 망설이는 것을 느꼈다.

세현은 그런 '팥쥐'의 반응이 재미있었다.

시간이 지날수록 '팥쥐'도 주변을 의식하고 자신이 아닌 남, 즉 세현의 사정을 고려하는 분별력이 생겨나고 있었다.

말 그대로 '팥쥐'는 성장 중인 것이다.

'뭐, 더 키우려면 계속해서 먹여야 한다는 것이 문제지. 응?'

세현은 그런 생각을 하다가 멀지 않은 곳에서 자신이 있는 곳으로 다가오는 기척을 느끼고 급히 몸을 움직였다.

의뢰

"무슨 일이야? 아직 올 때가 아니잖아. 사흘 정도 남은 걸로 아는데?"

세현은 숲에 몸을 숨겼다가 가까이 다가오는 사람이 흑백면인 것을 확인하고 모습을 드러냈다.

"여기 있었군. 한동안 찾아 다녔다고."

"전에 만든 아지트에서 기다리지 그랬어? 어차피 날 저물면 거기로 갈 텐데."

"아니, 그보다 급한 일이 있어. 시간이 별로 없어서 서둘러 온 거야."

"급한 일?"

세현은 흑백면이 말하는 급한 일이란 것이 짐작조차 되지 않았다.

그와 자신 사이에 무슨 급한 일이 있다는 건지.

"천공 길드에서 용병 의뢰가 떴어."

"음? 뭐라고? 천공 길드?"

"그래."

세현은 이게 무슨 소린가 싶었다.

천공 길드는 형 강현이 마스터로 있었던 길드였고, 형의 실종 후에도 여전히 세계 최고의 위치에 있는 길드였다.

그런 길드에서 의뢰를 했다니 이해가 되지 않았다.

"자세히 설명해 봐!"

세현의 눈빛이 사나워졌다.

천공 길드는 세현이 반드시 받아야 할 빚이 있는 목표였다.

"무슨 일인지 대대적으로 이면공간의 부산물들을 사겠다고 공고를 했어. 누구든 그들이 제시한 것들을 가지고 오면 구매하겠다는 거지."

"특별할 것도 없잖아. 천공 정도면 돈이 넘쳐날 텐데? 필요한 건 그냥 사면 되는 거 아닌가? 그런데 무슨 의뢰야?"

세현은 이해가 되지 않았다.

"너, 팔계에서 벼슬하고 날개 흔적 뼈만 챙기지?"

세현의 말에 고재한이 도리어 엉뚱한 반문을 했다.

"그게… 음. 무슨 말인지 알겠다. 대부분 부피 때문에 버리는 부분들, 천공에서 그게 필요한 거군? 시장에 안 나오는 것들."

"맞아. 바로 그거야. 그걸 비싼 가격에 사겠다고 하는 거지."

"그런데 천공에서 그런 의뢰를 했다는 것이 뭐가 그렇게 중요한 거냐? 그런 일로 여기까지 헐레벌떡 뛰어올 이유는 없는 것 같은데?"

"이유가 있지."

"응?"

"천공에서 스페셜 필드를 개방했어. 페르소나든 뭐든 입장할 수 있게 한 거지. 뭔가 급하긴 급한 모양이야."

"그 스페셜 필드가 노란색 등급이란 거냐?"

"빙고! 바로 그거지. 하지만 무제한 받아주는 건 아니거든. 입장인원에 제한을 두는 거지. 대신에 그들이 원하는 부산물을 들고 나와야 한다는 조건이고."

"뛰어올 만했군."

세현은 고재한이 서둘러 자신을 찾아 온 이유를 이해했다.

스페셜 필드는 그럴 가치가 있었다.

더구나 천공에서 독점하고 있는 스페셜 필드라면 충분히 의미가 있을 터였다.

"운만 좋으면 스킬 하나 얻어 배울 수 있는 기회란 거지. 어때?"

고재한이 세현을 이글거리는 눈빛으로 쳐다봤다.

"가야지."

세현도 생각할 것 없다는 듯이 대답했다.

둘은 곧바로 현실로 나와서 다시 노란색 천공기 주얼을 충전한 후, 천공 길드가 관리하는 이면공간 진입 장소로 향했다.

"저기야?"

"그래."

세현은 천공 소자 연구소라는 간판을 달고 있는 건물과 그 건물에 딸린 운동장을 바라봤다.

겉으로 보기엔 학교 같은 분위기였다.

그들을 태우고 온 운송 회사 차량은 연구소 앞에 둘을 내려 주고 돌아갔다.

"그 이면공간이 아무데서나 들어갈 수 있는 곳이 아니란 거지. 너도 알겠지만 스페셜 필드로 들어갈 수 있는 곳은 범위가 좁아. 저기도 노란색 등급의 이면공간인데 저 연구소 범위 밖에선 진입이 되지 않지."

"그래서 아예, 저렇게 자기들 땅으로 만들어서 독점을 하고 있다는 거군."

"그런 거지. 저기가 원래 진강현 천공기사가 발견한 곳인데, 거기서 이면공간의 주민들을 만나서 스페셜 필드가 된 거지."

"우리나라에 있는 이면공간 대부분이 진강현 천공기사가 발굴한 거잖아."

세현은 조금 들뜬 목소리로 말했다.

형에 대해서 누군가와 이야기를 한다는 것이 무척 낯설게 느껴졌다.

"아무튼 그 양반이 갑 중 갑이었지. 그런데 어쩌다가 남색 등급에 들어가서 실종이 된 건지……."

고재한이 고개를 슬슬 흔들며 안타까움이 묻어나는 목소리로 말했다.

"살아 있을 거야. 그 사람."

세현은 반드시 그럴 거라고 생각했다.

"뭐, 그러면 좋겠지. 자자, 어서 들어가자. 저기 또 다른 차가 온다."

세현이 분위기를 환기시키듯 밝은 목소리로 고재한을 재촉했다.

연구소 입구로 자신들이 타고 왔던 것과 비슷한 모양의 차가 다가오고 있었다.

또 다른 가면기사의 등장일 확률이 높았다.

"그, 그래. 가자."

고재한은 서두르는 세현을 따라서 연구소 안으로 걸음을 옮겼다.

"이봐요, 거기 둘!"

그런데 그런 세현과 재한의 발걸음을 잡는 목소리가 있었다.

세현과 재한은 돌아서서 자신들을 부른 사람을 쳐다봤다.

턱만 조금 보이는 화려한 호랑나비 가면을 쓴 여자가 그들을 향해 다가오고 있었다.

"무슨 용뭅니까?"

세현이 물었다.

"저기 가는 거라면 함께 가지 않을래요?"

여자는 군더더기 없이 용건을 밝혔다.

"함께?"

고재한이 무슨 뜻이냔 듯이 물었다.

"천공 놈들이 무슨 생각을 하고 있는지 모르지만 일단 혼자 다니는 것은 좀 불안하잖아요. 그러니까 우리 페르소나끼리 좀 뭉치자는 거죠."

"천공도 위험하지만 가면들도 위험하긴 마찬가지 아닌가요? 우리가 당신을 어떻게 믿고 함께 다닙니까?"

세현이 나비 가면의 여자를 보며 물었다.

"음, 그야 그렇지만 우리 페르소나들이야 이런 식으로 만나고 찢어지는 일이야 흔하지 않나요? 솔직히 내가 불리하죠. 그쪽은 이미 아는 사람 둘, 나는 혼자. 안 그래요?"

"우리 둘이 변심을 해도 상대할 자신이 있다는 겁니까?"

고재한이 물었다.

"호호호. 그게 아니죠. 함께해도 문제를 일으키진 않을 거라는 거죠. 서로 지킬 선만 지키면 되지 않나요?"

여자의 말에 고재한이 세현을 쳐다봤다.

'어떻게 할까?'하는 의미.

"함께 가지. 스페셜 필드지만 몬스터도 많은 곳이라는데 함께 하는 것도 나쁘지 않겠지."

세현은 나비 가면을 동행으로 받아들이기로 했다.

세현의 감각에 나비 가면은 꽤나 강한 천공기사였다.

실력 있는 동행은 때로 큰 위험이 될 수도 있지만, 보통은 도움이 되는 경우가 많다.

"뭐, 피에로, 네가 그렇다면 나도 찬성. 그런데 그쪽은 뭐라고 부를까? 호랑나비?"

"그냥 나비로 불러요. 그런데 왜 반말하세요?"

여자가 재한에게 따지듯 말했다.

"함께 다니는 동안에는 서로 말을 편하게 하자고. 우리도 그렇게 하고 있으니까."

"음, 그래? 그러자 그럼. 나도 말 편하게 하면 좋지 뭐."

재한이 세현과 자신이 그렇게 하고 있다는 말을 하자 여자도 흔쾌히 고개를 끄덕였다.

"자, 들어가지. 또 다른 사람들이 오기 전에 말이야. 자칫 제한 인원을 넘기게 되면 곤란하니까."

"그렇지. 가자고."

재한이 세현의 말에 맞장구를 치며 서둘러서 연구소 입구의 수위실로 앞장서 걷기 시작했다.

세현과 나비는 그 뒤를 따라붙었다.

＊ ＊ ＊

셋은 다행스럽게도 인원 제한에 걸리지 않고 천공 길드의 스페셜 필드에 들어올 수 있었다.

"여기 적힌 것만 가지고 나올 수 있습니다. 이미 동의한 것처럼 이면공간에서 나온 후에는 몸수색을 받게 될 겁니다. 그러니 쓸데없는 것들은 가지고 나오지 마십시오. 그리고 뒷면에 이곳 필드의 간략한 지도가 있으니 참고하십시오."

이면공간에 들어가기 전에 연구소 직원이라는 사람이 천공 길드에서 필요한 재료가 적혀 있는 쪽지를 세 사람에게 나눠줬다.

그것이 길드원이 아닌 천공기사들을 스페셜 필드에 입장시키는 조건이었던 것이다.

세 사람은 이면공간 안으로 들어가자마자 곧바로 경계 태세를 갖췄지만 다행이 가까운 곳에 위험 요소는 없었다.

"여기가 어디쯤이야?"

고재한이 쪽지의 뒷면을 펼치고 이리저리 돌려서 주변 지형과 맞춰 보며 말했다.

"저기 저곳이 여기에 표기된 이 산인 거 같은데?"

"그럼 이렇게 돌리고, 우리가 지금 이쪽 방향에 있다는 건데, 다른 건 뭐 없나?"

"이건 개울, 아니면 강인가? 그럼 이쪽 방향으로 가면 되겠군. 일단 강으로 가보지?"

나비 가면과 세현도 고재한의 지도를 함께 쳐다보며 의견을 나눴다.

"지도에도 나와 있지만, 이곳 지형은 특별한 것이 없어. 평범한 산과 숲, 강이지. 사막이나 화산 같은 특이 지형이 아니니까 일단 지형이나 기후 때문에 고생할 일은 없겠어."

세현이 지도를 자세히 살피며 말했다.

그냥 지도만으론 알 수 없었던 식생이나 기후를 이면공간에 들어온 후 알게 됐는데, 이 스페셜 필드 자체에 위험은 없을 것 같았다.

"그래. 일단 강에서부터 시작하자. 원래 모든 문명은 강을 끼고 발달하잖아. 이면공간 주민들이 있다고 하면 강가에 있을 확률이 높지."

그때, 고재한이 지도를 품에 접어 넣으며 말했다.

"으음. 역시 너희도 그게 목적인 거구나? 이면공간 주민들을 만나서 뭐라도 하나 배울까 하고 말이야."

나비가 재한의 말을 듣고 그럴 줄 알았다는 듯이 고개를 끄덕였다.

"그건 나비, 너도 그렇지 않나? 스페셜 필드에 기를 쓰고 들어오려는 이유야 당연히 그것 때문이지."

세현이 나비를 보며 말했다.

"호호호. 맞아. 나도 그런 욕심으로 들어왔어. 괜찮은 기술 하나 얻으면 좋겠다는 생각으로 말이야. 천공기를 얻어서 페르소나가 되기는 했는데, 배운 기술들이 별로 없어서 힘이 달리거든."

나비는 숨길 것도 없다는 듯이 털어놓았다.

"그래도 그쪽에만 집중하고 있을 수는 없어. 천공에서 준 시간이 보름밖에 안 되니까 말이야. 그 사이에 그들이 요구하는 것들을 어느 정도는 배낭에 챙겨 둬야 한다고."

고재한이 천공 길드의 의뢰를 등한시할 수 없다고 두 사람의 경각심을 불러 일으켰다.

"하긴 천공 놈들이 우리가 빈손으로 나가면 가만히 있지 않겠지."

나비가 살짝 어깨를 늘어뜨리며 말했다.

"그러니까 서두르자. 사냥도 하고, 주민도 찾아보면 되지."

고재한이 다시 걸음을 옮기기 시작했다.

고재한의 배낭 좌우에서 석궁이 달랑달랑 춤을 췄다.

"흑백면, 혹시 여기 있다는 주민들에 대해서 아는 거 있냐?"

세현이 고재한을 따라붙으며 물었다.

"그건 나도 모르지. 그래도 한 가지는 알아. 여기 주민들에게 스킬을 얻은 사람들이 제법 있다는 거 말이야. 가르쳐 달라면 잘 가르쳐 준다고 하더라고."

"하지만 쉽게 배울 수 있는 건 아니라고 했어요. 아니, 했어."

나비도 뭔가 알고 있다는 듯이 말했다.

세현의 시선이 자연스럽게 나비 가면으로 향했다.

"나도 잘은 모르는데 스킬 하나 배우자고 몇 년을 고생한 경우도 있다고 했어. 운이 좋으면 빠르고 쉽게 익힐 수 있는 걸 배울수 있고, 자칫하면 죽어라 고생해야 하는 거지."

"그렇게 배우기 어려운 것이면 또 그만한 가치가 있겠지."

"그야 피에로 말이 맞긴 하지만, 우린 여기 오래 있을 수가 없고, 다음에 또 들어온다는 보장도 없으니까 간단한 걸로 배워야지."

고재한이 그렇게 말했지만 그 모든 것도 이곳에 있다는 주민들을 만난 후에나 가능한 일이었다.

강이 있을 것으로 예상되는 방향으로 이동하면서 세 사람은 몇번의 사냥을 했다.

사냥 방식은 이전과 동일했다.

고재한이 석궁으로 선제공격을 하고, 중간에서 세현과 나비가기습을 하는 방식이었다.

나비는 방패 없이 검을 썼는데, 때론 왼손에 소검(小劍)을 들어서 쌍검을 쓰기도 했다.

나비는 몸을 빠르게 움직이며 몬스터를 치고 빠지는 속도 중심의 검사였다.

그리고 이곳 필드의 몬스터가 노란색 등급 중에서도 강한 축에 든다는 말이 사실이었는지 세현은 몬스터들의 에테르 스킨이 조금 더 강하다는 느낌을 받았다.

몬스터의 에테르 스킨이 남아 있으면 공격 자체가 먹히지 않으니 스킨이 강하다는 것은 그만큼 몬스터들의 방어력이 강하다는 말과 같았다.

하지만 다행스럽게 몬스터가 많아야 서너 마리 정도로 나와서 큰 위기 없이 모두 처리를 할 수 있었다.

"여기도 사키메구가 나오는군. 그런데 쇳조각을 쓰는 것이 다르네."

세 번째 사냥에서 사키메구를 만난 세현이 사키메구가 쓰던 무기를 살피며 말했다.

나무 방망이에 뾰족한 못을 박은 것이 이곳 사키메구들의 무기였다.

그 삐죽빼죽한 못이 금속으로 만들어진 것이었다.

같은 종류의 몬스터라고 하더라도 이면공간의 등급에 따라서 능력이나 장비의 차이가 컸다.

주황색 등급에선 나무 몽둥이를 들고 다니던 것들이 노란색 등급에선 쇠붙이가 가미된 무기를 쓰는 것이다.

세현은 노란색 등급의 몬스터에 대한 경험이 많지 않았다.

그래서 도구를 사용하는 몬스터들이 쇠붙이를 쓰는 것을 처음 봤다.

세현은 한참 몽둥이를 살피다가 옆으로 던지고 사키메구의 사체 곁으로 다가섰다.

"야야, 도축은 하지 마!"

세현이 습관적으로 사키메구의 사체를 도축하려는데 고재한이 말렸다.

"응?"

"사키메구에선 저것만 필요하네."

재한이 세현이 조금 전까지 들고 있던 몽둥이를 가리켰다.

"맞아. 여기 있네. 필드 내의 금속. 종류에 상관없이 매입."

나비가 쪽지를 펼쳐 읽었다.

"그럼 사키메구, 그 자체엔 필요한 것이 없다는 건가?"

세현도 쪽지를 꺼내서 다시 읽었다.

"맞아. 대신에 여기 이건 대박이야. 웜의 피부. 이건 엄청 비싸게 산다는데?"

"그거, 보기도 힘든 몬스턴데 웜은? 보여야 잡든 말든 하지."

고재한의 말에 나비가 불만 가득한 목소리로 말했다.

"어쨌건 이거나 뽑자. 나무는 필요 없을 테니까 못이나 뽑아야지."

세현이 나비와 고재한에게 사키메구의 몽둥이 하나씩을 던져 주었다.

"가면서 뽑자. 강이 멀지 않은 것 같으니까 말이야. 아까부터 물 냄새가 난다."

"도대체 이런 건 어디 쓰겠다고 구하나 몰라. 하여간 이번 일은 이상한 점이 많아."

나비가 인상을 쓰면서 손에 에테르를 모아서 몽둥이에 박힌 쇳조각을 뽑으며 말했다.

"그러게 갑자기 이것들이 무슨 이유로 이렇게 급하게 움직이는지 모르겠네."

세현도 이유가 궁금하긴 마찬가지였다.

"어, 정말 강이네? 저기 보인다!"

그때, 고재한이 한쪽으로 손가락질 하면서 목소리를 높였다.

숲 사이로 꿈틀거리는 작은 강이 그곳에 있었다.

웜(Worm)이다아! 웜(Worm)이다아!

"이면공간이란 곳은 참 신기해. 여기 노란색 등급도 따지고 보면 그렇게까지 넓은 곳은 아니란 말이지. 어느 쪽으로든 가다 보면 공간의 벽을 만나게 되니까. 그런데 이런 곳에 강이 흐르고 있어."

"공간의 벽에서 흘러 나와서 또 다른 벽으로 흘러 들어가는 거지."

세현이 고재한의 말을 받았다.

"공간의 벽도 신기하긴 마찬가지잖아. 벽이라고 하지만 그저 불투명한 허공일 뿐이라고. 아무것도 없지. 그런데 또 거길 지나가는 것은 불가능하고 말이야."

나비도 동감을 표하며 눈앞에 있는 강을 바라보았다.

넓이가 수십 미터는 되는 강이 제법 풍부한 수량을 가지고 흘러가고 있었다.

"오늘 저녁은 물고기를 잡아서 구워 먹는 걸로 할까?"

강을 보고 있던 세현이 문득 그렇게 제안을 했다.

"물고기? 있을까?"

고재한이 흑백의 가면을 갸우뚱 했다.

"있다면 그렇게 하자는 거지."

"좋아. 여기서 잡은 물고기라면 어쩌면 에테르를 품고 있을 수도 있어. 몸에 좋을 거라고."

나비가 신이 난 목소리로 말을 하더니 강으로 달렸다.

세현과 재한도 서로를 잠깐 보고는 곧바로 나비를 따라 달렸다.

촤화화화화!

"아앗! 깜짝이야!"

하지만 그들의 질주는 강에 닿지 못하고 끝이 났다.

강둑에서 뭔가가 솟구쳐 올라서 앞서가던 나비를 공격한 것이다.

"웜이다!"

재한이 고함을 질렀다.

나비는 자신이 있던 자리에 대가리를 꽂고 땅속으로 빠르게 파고드는 웜에게 검을 휘둘렀다.

치이잉! 치링!

하지만 에테르 스킨이 충만한 웜의 몸에 상처를 줄 수는 없었다.

그저 나비의 에테르와 웜의 에테르가 서로 충돌하는 충격음만 터져 나왔을 뿐이다.

"운이 좋은 건가? 차앗!"

파바박! 터엉!

어느새 달려온 세현이 땅속으로 사라지는 웜의 꼬리 부분을 검으로 찌르고 이어서 방패로 후려쳤다.

하지만 그 공격 역시 웜의 에테르 스킨에 막혀서 상처를 주지는 못했다.

"이래서 웜 종류들을 싫어하는 거라고! 땅에서 헤엄치는 놈들이잖아!"

사람 몸통이 들어가고도 남을 정도의 구멍을 남기고 땅 속으로 사라진 웜을 두고 재한이 투덜거렸다.

그 역시 검을 뽑아 든 상태였다.

"내가 미끼 역할을 하지."

그때, 나비가 세현과 재한을 보며 그렇게 제안을 했다.

웜은 지렁이 형태의 몬스터를 총칭하는 것이다.

크기가 일 미터도 되지 않는 것에서 대형은 백 미터가 넘는 것도 있다고 알려져 있었다.

이런 웜은 땅의 진동에 민감하게 반응을 한다.

두 사람은 가만히 있고 나비만 움직이면 웜의 공격은 나비를 향할 것이다.

그럼 그렇게 모습을 드러낸 웜을 세현과 재한이 공격하라는 말이었다.

세현은 모르고 있었지만 보통 웜들을 사냥할 때에는 그런 방법을 사용하고 있었다.

그래서 그때 웜을 끌어 들이는 역할을 하는 쪽을 미끼라고 부르는 것이다.

"좋아. 몸이 가볍고 빠른 나비가 미끼 역을 하는 것이 맞겠지."

재한이 말했다.

"대신에 빨리 끝내라고. 알았지?"

나비는 그렇게 말을 하고는 몸을 통통 튀기기 시작했다.

그러면서 등을 맞대고 서 있는 재한과 세현의 주변을 돌아다녔다.

촤화확!

일순, 나비의 발밑에서 웜이 둥근 입을 벌리고 솟구쳐 올랐다.

나비는 가까스로 웜의 공격을 피해서 옆으로 움직였다.

그런데 옆으로 피하는 나비를 향해서 또 다른 웜이 땅에서 솟구치며 공격을 해왔다.

"아앗!"

"두 마리였나?"

나비와 재한이 깜짝 놀란 순간, 세현의 튕기듯 달려 나가 나비의 옆구리로 쏘아져 오는 웜의 공격을 방패로 막았다.

콰과광!

"두 마리가 아니야. 이쪽은 웜의 꼬리야!"

세현이 입이 없는 것을 확인하고 소리를 질렀다.

"고마워! 그런데 대단한데? 웜의 공격을 방패로 막고 튕겨 낸 거야?"

나비가 세현의 도움으로 위기를 벗어나 놀란 목소리로 말했다.

"조심해!"

"그래, 알았어. 머리하고 꼬리로 동시에 공격하는 웜은 처음이라서 미처 대비를 못했어. 이젠 신경 쓸 테니까 걱정하지 마. 웃차!"

콰과과곽!

말을 하는 동안에 다시 웜의 머리가 나비의 발밑에서 솟아올랐다.

그리고 옆으로 피하는 나비를 향해 또다시 꼬리 공격이 쏘아져 왔다.

하지만 이번에는 나비도 대비를 하고 있었기에 어렵지 않게 공격을 피했다.

이전보다 조금 더 여유를 두고 웜의 공격을 피하는 나비였다.

카가강! 터덩! 차르륵!

그렇게 나비가 공격을 피하는 동안에 세현과 재한은 최대한 발을 움직이지 않는 상태에서 웜을 공격했다.

발을 움직이면 그만큼 웜을 끌어들일 확률이 높아진다.

그렇게 되면 나비가 미끼 역할을 하는 보람이 없는 것이다.

나비는 부지런히 세현과 재한에게 가까운 곳으로 웜이 나타나도록 유도를 했다.

드르르륵!

"흑백! 지면이 불안정하다. 자칫하다간 무너지겠어! 나비, 장소를 옮기자!"

그런데 그렇게 웜이 땅을 파헤치고 다니자 오래지 않아서 바닥에 균열이 가면서 무너질 징조를 보였다.

세현이 깜짝 놀라서 재한에게 경고를 하고는 나비에게 전투 장소를 옮길 것을 권했다.

나비도 웜을 사냥한 경험이 있었기에 장소를 옮겨야 한다는 것을 알고 있었다.

"알았어. 이쪽으로 간다! 함께 움직여!"

나비가 강둑을 따라서 이동을 시작했고, 세현과 재한 역시 바짝 따라붙었다.

웜은 돌고래가 수면을 오르내리며 수영을 하는 듯한 모습으로 세 사람을 쫓아왔다.

세 사람은 계속해서 나비가 미끼 역할을 하고 재한과 세현이 웜을 공격해서 에테르 스킨을 깎아 내는 방식으로 웜 사냥을 이어갔다.

화르르르륵!

키에에에에!

"음? 이게 더 효과가 좋은데?"

그러다가 세현이 검에 화염을 둘러 공격을 해보고는 환호성을 질렀다.

"뭐야? 에테르로 불을 만들었어? 그런 재주가 있으면 진작 쓰지! 대부분의 웜은 화염 계열에 약하단 말이야!"

나비가 그것을 보고는 진작 쓰지 않았다고 핀잔을 주었다.

"그런가? 웜 사냥은 처음이라서 몰랐지."

츠리릿! 츠릿!

세현은 주황색 불길에 휩싸인 검으로 웜을 공격했다.

웜의 에테르 스킨은 이전보다 훨씬 빠르게 증발했다.

"그런 것이 있다고 하더라고. 몬스터에 따라서 에테르 스킨의 성질이 달라서 그에 맞춰서 공격을 하면 훨씬 효과적으로 사냥을 할 수 있다고 말이야. 하지만 대부분의 천공기사들이 에테르의 속성 변화를 할 줄 모르니까 알아도 써먹을 수가 없는 방법이지."

재한도 세현의 검과 방패를 감싸고 있는 화염을 바라보며 새삼 기억이 났다는 듯이 말했다.

"어쨌거나 이제 끝이 보인다. 어서 마무리를 하자고!"

나비가 그런 두 남자를 향해서 사냥을 재촉했다.

*　　　　*　　　　*

"운이 좋았다고 할까?"

"뭐가?"

강물에서 멀지 않은 자갈밭에 텐트를 세우고 저녁을 해결한 세현과 재한이 모닥불을 앞에 두고 이야기를 나누고 있었다.

나비는 잠깐 볼일이 있다고 자리를 비운 상태였다.

"웜을 잡아서 배낭을 채웠으니까 말이야. 값도 많이 쳐 준다는데 한 마리를 잡아서 세 사람 배낭을 다 채웠잖아."

"하긴 웜의 껍질이라고 해서 부피가 얼마 나가지 않을 줄 알았는데 의외로 두껍더군."

"거기다가 웜은 중형 몬스터에 속하잖아. 체구가 크다고. 우리 셋이서 그걸 잡은 것도 대단한 거지. 뭐 피에로, 너의 화염이 있어서 더 쉽긴 했지만."

"나비가 능숙하게 웜을 유인했기 때문이지. 우리가 공격하기 좋게 웜을 꼬여 냈으니까."

"뭐 그것도 그렇지. 어쨌건 오늘 들어왔는데 일단 천공 얘들의 의뢰는 완수한 거잖아."

"그렇지."

"으흐흐흐. 그러니까 남은 시간은 온전히 이곳에 있다는 이면공간 주민들을 찾으면서 보낼 수 있다는 거지."

꽤나 상황이 만족스러운지 재한이 묘한 웃음소리를 냈다.

"확실히 운이 좋다고 할 수 있지."

"그런데 그거 말이야."

"뭐?"

"에테르를 변화시켜서 화염으로 만드는 그거."

"그게 왜?"

"그건 어떻게 배운 거야? 그런 기술은 어지간해선 잘 안 알려주는 걸로 아는데?"

"글쎄, 그건 좀 곤란한데?"

세현이 자신의 가면을 손가락으로 툭툭 치며 대답했다.

"아, 그렇지. 맞아. 내 질문이 좀 과했네. 그나저나 이번에 이곳에서 주민들을 만나면 나도 그런 재주나 하나 배웠으면 좋겠는데 말이야."

"위로 올라갈수록 에테르를 사용하는 스킬이 중요해진다고 하더군."

"맞아, 피에로. 같은 등급의 천공기사라도 에테르 스킬에 따라서 능력 차이가 엄청나게 나지."

세현의 말에 대답한 것은 잠깐 어딜 다녀온 나비였다.

세현과 재한은 그녀가 돌아오는 것을 알고 있었기에 갑작스럽게 끼어든 그녀의 목소리에도 놀라지 않았다.

대신 그들의 시선이 모닥불을 사이에 두고 마주 앉는 그녀에게
로 향했다.

"짐작할지 모르지만 난 초록색 등급의 이면공간에서 활동하고
있어."

나비가 모닥불에 시선을 둔 채로 혼잣말을 하듯이 입을 열었
다.

"운이 좋아서 거기까지 가기도 했고, 에테르 호흡법도 제법 괜
찮은 것을 익히고 있어서 에테르 양도 괜찮은 수준이지. 하지
만……."

나비는 잠깐 말을 끊었다.

"하지만 에테르가 많아도 쓸 방법이 없으면 어느 순간부터 경쟁
에서 뒤처지게 되는 거야. 쉽게 말해서 다른 사람이 몬스터 세 마
리 잡는 동안 나는 한 마리도 겨우 잡는 상황이 생기는 거지."

나비는 그렇게 말을 하고는 모닥불에 부지깽이를 넣어 쑤석거렸
다.

"그래서 혹시나 하는 생각으로 여기까지 온 거야. 천공의 스페
셜 필드가 열렸다는 소리에 많이 놀랐지."

"초록색 등급이라면 꽤나 실력이 있다는 소리잖아?"

재한이 전혀 짐작도 못했다는 듯이 말했다.

"아니, 봐서 알잖아. 아까 웜을 사냥할 때, 그게 내 전부야. 말
그대로 스킬이란 것이 없는 거지. 공격 수단이라고 해봐야 억지로
만들어 낼 수 있는 에테르 검기 정도가 고작이지."

"검기를 고작이라고 하는 건 좀 아니지 않아?"

세현이 불퉁한 어투로 말했다.

세현은 아직도 에테르를 무기 밖으로 뽑아서 씌우는 것이 미숙한 상황이었다.

이전 웜과의 사냥에서 막바지에 나비가 뽑아냈던 깔끔한 검기와는 큰 차이가 있었다.

그런데 그걸 고작이라고 하니 배알이 꼴리는 것이다.

"그래. 그것도 좋은 능력이기는 하지. 그런데 그런 식으로 무기에 에테르를 사용하는 것에도 스킬이 있어. 그걸 쓰면 훨씬 쉽게 검기를 뽑고 유지할 수 있지. 그걸 아는 놈과 비교하면 나는 무식하게 에테르를 밀어 넣는 수준인 거야."

"그야 뭐, 고등급의 천공기사들이 나름의 비전을 가지고 있는 것이야 다들 아는 거잖아. 그리고 그걸 길드나 지인들끼리만 공유하는 것도 알고 있고. 그러니 우리 같은 가면들이 힘든 거지."

고재한이 나비의 말에 동감한다는 듯이 투덜거렸다.

"부러우면 길드에 들면 되는 거 아닌가?"

세현이 퉁명스러운 음성으로 툭 쏘아붙였다.

재한과 나비가 세현을 잡아먹을 듯이 사나운 눈빛으로 바라봤다.

"뭐, 싫으면 마는 거지. 뭘 그렇게 노려보고 그러나?"

세현이 둘의 눈빛에 슬쩍 꽁무니를 말았다.

"길드 놈들이 얼마나 지독한 놈들인지 몰라서 그러는 거야. 그놈들, 지들끼리 다 해먹는 거야. 사실상 간부들만 배를 두드리는 거고, 일반 길드원은 거의 족쇄를 찬 노예 수준이라고."

나비가 아무것도 모르면 가만히 있으란 듯이 쏘아붙이며 말했다.

"그렇지. 천공기만 하더라도 그게 모두 빚이잖아? 천공기를 획득해서 가지고 온 사람에게 그걸 구하려면 정말 어마어마한 대가를 치러야 하는데, 천공기에 적합 판정을 받았다고 하더라고 그런 돈이 없으면 천공기사가 될 수 없는 거지."

이번에는 재한이 모닥불을 쑤석거렸다.

"그래서 길드에 속한 천공기사 대부분은 그 길드에서 자유롭게 탈퇴를 할 수도 없지. 거기다가 길드 소유의 스킬을 전수받게 되면 그것도 빚이 되는 거고. 사실 그 빚이란 것이 돈으로 어떻게 할수가 없는 경우가 많거든. 서약서 따위로 길드에 묶어버리니까."

"예전 천공 마스터가 있을 때에는 좋았다던데, 그렇게 제약을 심하게 두지 않았다고 들었어."

나비가 가라앉은 목소리로 말했다.

"천공이 애초에 진강현 마스터의 손에서 시작된 거잖아. 아니, 세상의 모든 천공기사의 시작이 그 사람이었지. 결국 그 사람에게 혜택을 입은 것들이 지금은 꼭대기에 앉아서 진강현 마스터도 안했던 갑질을 하며 떵떵거리고 살고 있는 거지."

고재한이 어금니를 가는 소리를 냈다.

"쌓인 것이 많은가봐?"

세현이 툭 던지듯이 물었다.

"뭐 그냥 내가 천공이라면 이를 간다는 정도만 알아 둬. 난 정말 천공이 싫어."

고재한은 그렇게 말을 하고는 입을 다물어버렸다.

"난 길드에 속한 놈들이 싫어, 정말로!"

나비도 딱 자르듯 그렇게 말을 하고는 무릎을 안고 모닥불에 시선을 던졌다.

"우리 셋 모두 천공 길드를 못마땅하게 생각하는 건 같은 모양이군. 나도 천공이 싫거든."

결국 세현도 속에 품고 있던 생각을 일부 꺼내놓았다.

그리고 이번에는 세현이 모닥불을 쑤석거려 불길을 피웠다.

[음. 음.]

'일어났냐?'

세현은 한동안 잠들었던 '팥쥐'가 기척을 보이자 '팥쥐'에게 알은척을 했다.

'그래. 결국 노란색 등급의 에테르 주얼을 빼앗아 먹은 소감이 어때?'

[음, 좋아!]

"뭐?"

세현은 '팥쥐'의 대답에 깜짝 놀라서 저도 모르게 입 밖으로 소리를 내고 말았다.

나비와 재한이 뭔 소리냐는 눈빛으로 세현을 바라봤다.

"아, 옛 생각을 좀 하다가 나도 모르게 헛소리가 나왔다. 신경쓰지 마라."

세현은 그렇게 말을 하곤 다시 '팥쥐'에 집중했다.

'너, 다시 한 번 말해 봐.'

[음. 말, 무슨 말?]

'팥쥐'는 세현이 뭘 바라는지 모르겠다는 의지를 전해왔다.

'너 확실히 전보다 말이 많이 늘었어. 에테르 주얼을 먹고 성장

을 한 거냐?'

[음음. 큰 거, 먹으면 나도 커. 처음 한 번만.]

'그게 뭔 소리야? 큰 거는 등급이 높은 걸 말하는 거야?'

[음음! 맞아.]

'처음 한 번이란 건? 등급이 높은 걸 먹으면 성장을 한다? 그런 데 처음 한 번만 그렇다는 거? 지금 더 성장을 하려면 노란색보다 등급이 높은 초록색 등급 에테르 주얼을 먹어야 한다는 거야?'

[음음! 음! 맞아! 맞아!]

'팥쥐'는 세현이 정확하게 추리를 해낸 것을 무척 기뻐했다.

세현에게 '팥쥐'가 기뻐하는 느낌이 가득 전해져 왔다.

'그런데 너, 제일 아래 단계인 빨간색 등급 에테르 주얼은 안 먹었잖아. 그래도 되는 거냐?'

[음? 음?! 음!!!]

세현의 말에 '팥쥐'는 뭔가 깨달은 듯이 깜짝 놀라는 감정을 전해 왔다.

하지만 곧이어 그게 어떤 문제가 있을지는 모른다는 것을 세현도 느낄 수 있었다.

'팥쥐'가 허둥지둥하는 것이 선명하게 느껴졌던 것이다.

Chapter 6

이면공간의 주민을 찾아서

'팥쥐'는 우울 모드로 돌입했다.

세현과 재한, 나비가 강을 따라서 수색을 하며 이면공간의 주민들을 찾는 동안에도 '팥쥐'는 계속 우울해하기만 했다.

뭔가 순서를 지키지 않고 건너뛴 것이 자신에게 어떤 문제를 만들지 모른다는 불안감에 떨고 있었다.

'괜찮을 거야. 이번에 나가면 내가 빨간색 에테르 주얼 하나 사 줄 테니까 먹어 보자. 그럼 되겠지.'

[으으음.]

'팥쥐'는 세현의 그런 위로에도 별로 힘이 나지 않는 듯했다.

세현도 딱히 도울 방법이 없으니 그대로 둘 수밖에 없었다.

"이렇게 찾아서 언제 찾지?"

나비가 지루한 기색을 드러내며 말했다.

강이 흘러가는 방향으로 따라 내려가며 사람들의 흔적을 찾고 있지만, 아직까지 일행이 발견한 것은 아무것도 없었다.

도리어 강을 따라서 분포하고 있는 여러 몬스터만 몇 번씩 만나서 전투를 벌였을 뿐이었다.

"쉽게 찾지 못할 수도 있지. 천공 놈들이 어떤 놈들인데 남 좋은 일을 시키겠어?"

고재한도 어쩌면 이면공간의 주민을 만나지 못할지도 모른다는 생각을 하고 있었다.

"그렇겠지? 어디 꼭꼭 숨어 있을지도 몰라."

"차라리 사람 뒤를 쫓는 것이 빠르지 않을까?"

그때, 세현이 색다른 제안을 했다.

"사람? 그거 혹시 천공 놈들의 뒤를 밟자는 거야?"

고재한이 세현을 돌아보며 물었다.

"그게 제일 좋은 방법 아닐까? 뭐 일단 그놈들을 찾아야겠지만."

"그거 좋은 방법이다. 난 찬성. 이렇게 돌아다녀선 답이 없을 것 같아. 내가 전에 들었는데 이면공간 주민들 중에는 결계를 치고 그 안에서 사는 주민들도 있다고 했어. 그래서 그냥은 절대 못 찾는다고 그러더라."

"아, 그 이야긴 나도 들었어. 모두 그런 것은 아니지만 그런 종족도 있다고 하더군."

나비의 말에 재한도 그렇다고 확인을 했다.

"그럼 여기 있는 주민들이 그런 식으로 마을을 숨기고 있다면 찾는 것이 거의 불가능하다는 말이네?"

"그렇다고 봐야지. 물론 꼭 여기 주민들이 그런 능력을 지니고 있다는 것은 아니지만."

"아니야. 천공, 이것들이 여길 개방한 이유가 있는 거야. 어지간 해선 못 찾을 걸 아니까 개방을 한 거지."

나비가 반드시 그럴 거라고 확신하듯 말했다.

"그럼 결정된 거네. 일단 다른 사람들을 찾자. 지금까지는 사람 그림자를 보면 서로 피했지만 이제부턴 천공 길드에 속한 놈들을 찾는 걸로 하자."

"가면 안 쓴 놈들만 찾으면 되는 거잖아. 지들 영역에서 가면 쓰고 다니는 놈은 없을 테니까."

재한이 천공 길드원들 구별하는 것은 어렵지 않다고 그렇게 말했다.

"맞네. 여긴 천공에서 관리하는 필드니까 여기선 가면을 쓰지 않겠네. 호호. 흑백면, 제법 센스가 있는데?"

"자자, 그럼 이제부턴 사람을 찾기로 하자."

세현이 둘을 재촉하며 움직이기 시작했다.

"도대체 이게 무슨 일이래?"

"그러게 말이다. 이곳까지 일반 천공기사 놈들을 들이다니 이해 가 안 된다니까."

"이번에 진행하는 프로젝트가 엄청난 거라고 하잖아. 그걸 위해 서 필요한 것들이 많아서 어쩔 수 없이 외부 조력을 받기로 한 거 고 말이야."

"아니, 아무리 그렇다고 해도 이곳이 어떤 곳이라고 여기까지 길드원이 아닌 놈들을 들어오게 하느냔 거지."

공간을 뚫는 검을 형상화한 길드 마크를 달고 있는 이들, 천공 길드의 길드원이었다.

진강현이 마스터로 있을 때에는 스테이플러를 단순화 한 것 같은 상징을 썼는데, 소형 천공기를 본뜬 그 마크가 창피하다며 새로운 길드 마스터 고철한이 바꾼 것이었다.

천공의 길드원 네 명이 숲 속의 넓은 공터 안쪽에 모여 앉아서 이야기를 하고 있었다.

"이번 프로젝트가 성공하면 엄청난 일이 벌어진다더라. 그런데 그걸 다른 나라에서도 어느 정도 따라잡은 거지. 그래서 위에서 추월당하지 않으려고 서두른다는 거 아니냐."

"도대체 그게 뭔 프로젝튼데?"

"그것까진 나도 모르지. 아무튼 엄청난 규모의 구조물을 만드는데 그게 전부 이면공간에서 나온 것들로만 만들어지는 모양이더라고."

"그래서 그 재료를 모으는 건가? 그렇다고 여길 내주는 건 아니지 않나? 여긴 우리 길드의 기둥이라고 할 수 있는 곳인데?"

"뭐 여기서 나온 스킬들이 우리 길드원들에게 많은 도움이 된 건 사실이지. 하지만 그것들이 마스터급 스킬은 아니잖아. 엑스퍼트 수준의 스킬이지."

"그게 어딘데? 그걸로 우리 천공이 버티는 거잖아. 우리 길드의 뿌리 같은 거라고."

"그게 또, 솔직히 이젠 뭐, 더 얻을 것도 없고 그렇잖아. 여기 포레스타 애들에게 더 배울 것은 없다고 봐야지."

"아무리 그래도 여길 엉뚱한 놈들이 얼쩡거리게 하는 건 아니지. 이건 뭐가 잘못되어도 한참 잘못된 거야."

"야, 진정해라 그렇게 오버하지 말고. 그런다고 위에서 알아주냐? 그리고 그놈들이 아무리 설치고 다녀도 포레스타(Foresta)를 만날 수 있을 것 같냐?"

"그건 또 모르는 거잖아. 우리가 아무리 여길 지키고 있다지만 포레스타, 그 애들이 나가고 싶다고 하면 그걸 누가 말리냐?"

"그러니까 우리가 여기 있잖아. 그 애들하고 잘 놀아주라고. 심심하지 않게 말이야."

"그야 그렇긴 하지만……."

"잔말 말고 혹시라도 애들 밖으로 안 나가나 잘 지켜. 그리고 알겠지만 밖으로 나가려고 하면 어떻게든 붙잡아. 그렇다고 애들 겁먹게 하지 말고."

"젠장, 알았다고. 하여간 마음에 안 들어. 도대체가 말이야."

"어쩔 수 없지. 솔직히 우리 천공 길드원이 주황색, 노란색 등급에서 사냥하고 채집하는 것은 인력 낭비 아니냐? 우리만 해도 초록색 등급 정도는 되어야 사냥할 맛이 나지."

"하긴, 우리 길드원들 수준을 생각하면 하급 이면공간에서 설치는 것도 우습지. 결국 그런 곳에서 필요한 재료들은 외부 용병을 쓸 수밖에 없다는 거고."

"알면 됐다. 솔직히 노란색 등급의 이면공간에도 우리 길드원 투입하긴 그렇잖아. 그러니까 결국 외부 놈들 쓰기로 한 거고. 여기라고 다르냐?"

"우리가 아무리 설쳐도 결국 현실로 가지고 나갈 수 있는 양에는 한계가 있으니까. 숫자로 밀어붙일 필요가 있는 이번 경우엔 다른 방법이 없긴 했겠지."

"그렇게 이해를 할 거면서 무슨 그렇게 열을 내고 그러는지."

한동안 불만을 가득 늘어놓던 길드원을 겨우 진정시킨 동료들이 내심 한숨을 쉬었다.

길드에 대한 충성심이 남다른 것인지, 아니면 위에 잘 보이고 싶은지, 자주 흥분하는 모습을 보이는 동료였다.

"자, 진정이 되었으면 이제 그만하고 식사준비나… 어?"

동료에게 뭔가 말을 하려는 사내가 조금 놀란 표정을 지으며 한쪽을 바라봤다.

그와 동시에 다른 세 명의 길드원들의 시선도 자연스럽게 그곳으로 향했다.

등에 떡갈나무 잎을 닮은 날개를 달고 있는 녹색의 생명체가 거기 있었다.

두 개의 팔과 다리, 손과 발, 눈과 귀는 인간의 모습과 많이 닮아 있었다.

하지만 몸의 색이 녹색이고, 몸을 휘감고 있는 덩굴식물의 그것 같은 옷이나 나뭇잎 날개와 꽃의 술을 닮은 눈썹 등은 그 존재가 특별한 생명체임을 알려주고 있었다.

*　　　　*　　　　*

"드리스, 너 왜 또 나온 거냐? 나오지 말라니까. 요즘 여기에 낯선 사람들이 많이 들어와서 위험하다고 했잖아."

천공 길드원 중에 하나가 그 생명체를 보며 웃는 얼굴로 말했다.

"헤엥, 위험하지 않아. 너희들 욕심쟁이들이야. 그래서 드리스가 밖에 나가서 노는 거 못 하게 하는 거야. 나빠."

"드리스, 그런 거 아니야. 정말로 얼굴에 가면 쓰고 돌아다니는 위험한 놈들이 많아."

"그럼, 그럼. 종일이 말이 맞아. 드리스. 물론 우리가 욕심을 부리는 것도 틀린 건 아니지. 하지만 가면기사들이 위험하다는 말도 거짓말은 아니야."

"정말? 가면 쓴 인간들이 정말 위험한 거야? 막 나쁜 짓도 하고 그래?"

드리스라 불린 녹색의 생명체는 천공 길드의 길드원들 주변을 날아다니며 분주하게 움직였다.

크기가 팔뚝 하나 정도밖에 되지 않는 작은 생명체였다.

"그럼, 너도 알잖아. 우리가 거짓말을 하고 있지 않다는 거."

"흐응, 그렇기는 하지만 뭔가 이상해! 이상해!"

드리스는 종족의 특성 탓에 상대가 하는 말의 참과 거짓을 어느 정도 구별할 수 있었다.

그것은 포레스타 종족 전체가 가지고 있는 능력이었다.

하지만 그것이 완전한 것은 아니어서 지금처럼 상대가 약간의 진실을 부풀려 말하는 경우에는 정확하게 구별하기가 어려웠다.

"그러게 이상하네? 우리가 왜 위험하다는 거지?"

"정말 그러네. 그냥 지나가려고 했는데 이런 식의 모함을 받고는 그냥 못 지나가지. 안 그래?"

"당연한 말을! 어이, 거기! 우리가 어떻게 위험하다는 거지? 거기다가 나쁜 짓을 한다니? 좀 알고 싶은데?"

드리스란 생명체가 제자리 비행을 하며 고개를 갸웃거리고 있을 때, 공터 반대쪽에서 피에로 가면과 나비 가면, 그리고 흑백으로 나뉜 가면을 쓴 세 사람이 나왔다.

세현과 재한, 나비는 한동안 이면공간 전체를 뒤지고 다녔다.

그리고 이면공간에 들어오고 나흘이 지났을 때, 드디어 천공 길드의 길드원들을 발견하고 감시를 하던 중이었다.

그들이 발견한 천공 길드원 네 명은 이곳 공터에서 딱히 움직이지도 않고 가만히 자리를 지키고 있었다.

처음에는 제법 거리를 두고 감시를 하던 세현 일행은 점점 시간이 지나면서 그들의 대화를 들을 수 있을 정도로 가까이 가다갔다.

그것은 천공 길드원들이 외부에 신경을 쓰기보다 뭔가 다른 곳에 더 신경을 쓰고 있었기 때문에 가능한 일이었다.

실제로 천공 길드원들은 드리스가 속한 포레스타 종족의 마을에 더 신경을 쓰고 있었던 것이다.

그들이 머물고 있는 공터는 바로 그 포레스타 종족의 마을과 연결된 입구가 있는 곳이었다.

다만 그 입구가 딱 정해진 것이 아니라 공터의 아무 곳으로나 무작위로 열리는 구조였다.

그렇기 때문에 포레스타 종족이 언제 마을에서 나와서 밖으로 나돌지 몰라서 거기에 신경을 집중해야 했다.

세현 일행이 공터 가까이 다가올 수 있었던 것도 천공 길드원들이 포레스타 마을의 입구가 열리는 것에만 집중을 했기에 가능했던 일이었다.

어쨌거나 그렇게 위험을 감수한 덕분에 세현 등은 천공 길드원들의 약점을 확실하게 잡아낼 수 있게 된 것이다.

"우아앗. 가면, 가면이다. 무서운 가면!!"

드리스가 세현 등의 등장에 호들갑을 떨면서 이리저리 날아다녔다.

그 모습에 천공 길드원들이 살짝 고개를 저었다.

"어이, 설명을 좀 해줘. 왜 저 이면공간의 주민에게 우리를 그렇게 소개했는지 말이야."

"그래, 알고 싶네? 우리가 왜 위험한 존재가 되어야 하는 거야? 너희 때문에 우리 페르소나 전부가 저 주민들에겐 아주 위험하고 포악한 존재로 인식이 되게 생겼네? 이걸 어쩔 거야?"

재한과 나비가 천공 길드원들을 몰아붙였다.

천공 길드원들은 둘의 압박에 이러지도 저러지도 못하고 안절부절못했다.

"대답을 해보라니까? 어째서 우리 페르소나 전체가 너희 때문에 그런 사람들로 인식이 되어야 하냐고 응?"

나비가 다시 천공 길드원들을 추궁했다.

"음? 너흰 안 위험한 거야? 그래? 드리스한테 막 나쁜 짓, 그런 거 안 하는 거야?"

그때, 요란스럽게 공터를 날아다니던 드리스가 나비의 얼굴 앞으로 날아와 나비의 눈을 보며 물었다.

초록색 일색의 드리스는 눈까지도 초록색이었다.

하지만 단색임에도 색의 색채와 명도 차이로 신비한 느낌을 주는 눈동자가 호기심을 가득 담아 나비를 보고 있었다.

"당연하지. 우리가 왜 너한테 나쁜 짓을 하겠어? 이곳 이면공간에서 주민들에게 해를 끼쳐서는 안 된다는 건 진강현 천공기사가 누누이 강조하고 강조했던 거야. 그걸 어겼다가 벌을 받은 이들도 있지만, 몇 번 그런 후로는 절대 그런 멍청한 짓은 하지 않지."

"아아. 나도 알아. 진강현. 응, 그래, 그랬어. 그럼 너흰 진강현의 친구야?"

드리스가 나비의 말에 신이 난 듯 허공을 오르내리며 물었다.

"아니, 그에 대해서 알기는 하지만 친구는 아니야. 그래도 그가 한 말은 지키려고 하지."

"응, 그렇구나. 하긴 그놈은 오래 안 왔어. 어딜 갔는지 아는 사람도 없더라. 헹."

드리스는 나비와 이야기를 하다가 훌쩍 날아서 이번엔 피에로 가면의 세현 앞으로 다가왔다.

"음, 너 이상해!"

드리스가 세현을 빙빙 돌면서 다가왔다 멀어지기를 반복했다.

세현은 어떻게 반응을 해야 할지 몰라서 그냥 지켜보고만 있었다.

"이상해. 이상해. 많이 이상해. 아, 모르겠다."

드리스는 한참을 세현 주변을 맴돌다가 지친 표정으로 세현의 어깨 위에 올라앉았다.

"이상하긴 하지만 괜찮아. 하아암."

드리스가 크게 하품을 했다.

"우린 아직 이야기가 끝나지 않았는데 말이야. 너희가 우리 페르소나를 이면공간의 주민들에게 위험한 존재로 인식시키고 있다는 것은 기억해 두겠다. 그럴 수 있다는 것과 확인된 상황은 다르지. 요즘은 가면기사들도 조금씩 커뮤니케이션을 하는 중이라서 말이지."

고재한이 천공 길드의 길드원들에게 경고를 하듯이 말했다.

"너희가 이러고도 무사할 것 같으냐?"

천공 길드원 중에 한 명이 인상을 찌푸리며 말했다.

얼마 전까지 이곳 필드에 가면기사들을 들인 것에 대해서 울분을 터뜨리던 사내였다.

"워워워. 조심해. 이면공간의 주민들 앞에서 천공기사들의 분쟁을 삼가라는 소리 못 들었어? 그건 기본이라고. 잘못하다간 영문도 모르고 미아가 될 수도 있어."

재한이 그런 천공 길드원에게 손을 내저어 보이며 말했다.

그의 말대로 이면공간은 무슨 이유인지 그곳의 원주민을 적극적으로 보호하고 있었다.

그것은 거의 절대적인 존재의 개입처럼 인식되고 있었다.

이면공간에 절대적인 존재가 있고, 그 존재가 이면공간의 이종족, 즉 주민들을 적극적으로 보호한다는 것은 분명했다.

그래서 이면공간의 주민들이 있는 곳에선 어떤 분쟁도 일으키지 않아야 하는 것은 아주 강력한 규칙 중에 하나였다.

"조심하는 것이 좋을 거다. 너희가 이곳에 영원히 있을 것이 아니라면 말이다."

"겁나는데? 근데 말이야, 너흰 우리의 가면 뒤에 어떤 얼굴이 있는지 알고 있냐? 현실에서 일을 벌이고 뒷감당을 할 수 있겠냔 말이지."

"으드득."

재한의 말에 천공 길드원은 이빨만 갈았다.

실제로 가면 뒤에 어떤 얼굴이 있는지, 그 신분이 뭔지, 배경이 뭔지 모르는 상태에서 가면기사는 극과 극을 달릴 수 있는 이들이었다.

자칫하다가 가면 뒤에서 유력 길드의 간부나 마스터가 나올 수도 있고, 거대 자본의 심부름꾼이 나올 수도 있다.

천공 길드가 가장 세력이 강하다고 해서 그에 속한 일반 길드원이 강력한 힘을 지닌 것은 아니다.

현실이 이러니 당장 어쩔 도리가 없이 어금니만 깨물 뿐인 것이다.

"하아암. 졸리다. 너, 나랑 같이 우리 마을에 갈래?"

세현의 어깨에 앉아 있던 드리스가 하품을 하며 물었다.

포레스타 마을

"너희 마을로 가자고?"

"으응. 나 졸리니까 집에 가서 자고 싶어. 그러니까 함께 가자."

"내 친구들은?"

"친구들… 음, 함께 가자. 데리고 가줄게."

드리스는 꽤나 피곤한 듯 기운이 빠진 모습을 보였다.

"드리스, 외부 인간을 마을로 데리고 간다는 거냐?"

"그래, 그건 위험해!"

드리스와 세현의 대화를 들은 천공 길드원들이 화들짝 놀라서 드리스를 만류했다.

"안 위험해. 괜찮아. 그렇지?"

드리스가 세현의 어깨에서 세현의 얼굴을 손으로 쓰다듬으며 말했다.

"그래. 위험할 일은 없을 거야. 우린 난폭한 사람들이 아니니까. 아니, 그전에 이면공간에서 원주민인 이종족들에게 해를 끼칠 수 있는 사람이 누가 있겠어?"

"에헹. 그런가? 뭐 다 맞는 말은 아니지만 그래, 너희는 약하기도 하니까."

"음? 약하다고?"

"괜찮아, 괜찮아. 모두 성장하는 거야. 씨앗이 자라는 거지. 너희는 아직 많이 자라야 하는 것뿐이야. 그래, 그런 거야. 그런데 안 갈 거야?"

드리스가 천공 길드의 길드원들은 무시하며 세현에게 다시 물었다.

"가자. 그런데 어떻게 가는 건데?"

"하아암. 그냥 걸어. 뚜벅 뚜벅. 그러면 되는 거야. 저기, 우리 마을이 있어. 가자."

드리스가 세현의 앞쪽을 손가락으로 가리켰다.

고재한과 나비가 세현의 곁으로 바짝 붙어 섰다.

혹시라도 세현만 사라지면 그것도 곤란한 일이다.

세현은 드리스가 가리키는 방향으로 걸음을 옮겼다.

몇 걸음 앞에 천공 길드원들이 피워놓은 불길이 있었지만 세현은 신경 쓰지 않았다.

스르르륵!

"어어어!?"

"어머!!"

스르르르르르륵!

세현의 모습이 흐릿하게 사라지는 것을 보고 소리를 지르던 재한과 나비 역시 지워지듯이 허공으로 녹아들어 갔다.

"젠장, 이걸 어쩌냐?"

"누가 나가서 상황 보고를 해야지. 내가 가지. 나머진 여길 지키고."

"일이 어떻게 이렇게 되냐? 왜 하필 드리스가 나와서!"

"제일 호기심이 많은 포레스타잖아. 뭐 다른 녀석들도 만만치 않긴 하지만."

"그나저나 이거, 이대로 보고하면 박살 나는 거 아냐?"

"경계 실패로 꽤나 닦이게 생겼네. 젠장!"

공터에 남겨진 천공 길드원들은 갑작스러운 상황에 얼굴빛이 하얗게 탈색되어 있었다.

"우와아아아! 멋지다!"

포레스타의 마을로 들어온 나비는 감탄을 숨기지 못하고 소리를 질렀다.

"흐으으으음! 공기가 정말 뭐라고 해야 하나? 이거 피톤치드?"

재한은 뭔가 확 바뀐 공기에 감탄을 했다.

세현도 드리스란 이종족이 마을로 초대를 한다고 해서 오게 되었지만, 이런 광경이 펼쳐질 거라곤 생각을 못했다.

세현이 보는 정면에는 거대한 나무가 한 그루 있었다.

그리고 그 나무를 중심으로 조금 작은 여러 나무들이 제각각 자리를 잡고 자라고 있었다.

그런데 공간 전체가 녹색이었다.

나무는 물론이고 땅과 하늘, 공기까지 모두 영롱한 녹색으로 빛났다.

"이거 봐! 우리 몸도 녹색으로 물들고 있어."

나비가 손을 들어 올리며 말했다.

그녀의 말대로 그들이 몸은 물론이고 배낭과 옷, 검과 방패 같은 것들까지 모두 녹색으로 변하며 빛나고 있었다.

"으아암. 괜찮아. 밖으로 나가면 원래대로 돌아가니까 걱정하지 마. 자자, 저기로 가자. 촌장님께 인사는 해야지. 안 그러면 나, 많이 혼날 거야. 잠들기 전에 촌장님께 가야 해. 어서 가."

드리스가 세현의 귀밑머리를 당기며 재촉했다.

세현은 드리스가 가리키는 대로 가장 큰 나무가 있는 곳으로 걸음을 옮겼다.

"우와, 누가 왔어. 인간이다."

"드리스가 데리고 왔나 봐."

"인간들이 가면 쓰고 있는 인간들 위험하다고 했는데?"

"드리스는 안 무서운가?"

"드리스가 데리고 왔으니까 안 위험한 인간인 거야. 가면 쓰고 있어도 안 위험하니까 데리고 왔지."

"그럼 가면 쓴 인간들 중에도 안 위험한 인간도 있는 거네?"

"그런가보다. 나는 다 나쁜 인간인 줄 알았는데 아닌 모양이야."

"그런 거구나. 그럼 어떻게 해?"

"그야 처음 인간들 만났을 때처럼 해야지. 조심하는 거야. 멀리 떨어져서 나쁜지 안 나쁜지 알아보고 놀아달라고 해야지."

"그렇구나. 응, 그래야겠네."

세현이 걸음을 옮기는 동안에 포레스타 마을은 부산스러워지기 시작했다.

"봐봐, 나무에서 나오고 있어."

"그러게, 마을인데 집이 없다 했더니 나무가 집인 모양이지?"

"신기하다. 저기 봐, 나뭇가지가 사람 모양으로 바뀌고 있어!"

나비와 고재한도 포레스타 종족의 모습에 무척 놀라고 있었다.

그들은 나무에 구멍을 만들면서 나오거나 혹은 나무 가지의 일부가 변형되어 모습을 드러내거나 했다.

모두가 녹색이었지만, 생긴 것은 제각각으로 나뭇잎의 모양이나 가지의 모양, 몸에 두르고 있는 덩굴의 모양 등이 모두 달랐다.

특히 날개의 모양은 나뭇잎의 종류에 따라서 갖가지 모양이었고, 심지어는 침엽수의 잎으로 된 날개를 지닌 이들도 있었다.

수많은 침엽수 잎으로 이루어진 날개는 한두 개로 이루어진 활엽수 잎 날개와는 차이가 컸다.

거기다가 자신의 날개와 비슷한 머리털을 지니고 있다보니 침엽수 날개와 머리카락을 지닌 포레스타들은 꽤나 새침한 인상을 줬다.

쿠구궁!

"왜 이렇게 시끄러워? 또 꼬맹이들이 소란을 피우고 있는 거야?"

그때, 한쪽에서 키가 10미터는 넘을 것 같은 포레스타 하나가 땅을 울리며 나타났다.

세현도 그 모습에 깜짝 놀라서 걸음을 멈췄다.

"하암, 세콰야 아저씨다. 또 심심해서 나온 모양이네."

드리스가 그런 거인을 보고 중얼거렸다.

"어서 가. 잡히면 재미없어. 저 아저씨 특기가 했던 말 또 하고, 또 하는 거야. 어서 가. 응응."

드리스가 세현을 재촉했다.

세현은 드리스의 재촉에 걸음을 옮겼고, 멀리서 다가오던 세콰야란 거인은 중간에 다른 포레스타들에 휩싸여서 걸음을 멈추고 말았다.

수많은 작은 포레스타가 세콰야의 몸에 올라타고 제각각 뭐라고 떠들었고, 세콰야는 그 많은 말에 일일이 대답을 하느라 정신이 없었다.

"어머나? 저기 봐. 세콰야란 저 거인의 몸에서 또 다른 작은 아이들이 나와!"

그런데 걸음을 옮기던 세현에게 나비의 깜짝 놀란 목소리가 들렸다.

세현이 돌아보자, 나비의 말대로 세콰야란 거인의 몸을 이루는 부분 중에 일부가 드리스 같은 작은 이종족의 모습으로 바뀌고 있었다.

"하암, 세콰야 아저씨를 집으로 삼고 사는 얘들은 게을러서 늦게 깨어난 거야. 아주 시끄러워야 겨우 일어나거든. 에테르의 빛과 물이 가득할 때는 깨우지 않아도 잘 일어나면서 말이야. 아, 저기로 가. 저기."

드리스가 거대한 나무의 한쪽을 가리키며 재촉했다.

구불구불한 뿌리의 굴곡에 옹이처럼 구멍이 있는 곳이었다.

＊   ＊   ＊

"반갑구먼. 나는 카몬이라고 하지. 아, 들었는지 모르지만 우린 포레스타 종족이야. 숲과 나무와 영혼의 종족이지."

세현 일행은 커다란 나무의 뿌리에 있는 옹이구멍을 통해서 촌장이 있다는 곳으로 들어갔다.

그곳에서 만난 것이 카몬이라는 포레스타였다.

카몬은 다른 포레스타들과 달리 잎이 별로 없는 나무를 떠올리게 했다.

머리에도 나이테가 보였고, 등에 달린 날개도 잎맥이 다 보일 정도로 메말라 있는 것 같았다.

세현은 그런 카몬의 모습을 나이가 많기 때문일 거라고 짐작했다.

"네. 반갑습니다. 피에로라고 불러주십시오. 이 가면을 쓰고 있는 동안은 그렇게 불립니다."

세현은 드리스보다 나이가 훨씬 많아 보이는 카몬에게 말을 놓는 것은 꺼려져서 존대를 하기로 했다.

"응? 그럼 가면을 벗으면 안 되나? 얼굴을 가리고 있는 건 좋지 않아."

가몬은 세현의 말에 대뜸 가면을 벗으라고 했다.

하지만 세현으로선 들어주기 어려운 요구였다.

"그건 좀 어렵습니다. 여기 흑백면이나 나비도 가면을 쓰고 있잖습니까. 우리들은 함께하고 있지만 서로에게 비밀을 가지고 있습니다. 지금 여기서 가면을 벗게 되면 서로에게 알려주고 싶지 않은 비밀들을 알려주게 됩니다."

"음, 그래? 모르겠군. 어떻게 서로 감추는 것이 있으면서 함께 다니지? 그럼 동료라고 할 수 없는 거잖아. 친구도 아니고."

카몬은 나이가 많아 보임에도 불구하고 세현 일행의 관계를 이해하지 못했다.

"으으응. 카모온, 난 가서 자야겠어. 그러니까 잠깐 이 얘들 데리고 있어. 응?"

그때, 세현의 어깨에 있던 드리스가 쏟아지는 잠을 도저히 못 견디겠다는 목소리로 그렇게 말하더니 약 먹은 나비처럼 비틀거리며 날아서 사라졌다.

"이해해. 드리스는 몸이 그다지 좋지 않아. 예전에 입은 상처 때문에 많이 쉬어야 하거든. 그런데 또 자꾸만 밖으로 나돌려고 애쓰지. 균형이 맞지 않아서 고생이야. 드리스는."

카몬이 그렇게 말했지만 세현 일행은 그게 무슨 뜻인지 알 수가 없었다.

그저 드리스란 포레스타가 병이 있다는 정도로 이해를 했다.

"자, 그럼 내가 허락할 테니까 우리 마을에서 재미있게 놀다가. 아, 드리스가 데리고 왔으니까 드리스가 데리고 나가야 해. 그건 우리 마을 규칙이야. 나한테 허락을 받아야 하는 것처럼 초대한 포레스타가 배웅도 하는 거야."

"나가서 놀라고요? 아니, 우리에게 뭘 하라는 겁니까?"

카몬의 말을 들은 고재한이 이해가 되지 않는다는 듯이 물었다.

"원래 그래. 우리 마을에 온 인간들은 우리하고 놀아주지. 이런저런 것을 함께하거나 이야기를 하거나 하면서 말이야. 나가보면 알겠지만 우리 마을 포레스타들은 그런 걸 무척 좋아하거든. 왜? 함께 놀기 싫어? 다른 인간들은 굉장히 좋아했는데?"

카몬은 이상하다는 듯이 고재한을 보며 물었다.

그러자 나비가 슬쩍 고재한의 옆구리를 찌르더니 소매를 잡아끌었다.

일단 나가서 상황을 보자는 의미가 분명했다.

고재한은 그런 나비를 따라서 몸을 일으켰고, 세현도 따라서 일어났다.

"음, 거기 피에로는 좀 기다려. 나랑 잠깐 놀다가 가."

그런데 자리에서 일어나는 세현을 카몬이 따로 불렀다.

고재한과 나비는 잠깐 망설이다가 세현이 눈짓을 주자 밖으로 나갔다.

"앉아, 앉아. 서 있으면 보기가 어려워."

카몬이 세현에게 손짓을 했다.

카몬의 키는 세현의 허리 높이를 조금 넘을 정도였다.

그러니 서 있는 세현을 카몬이 앉아서 보기는 불편할 수밖에 없었다.

세현이 다시 카몬의 앞에 앉았다.

"드리스가 너를 데리고 왔지?"

카몬이 물었다.

"그렇습니다."

"왜 그런지 알아?"

"모르겠습니다. 제가 뭔가 이상하다고 하더니 마을로 가자고 초
대를 했습니다."

"이상해? 음, 그럴 수도 있겠어. 넌 이상하니까."

"그게 무슨 소립니까?"

세현은 포레스타 종족의 말투가 좀처럼 적응이 되지 않았다.

"그냥 그래. 너흰 모르겠지만 우린 정화자야."

"정화자요?"

"그래, 정화. 깨끗하게 하는 거. 우린 에테르를 정화해. 그게 우
리 일이지."

"에테르를 정화한다고요? 그 말씀은 에테르가 오염되었다는 건
가요?"

세현은 에테르를 정화한다는 말에 더럽게 오염된 에테르를 떠
올렸다.

"아니야, 에테르를 정화해서 태초의 순수한 기운으로 바꾸는 거
야. 에테르는 좋지 않아. 아니, 그래도 있어야 하니까 좋은 건가?"

"무슨 이야긴지 좀 풀어서 설명을 해주십시오. 알아들을 수가
없습니다."

"여기까지야. 더는 안 되는 거야. 그래, 너는 아직 자격이 없어.
그래도 이런 이야기를 들을 수 있는 건 거기, 그거 때문이야."

카몬이 세현의 왼쪽 손목을 가리켰다.

"천공기 말입니까?"

"그리고 보니 그것도 특별한 거구나? 하지만 그것보단 거기 있는 아이 때문이야. 그 아이는 굉장하니까."

"아이라면 천공기에 깃들어 있는 '팥쥐'말입니까?"

"이름이 그거야? 팥쥐? 아무튼 그 아이, 굉장한 아이야. 홀로 한 세상을 구할 수 있는 종족의 씨앗이지. 뭐 지금은 씨앗일 뿐이지."

[음! 아니야! 씨앗!]

순간 '팥쥐'가 강력한 항의의 의지를 뿜었다.

"음! 맞아. 씨앗! 씨앗!"

[음음!! 아니야. 아니야. 아니야!!!!]

"음음! 맞아. 맞아. 맞아!!!"

"저기 그만하시죠. 아직 어린아이하고 무슨……."

세현이 '팥쥐'와 카몬의 실랑이 사이에 끼었다.

[음음! 아니야. 아니야, 아니야!!!]

"그래, 아니야. '팥쥐' 너는 새싹이야. 씨앗은 아니지. 이미 깨어났으니까."

세현이 악을 쓰듯이 부정하는 '팥쥐'를 달래듯이 그 편을 들어 줬다.

[음음! 맞아, 맞아.]

'팥쥐'는 곧바로 카몬과의 싸움을 잊어버리고 기분이 좋아졌다.

"끙, 씨앗이 아니라 싹이라고? 그래, 그 말이 맞는 것 같군. 하지만 이상해. 이상해, 아주 이상해."

카몬은 세현의 말을 인정하면서도 뭔가 걸리는 것이 있는 듯이 중얼거렸다.

"뭐가 그렇게 이상합니까?"

"껍질은 그대로 있는데 어떻게 싹이 났지?"

세현의 말에 카몬이 도저히 이해가 되지 않는다는 듯이 눈을 커다랗게 뜨고 세현을 보며 물었다.

초록색의 커다란 눈에는 궁금증으로 가득했다.

세현은 카몬의 질문을 받고서야 문제가 뭔지 알아차렸다.

"껍질이 그대로요?"

"그래. 씨앗을 감싸고 있는 껍질이 그대로 있는데 싹이 났어. 이 상하잖아!"

카몬이 조금 격앙된 음성으로 말했다.

"그게 원래 '끝쥐'가 에테르 주얼을 먹고 성장을 하는데 최초로 먹은 에테르 주얼이 주황색입니다. 그 다음에 노란색을 먹었지요."

"응? 그게 뭐야? 어째서? 빨간색부터가 아니라? 아니, 어떻게 그 런 짓을 해!"

카몬이 세현의 말에 버럭 소리를 질렀다.

세현은 카몬의 반응에 뭔가 일이 크게 잘못된 것이 아닌가 걱정이 들기 시작했다.

[음? 음? 음?! 으음.]

다시 '끝쥐'의 우울증이 시작되었다.

세현은 그것을 확실히 느낄 수 있었다.

"설명이 필요합니다. 부탁드립니다."

세현은 '끝쥐'를 대신해서 카몬에게 고개를 숙이며 부탁을 했다.

"여기가 드리스, 니네 집이야?"

"음. 내가 태어나고 자란 집. 내 어머니, 또 다른 나."

드리스가 자신의 집이라는 떡갈나무 가지에 앉아서 대답을 했다.

세현은 그런 드리스를 조금은 애잔한 마음으로 바라봤다.

드리스의 집은 반쪽이 말라버린 상태였다.

절반 정도가 껍질이 벗겨져 속살이 드러난 상태로 말라버린 나무.

하지만 다행스럽게도 나머지 반쪽은 생기가 가득해 잎이 무성했다.

'그래서 카몬이 드리스가 균형이 맞지 않는다는 말을 한 거군.'

"그렇군."

세현은 고개를 끄덕였다.

"뭐야, 응? 드리스 안 불쌍해? 다른 인간들은 드리스보고 불쌍하다고 했는데?"

"불쌍하긴 뭐가? 넌 씩씩하게 잘 지내는 것 같은데 불쌍할 이유가 어딨어?"

세현은 드리스의 물음에 그렇게 대답했다.

"그렇지? 응응. 맞아. 드리스, 하나도 안 불쌍해. 드리스에겐 다른 애들보다 조금 더 큰 옹이 같은 것이 있는 것뿐이야. 다른 애들도 상처, 하나씩은 다 있어. 내 것이 조금 더 큰 거야."

"그래, 그 말이 맞아."

세현은 드리스의 말에 맞장구를 쳐 줬다.

사실 세현도 드리스의 모습이 의외였긴 했다.

하지만 그렇다고 드리스를 불쌍하게 여길 필요는 없다고 생각했다.

드리스는 그가 만난 포레스타 중에서 가장 활기 넘치는 존재였다.

"그런데 그건 어떻게 하기로 했어? '팥쥐'?"

드리스가 세현의 눈앞으로 날아와서 코를 맞댈 정도로 가까운 곳에서 정지 비행을 하며 물었다.

"어쩔 수 없지. 일단은 붉은색 에테르 주얼을 먹여야지. 그걸로 껍질을 벗겨 내야 하니까."

"응, 원래 그게 먼전데 늦은 거라며? 응. 씨앗을 보호하기 위한 껍질을 벗기고 싹이 나야 해. 응, 그런데 껍질은 그대로 두고 싹이 났다며?"

"그래서 '팥쥐'가 성장이 느리고 덜 자라고 있다고 하더군. 그게 앞으로도 '팥쥐'에게 영향을 줄 거라는 소리도 했고."

"카몬이 그랬어? 응, 그랬구나. 그런데 다른 이야긴 안 해?"

"다른 이야기?"

"응, 우리 포레스타도 가끔 그런 경우, 있어. 껍질을 뚫고 나오는 새싹들. 응, 그런 경우 있어. 가끔."

"그래서?"

세현은 드리스의 말에 흥미를 느끼고 말을 재촉했다.

[음?]

우울한 기분에 휩싸여 있던 '팥쥐'도 오랜만에 기척을 내며 드리스의 말에 흥미를 보였다.

"그래서? 몰라. 그냥 있어. 그런 아이들."

"그 아이들 잘 자랐어? 탈 없이?"

"음, 그런 경우도 있고 아닌 경우도 있고. 아, 가끔은 아주 특별한 아이들이 되기도 하지. 그래, 그럴 수도 있어. 껍질을 스스로 뚫고 나온 아이들, 있어. 응, 강한 생명력을 지니는 경우. 응, 드물지만. 응응. 그래."

드리스는 기분이 좋은 듯이 어지럽게 팔랑거리며 날았다.

"역경을 뚫고 태어난 생명이 더 강하게 자랄 수도 있는 거지. 아무렴. 우리 '팥쥐'도 그럴 수 있을 거야. 아니, 분명 그럴 거야!"

[음!! 그래!]

세현의 말에 '팥쥐'가 기운차게 대답했다.

순식간에 우울증을 벗어 던진 모습이었다.

"그런데 피에로는 다른 친구들처럼 애들하고 안 놀아?"

드리스가 다시 세현의 얼굴 앞으로 다가오며 물었다.

"뭐, 드리스하고 놀면 되지. 그리고 카몬도 가끔 들르라고 했고."

"그래, 그렇구나. 응, 그럼 너도 내가 아는 거 배울래? 다른 인간들은, 모두 배우고 싶어 했는데."

"그래?"

"응, 그래서 내가 다 가르쳐 줬어. 배우고 싶어 하면."

"하하. 그렇구나. 그래, 어떤 건데?"

그 말에 세현은 드리스가 가르쳐 준 기술이 천공 길드 내에서 돌고 돌아 널리 퍼진 것이라 짐작했다.

드리스가 누구에게나 가르쳤다니 당연한 일이다.

"음, 하지만 나하고 잘 놀아줘야 해. 그래야 배울 수 있는 거야. 음음."

"그래, 알았어. 뭔데?"

세현이 적극적으로 나서며 물었다.

"그래서 뭐야? 지금 드리스의 기술을 배우는 중이란 말이야?"

"그렇지."

"피에로, 너 지금까지 드리스에게 그 기술을 배운 사람이 없다는 건 알고 있냐?"

"음. 처음엔 몰랐는데 이젠 알지. 카몬이 그러더군. 드리스가 인간들이 원하면 누구에게나 가르쳐 주긴 하지만 그 시험을 통과하지 못해서 결국 중간에 포기하고 만다고."

"그런데 그걸 배우고 있단 말이야? 우리 조금 있으면 나가야 하는 거 알고 있냐?"

고재한이 어이가 없다는 듯이 목소리를 높이며 물었다.

"뭐, 그런대로 할 만하니까."

"응? 할 만해?"

"그래. 이제 거의 끝이 보이는데?"

"정말로 드리스의 기술을 배우고 있단 말이야? 그거 굉장히 오래 걸리는 거라던데?"

"하하, 그렇진 않아. 하나의 기술을 몇 단계로 끊어서 가르치는데, 그 앞의 단계를 완벽하게 할 수 있으면 다음 부분을 배우는 거니까."

"그게 쉽지 않다며. 수십 번을 반복해서 한 번도 틀리지 않아야 다음 단계로 넘어가는 거라며?"

"그렇지."

세현은 대답을 하면서 피식 웃었다.

세현도 드리스가 가르치는 기술의 완성된 모습이 어떤 것일지 아직 몰랐다.

하지만 한 부분씩 잘라서 가르치는 그 과제 자체는 그리 어려운 것은 아니었다.

세현이 처음 드리스에게 배운 것은 에테르를 이용해서 허공에 점을 찍는 것이었다.

드리스는 에테르를 손끝에 모으고 그것을 이용해서 허공에 점을 찍는 법을 가르쳐 줬다.

그리고 그것을 완벽하게 익혀서 서른 번을 실수 없이 연속 성공하면 다음 단계로 넘어간다고 과제를 냈다.

드리스에겐 그것이 놀이였다.

인간에게 과제를 내고 그것을 시험하며 깔깔거리는 것.

드리스는 인간들 중에서 자신의 시험을 세 단계 이상 통과한 사람이 없다고 어깨에 힘을 주었다.

하지만 세현에게 드리스의 시험은 크게 어려운 것이 아니었다.

드리스가 내 준 과제는 아주 간단한 것이어서 수백 번을 반복하다 보면 어느 순간 세현의 각성 능력이 발동되었다.

거기다가 너무 짧고 간단한 것이라 각성 능력이 발동되어도 에테르 서클의 소비가 그리 크지도 않았다.

당연히 각성 능력으로 완벽한 동작을 익힌 세현이 드리스 앞에서 서른 번의 연속 성공을 거두는 것은 문제가 아니었다.

드리스는 세현의 성공에 깜짝 놀라면서도 다음 과제를 내어줬고, 세현은 그것도 얼마 걸리지 않아 성공했다.

그런 식으로 지금까지 세현은 드리스에게서 기술을 익히는 중이었다.

"대단한데? 나하고 나비도 포레스타들에게 뭔가 배우고 있기는 하지만, 어쩐지 드리스의 기술이란 것은 무척 굉장할 거란 생각이 드는데?"

"글쎄, 나도 완성된 기술을 보지 못해서 어떤 건지 알 수 없어. 에테르를 이용해서 뭔가 변화를 주는 것인데 느낌이 묘하거든."

"그래?"

"그래도 뭐가 되었건 제대로 배워서 나가야지. 아, 가봐야겠다. 부지런히 해야지. 이러다가 다 못 배우고 나가게 되면 엄청 억울할 거 같다."

세현은 그렇게 말하곤 다시 드리스의 집으로 향했다.

"뭐야, 지금까지 누구도 통과하지 못했다는 극악의 시험을 치르는 놈이 저렇게 태평해도 되는 거야?"

고재한은 조금은 심통이 난 듯한 목소리로 말하며 멀어지는 세현의 뒷모습을 보았다.

그러다가 고개를 흔들면서 포레스타들이 몰려 있는 곳으로 향했다.

오늘도 거대한 세콰야 주변에는 포레스타들이 가득 모여 있었다.

*   *   *

손가락 끝에 에테르를 모아서 허공에 점을 찍는다.

허공에 찍힌 에테르의 점에서는 동심원의 파동이 생겨 넓게 퍼져 나간다.

그리고 같은 자리에 다시 에테르의 점이 찍히고, 그와 동시에 평면이었던 동심원의 파동이 구의 형태를 갖춘다.

순간 세현의 의지를 받은 파동이 제멋대로 움직이기 시작한다.

날카롭게 톱니처럼 변하거나 혹은 실크처럼 부드럽게 변하거나, 안개나 연기처럼 변하기도 한다.

어느 순간, 세현이 찍었던 점도 사라지고 남은 것은 세현이 변화시킨 에테르의 파동뿐이다.

"응, 성공, 성공. 그거야. 잘했어. 에헷."

짝짝짝짝!

드리스가 그것을 보고는 박수를 치며 좋아한다.

자신이 가르쳐준 스킬을 완벽하게 완성한 세현을 축하하는 것이다.

하지만 정작 세현은 피에로 가면 속에서 이마를 찌푸리고 있었다.

"드리스, 이걸로 뭘 하라는 거지?"

세현이 물었다.

"응? 아! 몰라? 모르겠어? 왜? 그걸 왜 몰라. 다 해놓고선!"

드리스가 세현을 잡아먹을 듯이 코앞까지 달려들어 허리에 손을 올리고 소리를 질렀다.

무척 화가 난 모습이었다.

"아니, 하라는 대로 다 했는데 정작 남은 건 이것뿐이잖아. 이걸로 뭘 하라고?"

"으음. 그렇구나, 바보구나. 바보였어. 흥! 베에에에!"

드리스가 세현에게 혀를 내밀며 화를 냈다.

"그러지 말고 설명을 좀 해봐. 이걸로 뭘 하는 거야?"

세현은 자신이 만들어놓은 에테르 덩어리를 가리키며 말했다.

허공에 그가 만든 에테르가 안개처럼 뭉쳐 있었다.

"자, 봐봐. 내가 보여줄게."

드리스는 세현이 부탁을 하자 어쩔 수 없다는 듯이 횡하니 날아가서 자신의 집인 떡갈나무로 갔다.

그리고 떡갈나무의 한 부분을 손가락을 콕콕 찍었다.

세현에게 알려준 기술을 거기에 사용한 것이다.

세현은 눈을 똥그랗게 뜨고 드리스가 하는 행동을 지켜보았다.

드리스의 에테르는 허공에 드러나지 않았다.

에테르는 드리스가 찍은 떡갈나무의 내부로 스며들었다.

그리고 드리스의 에테르가 스며든 그 부분에서 녹색의 생기가 터져 나왔다.

"응? 그, 그게 뭐야?"

"에헤헷 바보. 내가 가르쳐 줬잖아. 에테르를 원하는 기운으로 바꾸는 거야. 그러니까 아주 약간이라도 그 기운이 있으면 그거하고 똑같은 기운으로 바꾸는 거지. 응응. 그게 아니면 네가 가지고 있는 기운으로 바꿀 수도 있고. 응, 그런 거야."

"그러니까 대상의 몸에 있는 기운이나 내가 지니고 있는 기운으로 바꾼다는 거네?"

"맞아. 그래서 음, 대상이 지닌 기운으로 바꾸면 대상에게 좋아. 음, 봐봐 여기 죽었던 부분이 살아났잖아."

드리스가 자신의 떡갈나무에서 말라죽었던 부분이 생기를 머금고 되살아나는 것을 가리켰다.

그 영역이 그렇게 넓은 것은 아니지만 확실히 죽었던 나무가 살아나고 있었다.

"있지만 부족한 걸 채워줄 수 있어. 응응. 그게 아니면 없는 걸 억지로 넣어서 괴롭혀 줄 수도 있지. 응응. 그것도 가능해. 멋지지?"

드리스가 고개를 쳐들고 콧대를 세우며 의기양양한 자세를 취했다.

세현은 그런 드리스에게 박수를 쳐 주었다.

"대단하다. 음, 굉장해!"

짝짝짝짝!

"그래서 드리스의 기술을 배우긴 한 거야?"

"그렇습니다. 아직 완전히 익숙하지는 않지만 어느 정도는 흉내를 낼 수 있게 되었습니다."

세현은 카몬에게 정중하게 대답했다.

카몬은 세현의 천공기에 뜻밖의 존재가 들어 있음을 안 후로는 간혹 세현을 불러서 차를 대접했다.

그저 찻잔을 사이에 두고 소소한 이야기를 나누는 것이 전부였지만 그런 시간 속에서 세현은 이면공간에 대한 것을 조금씩 알아가고 있었다.

"잘 되었군. 그럼 앞으로 그걸로 어린 싹을 키워봐. 그냥 에테르만 준다고 다가 아니지. 좋아하는 걸 줘야지. 그래야 잘 크는 거야. 음. 그렇지."

"네? 그럼 '팥쥐'에게 그 기술을 사용하라는 겁니까?"

"그렇지. 그런 거야. 그럼 조금 더 잘 자랄 거야. 아니, 튼튼해질 거야. 그렇지, 그게 맞아. 같은 크기라도 훨씬 튼튼하게 키울 수는 있지. 음. 그래."

세현은 카몬이 무슨 말을 하는지 이해할 수 있었다.

'팥쥐'의 성장은 에테르 주얼의 등급에 따른다.

등급이 높은 에테르 주얼을 먹을 때마다 한 단계씩 발전을 한다는 이야기다.

하지만 '팥쥐'가 성장하는데 에테르 주얼만 필요한 것은 아니다.

성장한 '팥쥐'의 내실을 키우는데도 에테르는 필요하다.

수시로 '팥쥐'가 에테르 주얼을 욕심내거나 혹은 세현의 몸에서 에테르를 얻어가는 것이 그런 이유다.

카몬은 그런 에테르 대신에 세현이 드리스의 기술을 이용해서 '팥쥐'에게 맞는 기운을 주라고 말한 것이다.

"알겠습니다. '팥쥐'와 의논해 보겠습니다. '팥쥐'가 뭘 좋아하는지."

"그래, 그래. 잘해! 나중에, 아주 나중에 전설이 될지도 몰라. 말했지? 세상을 구할 수도 있는 씨앗이라고 말이야. 물론 그렇게 성장하는 것은 쉽지는 않겠지만. 그래도 괜찮은 땅에 뿌리를 내렸으니까. 음. 해봐. 할 수 있을 거야."

카몬이 고개를 끄덕거렸다.

"놈들이 나왔어."

"뭐? 어디?"

"저기!"

공터에서 세현 일행을 기다리고 있던 천공 길드의 길드원들은 조금 떨어진 곳에서 모습을 드러내는 세현 일행을 발견하고 우르르 몰려들었다.

세현 일행은 천공 길드의 길드원들이 몰려오자 바짝 긴장하며 에테르를 끌어 올렸다.

"너희들 뭐해? 응? 뭐하는 건데?"

하지만 천공 길드원들은 세현 일행과 약간의 거리를 두고 멈춰 서서 노려보기만 할 뿐, 아무 행동도 하지 못했다.

이면공간의 주민인 드리스가 그 사이에 끼어 있었기 때문이다.

드리스는 허리에 손을 올리고 천공 길드원들을 노려보고 있었다.

"걱정하지 마. 우린 저 친구들을 해칠 생각이 없어. 그냥 시간이 되었으니까 이만 약속대로 이곳에서 나가라고 할 참이야."

천공 길드원 중에 하나가 그런 드리스에게 웃으면서 이야기를 했다.

드리스는 그 말에 거짓이 없다고 생각했는지 폴폴 날아서 세현에게 다가왔다.

"잘 놀았어. 응응. 너, 대단해. 다음에 또 와. 그럼 그때는 다른 걸 하고 놀자. 세콰야 아저씨도 재미있는 거 알고 있어. 그거 배우면 되겠다."

"그래. 고마워. 올 수 있으면 또 올게. 하지만 저 천공 길드 사람들이 우릴 다시 여기 들어오지 못하게 할 것 같다. 지금까지 다른 사람들은 여기 못 들어오게 했거든."

"응? 정말? 그랬어? 왜? 뭣 땜에?"

"뭐, 너희 포레스타들이 가르쳐주는 기술을 다른 사람이 배우는 것이 싫었던 거지. 그래서 저 길드에 속한 사람들끼리만 배우고 싶었던 모양이야."

"으응. 그렇구나. 다른 사람들 못 들어오게 했단 말이지? 응응. 그럼 우리도 저 사람들 못 들어오게 할 거야. 응응."

드리스가 눈을 매섭게 뜨면서 천공 길드 길드원들을 바라봤다.

"아니, 저 그게……."

"야, 피에로 가면, 니가 그러고도 무사할 것 같… 큭!"

"조용히 해! 지금 여기서 화를 내서 어쩌자고?!"

드리스에게 뭐라 변병할 말을 찾은 길드원, 세현에게 고함을 지르는 길드원, 그런 동료를 말리는 길드원 등 천공 길드원들 사이가 어수선해졌다.

"헤엥, 예전에는 좋았는데. 이젠 아닌 것 같다. 우린 이사를 가야겠어. 응응. 갈 거야. 다른 곳으로 보내달라고 할 거야. 홍. 베에에에. 싫어, 니들!"

드리스가 천공 길드원들으로 보고 혀를 내밀고 소리를 질렀다.

"그러니까 여기로 오지 마. 다른 곳에 갈 거야. 음, 그럼 나중에 어디선가 또 만날 수 있게 되는 거야. 응응. 그럼 되겠네."

드리스가 세현을 보며 말했다.

"그래, 다른 이면공간으로 간다면 또 어디선가 만날 가능성이 생기겠지."

"응. 그러니까 다음에 또 보자."

"그래. 그럼 우린 이만 가볼게. 네가 먼저 마을에 가면 저 사람들이 우릴 어떻게 할지 모르니까 우리 먼저 갈게. 그래도 되지?"

"음. 그래. 잘 가. 그리고 내가 가르쳐 준 거, 잘 써!"

"그래, 드리스. 잘 있어."

세현은 드리스에게 인사를 하고는 재한과 나비를 보며 고개를 끄덕여 신호를 줬다.

이어서 세 사람은 한 순간 현실로 사라졌다.

"에잇, 빌어먹을 놈들. 이게 뭐야?"

"저 쪽에서 알아서 하겠지. 일단 시간 맞춰서 내보내긴 했잖아."

"우리가 내보낸 거냐? 지들이 때맞춰서 나간 거지."

"어쨌건 우리가 할 일은 끝난 거지."

"그런데 포레스타가 이사를 간다고 하지 않았어? 그렇게 들은 것 같은데?"

한 길드원의 말에 모두들 정신을 차리고 드리스를 찾았지만, 공터엔 이미 그 모습이 보이지 않았다.

Chapter 7

천공의 유길성과 스쳐가다.

"왔습니다. 피에로, 흑백면, 나비가면이 나타났습니다."

"그래? 어디 어떤 자들인지 한번 볼까?"

등받이가 높은 의자에 몸을 묻고 있던 사내가 부하의 보고에 몸을 일으켰다.

검은색의 가죽으로 만들어진 갑옷을 입고, 등에도 검은색의 망토를 두른 사내는 짙고 두꺼운 눈썹과 큰 눈이 인상적이었다.

"가지."

사내가 앞장서서 걸음을 옮겼다. 그리고 오래지 않아서 연구소 내에 마련된 이면공간 출입실에 도착했다.

"뭐야? 아직이야? 니들이 원하는 대로 웜의 피부로 가득 채워서 35리터거든? 그거 확인하는데 뭔 시간이 그렇게 오래 걸려? 응?"

"뭐, 시간 끄는 거지."

"시간을 끄는 거면 이유가 있겠지. 조만간 누군가 오지 않겠어?"

사내는 안에서 들려오는 목소리에 살짝 웃음을 지었다.

어느 정도 상황 파악은 하는 놈들이란 생각이 들었던 것이다.

"앗, 어서 오십시오. 타격대장님."

사내가 실내로 들어서자 그를 알아본 길드원이 허리를 숙여 인사를 했다.

"그래, 수고. 그리고 그 쪽 세 명은 나와 좀 나가지. 여긴 드나드는 사람들이 많으니까 말이야. 그리고 다음부턴 볼 일이 있는 사람은 휴게실이나 그런 곳으로 데리고 가서 대기하도록 해. 여긴 사람들이 드나들어야 하는 곳이잖아. 안쪽에서 급하게 복귀하려는 길드원이 있으면 어쩌라는 거야?"

사내는 세현 일행에게 함께 가자고 하곤 등을 돌렸다.

그리고 나가면서 세현 일행을 담당하고 있던 길드원들에게 충고를 던졌다.

"아, 알겠습니다. 시정하겠습니다."

지적을 받은 길드원들은 바짝 얼어서 큰 목소리로 대답했다.

"휴우, 포스가 작살인데?"

"그러게? 뭐야? 뭔데 저렇게 무게를 잡아?"

세현과 나비가 뒤에서 투덜거렸다.

"천공 길드, 타격대 대장. 천공기사 세계 순위 20위권 이내. 남색 등급 천공기 소유자. 유길성. 다르게는 진혈풍, 혹은 블러드스톰."

투덜거리는 세현과 나비 뒤에서 고재한이 묵직하게 가라앉은 목소리가 들려왔다.

우뚝.

앞서 걷던 유길성이 걸음을 멈추고 몸을 돌려 흑백으로 나뉘어진 고재한의 가면을 뚫어져라 바라봤다.

"이거, 이거. 내가 잘못 보고 있는 것이 아니었으면 좋겠는데 말이지. 지금 당장 그 가면을 벗겨보고 싶다는 생각이 드는데?"

"그렇게 할 수 있으면 해봐. 참고로 이 가면은 얼굴에 붙여놓은 거야. 떼려면 내 얼굴 가죽도 함께 뜯어야 할 거야."

"음? 정말인지 확인할 수가 없겠군. 그게 정말이면 진짜 곤란해지겠지."

"그렇지. 날 죽이지 않는 이상 아주 곤란해질 거야."

"확인할 수는 없는데 자꾸만 확신이 드는데? 이거 문제로군."

"내가 누군지 궁금하면 알아서 확인을 해. 능력이 되면."

유길성과 고재한은 서로를 알고 있는 듯이 으르렁거리기를 멈추지 않았다.

"그래, 내 짐작이 맞다면 뭐 이곳 스페셜 필드가 개방된 것을 알게 된 것도 이해가 되는군. 그럼 저 피에로는 네가 끌고 왔다고 치고, 나비는 뭐지?"

유길성이 나비 가면을 뚫어져라 쳐다봤다.

"별것 있겠어요. 그냥 뜨내기 페르소나죠. 난 그저 소시민일 뿐이에요. 호호홋."

"그게 더 무섭군. 소시민이라. 그런데 천공기를 얻었단 말이지. 그것도 등록되지 않은 걸?"

유길성은 나비 가면이 별로 긴장하지 않고 자신을 대하는 것에 흥미를 느꼈다. 세계 20위권 안에 들어가는 천공기사인 자신을 두고 여유로울 수 있는 여자라니.

그리고 그의 시선이 피에로 가면에게로 향했다.

범상치 않은 둘을 보자, 함께 있는 피에로 가면에게도 관심이 생겼던 것이다.

"너는 뭐냐?"

"가면기사."

세현이 감정이 전혀 실려 있지 않은 목소리로 대답했다.

"이거나 저거나 뭐야? 지금 니들이 나를 놀리는 거야? 기껏 애송이 주제에 감히 이 유길성을 놀려?"

콰과과과과곽!

유길성이 갑자기 에테르를 끌어 올리며 세 사람에게 기세를 쏟아냈다.

"크윽!"

"앗!"

"으음!"

세현 일행이 그 기세를 이기지 못하고 신음을 토하며 뒷걸음질을 쳤다.

"젠장, 해보자는 거지?!"

고재한이 고함을 지르며 에테르를 바짝 끌어 올렸다.

그와 동시에 세현과 나비 역시 에테르를 끌어내기 시작했다.

"그만!"

하지만 그 시도는 유길성의 고함 소리에 막혀 버렸다. 유길성도 고함을 지르면서 자신이 끌어 올렸던 에테르를 진정시켰다.

"크윽, 왜? 계속 해보지? 응?"

고재한이 유길성을 도발하듯이 소리를 질렀다.

유길성의 매서운 시선이 고재한의 가면 위로 쏟아졌다.

"못할 것 같으냐? 비록 현실에서 천공기사끼리의 충돌을 엄격하게 금지하고 있다곤 하지만 그래봐야 조금 시달리고 말면 그만이다. 내게 그런 힘이 없을 것 같으냐?"

"그러니까 해보라잖아. 왜, 못해? 블러드스톰이 성질 많이 죽었나 봐? 응?"

"흑백면, 그만해라. 도발해서 좋을 건 없다. 우린 그냥 나가면 그만이다."

"맞아. 싸워서 뭐하게? 승산도 없는데."

세현과 나비가 고재한의 도발을 말렸다.

그리고 재한의 팔을 잡아끌기 시작했다.

"그냥 가려고?"

"끝을 보자고? 정말?"

재한을 끌고 가려는 세현과 나비에게 유길성이 물어보자 이번엔 세현이 날 선 목소리로 유길성에게 되물었다.

"쯧, 어떤 놈들이 포레스타의 행운을 만났는지 얼굴 구경이나 좀 하려고 했더니 이건 뭐 일이 웃기게 되었네?"

유길성의 시선이 다시 재한의 가면 위로 쏟아졌다.

"정말 의외야. 난 네가 누군지 알겠단 말이지. 그런데 넌 여기 있으면 안 되는 놈이거든? 그런데 또 여기 있어. 이건 참, 어떻게 이해해야 되는 거야?"

고재한은 유길성의 말에도 아무 대꾸를 하지 않았다. 다만 자신의 팔을 잡고 있던 세현의 손을 뿌리치고 걸음을 옮기기 시작했다. 고재한은 곧바로 유길성에게 다가가더니 그 옆을 스쳐 지나갔다.

"정말 내가 누군지 알았다고? 그럼 내가 왜 이곳에 있는지도 알아내 봐. 그걸 모르면 입 다물고 있고."

고재한의 낮은 목소리가 유길성의 귀를 두드렸다.

유길성이 고재한의 뒷모습을 쳐다보는 사이에 세현과 나비 역시 유길성을 스쳐 지나갔다.

그리고 세 사람의 모습이 시야에서 사라지고 또 한참이 지나 그들이 연구소 밖까지 나갔을 때, 꼼짝도 않고 서 있던 유길성이 갑자기 웃음을 터뜨렸다.

"크하하하하. 이건 뭐 아주 웃기는구만. 저놈이 저 꼴로 여길 돌아다녀? 크하하하. 아주 골 때리네."

그렇게 한참을 웃던 유길성은 얼마 후, 진지한 표정을 지으며 턱을 긁었다.

"뭐가 되었건 지금 쥐구멍이 생긴 거지? 커다란 댐에? 크하하하하. 재미있어. 아주 좋아. 좋아."

광소를 터뜨리는 유길성, 하지만 그의 눈빛은 차갑게 가라앉아 있었다.

*　　　　　*　　　　　*

"분위기 이상한데?"

세현이 차를 한 모금 삼키고 찻잔을 내려놓으며 중얼거렸다.

"뭐야? 너, 이건 좀 아니지 않아? 너 때문에 우리도 찍힌 거 같다고."

나비는 대놓고 고재한 탓을 하고 있었다.

"무슨 상관이지? 천공이 무서우면 가면을 바꾸면 되는 일이다. 간단한 방법이지. 솔직히 나비나 피에로는 이름도 없는 초출 아닌가?"

하지만 고재한은 별로 문제될 것이 없다는 듯이 태연한 목소리였다.

"뭐? 뭐?"

나비는 고재한의 말이 기가 막혔던지 말을 잇지 못하고 답답해했다.

"가면은 그러려고 쓰는 거 아닌가? 알려지지 않았을 때에는 언제든 갈아 쓸 수 있지. 어쩌면 나비, 너도 또 다른 가면이 있을 걸? 평소에 잘 쓰는 가면 말이야. 내가 보기에 너는 저 피에로처럼 초짜는 아닌 것 같은데, 또 그렇게 생각하기엔 그 나비 가면은 소문이 나지 않았거든. 나비는 초출이라도 그 안에 있는 페르소나는 그게 아닐 거란 말이지."

덤덤하기만 한 고재한의 긴말이 끝나자 나비는 힘 빠진 몸짓으로 의자에 몸을 묻었다.

"에구구. 뭐 그렇게까지 말을 하면 또 할 말이 없긴 하네. 하지만 이 가면 정말 마음에 들었다고. 이젠 이걸 못 쓰게 되었으니 쳇!"

"억울하다면 저 피에로가 더하겠지. 그래도 조금이라도 알려진 얼굴인데 자칫 다시 쓰지 못할 수도 있으니까 말이야."

"알려지긴 뭐가 알려져? 그냥 실력 좀 있는 초보가 나왔다는 정도지."

나비가 틱틱거리며 반쯤 녹은 아이스크림을 숟가락으로 못살게 굴기 시작했다.

"그냥 쓰고 다니면 오히려 효과가 있을지도 모르지. 난 이 가면을 벗을 생각이 없으니까 말이야. 죄를 지은 것도 아니고."

세현은 다시 찻잔을 들어 입을 축이며 말했다.

"와, 저 패기 봐라. 도대체 뭘 믿고 저러는 거야? 천공 애들이 가만히 안 있을지도 모르는데?"

"그래. 포레스타 마을이 이사 간다고 했잖아. 그럼 천공 애들이 더 이를 갈 텐데?"

"아, 그것도 있구나. 드리스가 마을 이사 가겠다고 했지? 난리 났네."

"그게 내 탓은 아니지. 지들 잘못을 내게 따지면 되나."

세현은 여전히 태연한 목소리를 가장하고 있었다.

하지만 그 순간에도 세현은 앞으로 어떻게 해야 좋을지 맹렬하게 머리를 굴리는 중이었다.

유길성이 세현 일행을 그냥 보낸 것은 반쯤은 운이었다.

천공기사와 천공기사의 싸움은 현실에선 철저하게 금지하고 있었다.

물론 처음부터 천공기사들은 국가에 등록되어 통제를 받았으니 당연히 싸우는 것을 금지했다.

하지만 이후에 그보다 더 현실적인 문제로 천공기사들의 싸움을 금지하게 되었다.

문제는 천공기사들이 싸우게 되면 그들의 충돌로 에테르 폭풍이 발생한다는 것이다.

에테르가 일정 농도 이상이 되면 현실에선 큰 문제가 생긴다.

에테르는 전자기력과 충돌을 일으키는 성질이 있기 때문이다.

에테르의 농도가 일정 수준 이상이 된 공간에는 일종의 EMP 폭탄이 터진 것과 비슷한 결과가 일어나게 된다.

천공기사들의 현실 충돌을 엄격하게 금지한 이유는 바로 이 때문이었다.

만약 서울 시내에서 천공기사들이 충돌을 한다면 그 여파는 상상을 초월할 수도 있었다. 주변의 모든 전자 기기가 이상을 일으키고, 전자기력들은 크고 작은 폭발을 일으킬 것이다.

그 때문에 정부에서는 특별히 에테르 변화를 감지하는 시스템을 전국적으로 깔아두고 있었다.

만약 에테르가 일정 이상 발생하면 곧바로 비상이 걸리고 국가 소속의 천공기사들이 출동해서 상황을 정리한다. 유길성이 세현 일행과 충돌을 피한 이유에는 그 시스템도 큰 기여를 한 것이다.

'하지만 그놈이 물러난 이유가 겨우 그것이 전부는 아니겠지. 저 흑백면, 저놈에게 뭔가 있었어.'

세현은 포레스타 종족과 관련해서 천공 길드와의 충돌이 이 정도만으로 쉽게 끝날 거라고 생각하지 않았었다.

뭔가 질질 끌면서 협박을 하거나 제약을 가하려고 할 거라고 예상하고 있었다.

다만 너무 과한 제약을 하지는 못할 거라는 믿음이 있었다.

사실상 이면공간 안이 아니라면 밖에서 일어나는 일은 아무리 천공 길드라도 조심할 수밖에 없었다. 물론 그래도 어지간히 시달릴 각오를 하고 있었는데 유길성과 흑백면이 충돌을 일으키곤 그냥 유야무야 연구소를 빠져나오게 된 것이다.

"도리어 난 궁금해. 흑백면, 너와 유길성 사이에 뭐가 있는지 말이야. 물론 가면을 쓴 우리가 서로에게 뭔가를 따지고 궁금해하는 것은 이상하긴 하지만."

세현은 그렇게 말하며 고재한의 가면을 뚫어져라 쳐다봤다.

"전에도 이야기했지만 난 천공에 감정이 있는 사람이야. 유길성이 나를 안다면 내가 천공에 적대적이기 때문이 아닐까 싶군."

"어머나, 그럼 맨 얼굴로도 천공 길드와 싸웠다는 말이야? 굉장히 용감한 사람이네?"

나비가 고재한의 말에 깜짝 놀란 듯이 몸을 반쯤 일으켰다가 앉았다.

"반 천공 길드의 인사라? 그거 신선하네."

세현이 흑백면을 보며 말했다.

세현이 알기로 천공 길드에 대해서 공식적으로 적대적인 세력이나 개인은 존재하지 않았다.

천공 길드는 대한민국을 지탱하는 거대한 기둥이기 때문이다.

천공 길드는 세상에 빛을 던져준 단체였다.

그 중심이었던 진강현이 사라졌다고 하더라도 천공 길드의 명성이 사라지는 것은 아니다.

"크크. 내게 천공 길드가 이룩한 업적 따위는 의미가 없어. 중요한 것은 지금 천공을 이끄는 놈들이 썩었다는 거지. 이전에나 지금 그들이 얼마나 중요한 일을 했고, 또 하고 있는가는 따지지 않아."

고재한이 몸을 뒤로 젖혀 의자에 기대며 가면 뒤에서 조소하는 목소리로 말했다.

"야, 너. 천공 패밀리냐?"

그때, 나비가 뭔가 떠올랐다는 듯이 고재한을 보며 물었다.

고재한은 그런 나비의 물음에 대답하지 않고 침묵을 지켰다.

세현은 천공 패밀리란 말에 의혹이 깃든 눈빛으로 고재한을 바라봤다.

천공 패밀리는 천공 길드의 간부들과 그 가족들을 묶어 부르는 말이었다.

과거 세현 역시 천공 패밀리의 정점에 있었던 사람이었다.

고재한이 자신의 흑백 가면을 툭툭 두드렸다.

"너무 깊이 들어가지 말지. 자기 가면을 벗을 것이 아니라면 남의 가면도 존중을 해줘야지? 안 그래, 나비?"

잠시 후, 고재한이 얼음이 맺힐 것 같은 서늘한 목소리로 나비를 보며 말했다.

"아! 음. 그러네, 미안."

나비는 딱 잘라서 경쾌하게 잘못을 인정하고 사과했다.

고재한은 그저 고개만 살짝 끄덕이고 말았다.

"자, 그럼 다음 행보를 결정하지. 흑백면, 다음에도 함께 움직일 거냐? 참고로 나는 이 가면 안 바꾼다."

"나도 이 가면을 그대로 쓸 건데? 상관없나?"

세현의 물음에 고재한이 도리어 반문을 던졌다.

"피에로와 흑백면, 조만간 유명해지겠지. 천공과 갈등이 있었다는 것만으로도 꽤나 이슈가 될 거야."

세현이 밝은 목소리로 고재한의 물음에 답을 했다.

그러면서 나비를 바라봤다.

"그쪽은 어쩔 거지? 함께할 건가?"

나비는 대답을 망설였다.

"일어나지."

고재한이 자리에서 일어났고, 뒤따라서 세현이 몸을 일으켰다.

"다음에 보자고. 볼 수 있으면."

"뭐, 원래 초록색 등급에서 놀던 사람이니 한동안 볼 일이 없으려나?"

세현과 고재한이 그렇게 말을 남기고 자리를 떠나고 나비만 혼자 남겨졌다.

'저것들이 정말! 지금 날 버리고 간 거야? 기가 막혀서. 기껏 노란색 등급 주제에 지금 누굴!!'

나비가 가면 속에서 인상을 와락 찌푸리며 카페를 나서는 두 사람의 등을 노려봤다.

세현의 새로운 스킬과 천공 길드의 행보

"타앗!"

콰광! 카가가강!

"허업!"

타다다다다당!

세현과 고재한이 거대한 몬스터들 양쪽에서 공격하고 있었다.

어깨 높이가 4미터에 달하고 온몸은 두꺼운 가죽으로 덮여 있는 몬스터였다.

머리에 이마와 코에 커다란 뿔이 나 있는데 그 때문에 몬스터의 이름은 시이뇨라 불렸다. 중국 천공기사가 최초로 발견하고 붙인 이름인데, 중국어로 코뿔소란 의미였다.

"야, 에테르 스킨 되살아난다!"

재한이 시이뇨를 공격하다가 검이 튕기는 것을 느끼곤 소리를 질렀다.

"역시 반발력이 대단한데? 그게 벌써 풀려?"

세현도 시이뇨의 에테르 스킨이 작동하는 것을 느끼곤 가면 속에서 인상을 썼다.

그리곤 급하게 시이뇨의 몸통에 드리스의 스킬을 사용했다.

두 번, 에테르의 점을 찍는 것으로 시작하는 드리스의 스킬.

세현의 에테르가 시이뇨의 몸 안으로 들어가면서 시이뇨의 에테르 스킨과는 상반되는 기운으로 바뀐다.

그렇게 시이뇨의 몸 안에 세현의 에테르가 깔리자 시이뇨의 에테르 스킨이 눈 녹듯이 사라진다.

"좋았어!"

재한이 환호성을 지르며 곧바로 시이뇨를 공격하기 시작했다.

강력한 에테르 스킨을 지니고 있는 시이뇨는 천공기사들이 사냥을 꺼려하는 대표적인 몬스터였다.

다른 몬스터들에 비해서 에테르 스킨이 서너 배는 더 두껍고 견고하다는 것이 통상적인 평가였다.

거기다가 육중한 몸과 뿔을 앞세운 공격도 꽤나 강력해서 동급 몬스터 중에선 최강이란 소리를 듣는다. 그러니 괜히 그런 몬스터를 잡겠다고 나서는 천공기사들이 없는 것이다.

쿠어어어어어. 쿠구궁!

결국 시이뇨는 재한과 세현의 합동 공격에 거구를 땅에 눕히고 말았다.

"이야, 이건 정말 대단해. 시이뇨를 이렇게 간단히 잡을 수 있다니 말이야."

"간단한 건 아니다. 드리스의 기술이 쓰기가 얼마나 어려운데 그런 소리를 하냐? 너도 배워보겠다고 하다가 포기했잖아."

"그거야 드리스의 시험이 까다로워서 그렇지. 아니, 수십 번을 연속해서 성공해야 하다니, 그게 말이 되냐?"

"안 되냐? 그럼 나는 뭐냐?"

"어이구, 내가 말을 말자."

재한은 세현의 말에 고개를 흔들었다.

눈앞에 그 극악한 시험을 통과해서 스킬을 배운 사람이 있는데 말이 되느니 안 되느니 하는 것도 웃긴 일이었다.

"어? 이거 봐라. 에테르 주얼이 또 나왔다."

그때, 재한이 쓰러진 시이뇨의 가슴 부근에서 노란색의 에테르 주얼을 발견하고 밝은 목소리로 말했다.

"야, 피에로. 이거 사기 아니냐? 어떻게 에테르 주얼이 이렇게 많이 나오냐? 역시 그 스킬 때문이겠지?"

"달라진 것이 없는데 에테르 주얼의 생성 빈도수가 높아진 것을 보면 그런 것 같은데?"

"확실히 사기다, 사기."

재한이 호들갑을 떨었다.

"보통은 몬스터를 잡을 때, 몬스터의 에테르를 거의 소비시키고 잡잖아. 그런데 드리스의 스킬을 사용하고 잡으면 몬스터의 에테르를 많이 유지한 상태로 사냥이 가능하지. 적어도 에테르 스킨은 거의 유지된 상태로 잡으니까."

"그래서 그렇게 몬스터에게 남아 있던 에테르가 이렇게 주얼로 뭉치는 거라고?"

"그렇지 않겠냐?"

"아니라고 하고 싶지만 눈으로 보고 있으니 부정하기도 어렵네. 만약 그게 사실이라면 그 스킬 정말 엄청난 거야."

재한이 한없이 부럽다는 눈빛으로 세현을 바라보았다.

"잘 붙어 다녀라. 그러면 혜택을 나누어주마."

세현이 고개를 슬쩍 치켜들고 허공을 바라보며 거드름을 피웠다.

"네네, 알아 모시겠습니다. 꼭 옆에 붙어서 빨대 꼽겠습니다."

재현은 그런 세현에게 두 손을 모으고 허리를 굽히며 장난스럽게 말했다.

"그나저나 이 커다란 시이뇨에게서 꼭 필요한 건 뿔의 끝 한 마디 정도라고? 손가락 한 마디 정도?"

세현이 시이뇨의 머리 쪽에서 뿔을 쓰다듬으며 물었다.

"그래. 천공 놈들이 필요한 것이 그거라고 하더라고. 저기 봐. 잘 보면 뿔의 끝 부분만 색이 다른 부분이 있잖아. 훨씬 짙은 색으로 보이는 부분. 거의 검은색이잖아."

"그래서 그 부분만 필요하다?"

"그렇지. 거기다가 등급에 따라서 값이 다르긴 하지만 무지하게 비싸게 준다지. 거의 에테르 주얼 가격과 같을 걸? 거기다가 지금처럼 뿔이 여럿 달린 놈이면 작은 뿔에서도 조금씩 더 얻을 수 있으니까 노다지지."

재한이 다가와서 시이뇨의 뿔 끝을 톱처럼 생긴 도구로 잘라내면서 말했다.

그들은 여전히 천공 길드에서 의뢰한 것들을 구하고 있었다.

감정대로 하자면 천공에 도움이 되는 짓을 하고 싶지 않은 두 사람이지만, 아무리 생각해도 천공에서 무리하게 일을 진행하고 있는 것 같았다.

그래서 의뢰 비용이 턱없이 높았다.

더군다나 시이뇨의 뿔 같은 경우에는 거의 사냥하는 이들이 없어서 점차 가격이 높아지고 있는 추세였다.

그래서 이 기회에 한몫 잡는 것이 좋겠다는 합의를 보고 시이뇨 사냥에 나선 두 사람이었다.

"들었지? 천공 놈들이 거제도에 엄청난 규모의 공사를 하고 있다는 거 말이야."

사냥이 끝나고 야영장에서 휴식을 취하는 중에 재한이 세현을 보며 물었다.

"그래. 뭔지 몰라도 꽤 거창하게 하고 있다며?"

"음. 정확하게는 거제도에 붙어 있는 칠천도라는 섬 전체를 통제하고 뭔가 하는 모양이야."

"거기 사는 사람도 많았을 텐데 그걸 다 비우고?"

"그 정도 힘은 있잖아. 아무튼 거길 완전히 밀어버리고 뭔가 하고 있다는 거지. 우리가 마련한 것들도 모두 거기 들어가는 거고."

"그런 규모라면 도대체 뭘 하려는 거지?"

"웃기는 건 미국, 일본, 중국, 프랑스, 러시아도 비슷한 짓을 하고 있다는 거야."

"음? 그 소린 못 들었는데?"

세현은 전혀 몰랐던 일이라 놀란 목소리를 낼 수밖에 없었다.

"사실이야. 그 쪽에서도 천공과 비슷하게 재료 수집 의뢰가 떴지. 거기다가 인적 없는 곳에 거대한 규모의 공사가 시작되고 있어."

"뭔지 몰라도 최상급 천공기사들이 경쟁을 하고 있다는 거네?"

"그렇지. 이면공간의 부산물들을 이용해서 거대한 구조물을 세우고 있다는 거지."

"어째 불안한데?"

"응?"

"언제나 그렇잖아. 인간들 말이야 꼭 그러거든. 바벨탑을 세워. 하지 말아야 할 짓을 하는 거지. 난 어쩐지 이번 공사가 그런 종류의 것이 아닌가 싶은데? 거기다가 서로 경쟁까지 한다며? 그렇게 되면……"

"부실 공사가 될 수도 있지. 서두르다 보면 실수가 생기니까."

"아직 이면공간은 밝혀지지 않은 것이 많은 곳이야. 그런데 그걸 두고 위험한 실험을 하는 것은 아닌지 모르겠다."

"몰라. 우리 같은 하급 천공기사들이 그걸 어떻게 알겠어? 우리가 걱정한다고 막을 수 있는 것도 아니고 말이지. 자자, 우린 우리할 일을 하자. 푹 쉬었다가 또 사냥해야지."

고재한이 복잡한 것은 질색이란 듯이 부지깽이로 모닥불을 휘저어놓고는 자신의 텐트로 향했다.

세현은 그런 그의 뒷모습을 보면서 모닥불을 지켰다.

전반야의 불침번은 세현이었다.

콕콕!

세현은 왼쪽 손목을 두 번 찍었다.

드리스에게 배운 기술을 이용해서 '팥쥐'에게 기운을 넣어주려는 것이다.

[음. 좋아. 고마워 세현.]

'팥쥐'가 인사를 했다.

붉은색 에테르 주얼을 흡수한 후, '팥쥐'의 의사소통 능력은 빠르게 발전하는 중이었다.

*　　　　*　　　　*

"어떻게 되고 있지?"

회의 탁자의 상석에 앉은 고철한이 묵직한 음성으로 물었다.

"대부분의 기초 토대는 완성이 되었습니다. 다만 핵심이 될 코어가 아직……."

"파란색 등급의 코어가 아직이란 말인가? 이전에 몇 개가 나온 걸로 아는데?"

고철한이 살짝 인상을 찌푸렸다.

"그것들은 이미 사용이 되고 있습니다. 대부분 국가기관 시설에서 핵심적인 역할을 하고 있기에 그걸 뽑아서 쓰기에는 무리가 있습니다."

"정부에서 협조를 해주지 않는다는 거군."

"이리저리 선을 대고 있기는 하지만 아무래도 어렵습니다."

"훗, 멍청하기는. 점점 우리 천공과 거리를 두려고 하는데 그게 얼마나 큰 실수인지 곧 알게 될 거다. 후후후."

천공 길드의 2대 마스터인 고철한은 앞으로 전개될 상황을 생각하면 더없이 기분이 좋다는 듯이 웃었다.

"어쩔 수 없겠군. 다시 한 번 레이드를 할 수밖에."

그때, 한쪽에서 가만히 앉아 있던 유길성이 레이드를 거론했다.

"으음. 방법이 그것밖에 없기는 하지만 자칫 희생이 커지기라도 하면……."

유길성의 앞에 앉아 있던 간부가 걱정스런 표정으로 말했다.

"남색 등급도 아니고 파란색 등급의 코어 몬스터를 상대하는데 큰 희생을 걱정할 정도는 아니지 않나?"

유길성은 그런 간부의 태도가 마음에 들지 않는다는 듯이 퉁명스럽게 말했다.

"이전까지의 결과를 봐도 희생이 제법 많았다. 너는 몇 사람 정도 죽는 것은 아무것도 아니라고 생각하는 거냐?"

그 간부 역시 유길성의 반응에 까칠하게 대응했다.

"그때에 비하면 지금 전력이 훨씬 높아졌다는 것을 생각해야지. 그동안 우리가 놀고 있었던 것은 아니란 말이지. 마지막으로 파란색 등급의 코어 몬스터 사냥을 했던 것이 벌써 1년 전이다."

"우리 전력이 많이 강해지긴 했지. 더구나 파란색 등급의 천공기 주얼을 지닌 길드원의 수도 두 배는 늘었고 말이야."

그때, 둘의 언쟁에 고철한이 끼어들었다.

고철한의 발언은 유길성의 편을 들고 있었다.

유길성과 각을 세우던 간부는 살짝 한숨을 쉬고는 의자에 몸을 기댔다. 길드 마스터가 나선 이상은 이야기를 해봐야 의미가 없다는 것을 알고 있었기 때문이다.

고철한이 결정하면 천공은 따른다는 식의 운영이 이루어진 것이 벌써 오래전부터였다.

그만큼 천공 길드에 대한 고철한의 지배력은 강력했다.

"우리에겐 시간이 많지 않아. 우리의 적은 오직 시간이란 말이지. 우리 천공이 최고라고 하지만 게으름은 후발주자에게 역전의 빌미를 제공하는 거지. 그런 의미에서 우리의 계획은 절대 미루어져선 안 되는 거다."

고철한이 쐐기를 박았다.

"파란색 등급의 코어 몬스터 레이드를 준비한다."

"저, 그럼 어디에 있는 필드로 들어가실 겁니까?"

간부들 중에 하나가 질문을 던졌다.

어차피 레이드가 결정이 된 상황이면 마지막 결정까지 길드 마스터인 철한에게 맡기려는 것이다.

"외국은 곤란하겠지?"

고철한이 옆자리에 앉은 간부를 보며 물었다.

천공 길드의 대외 협력을 맡은 간부였다.

"가능한 나라들이 없진 않습니다. 지금 우리와 같은 프로젝트를 추진하고 있는 나라들이 아니라면 몇몇 후진국 중에서 충분히 찾아볼 수 있습니다."

"그래? 그건 다행이네. 그럼 그렇게 해. 어디 적당한 곳을 찾아서 레이드 신청을 해. 물론 대가는 섭섭지 않게 준다고 하고."

고철한이 결정을 내렸다.

대한민국에는 파란색 등급의 이면공간이 둘밖에 없었다.

그런데 그런 곳의 코어 몬스터를 잡게 되면 파란색 등급의 이면공간이 사라지게 된다.

그건 쉽게 말하면 귀한 사냥터를 잃게 되는 것이나 다름이 없었다. 그러니 다른 나라에 속한 이면공간을 공략하는 것이 최선이었다.

"파란색 등급에 진입 가능한 길원들 파악하고 레이드 계획 짜봐. 그리고 따로 모아서 팀별 훈련도 좀 시키고. 뭐 그러면서 부족한 재료들도 좀 모아. 놀아서 뭐해?"

고철한이 그렇게 말을 하고는 의자에서 일어나 회의실 밖으로 나갔다.

그를 따라서 비서들 몇이 함께 자리를 비웠다.

"크음, 결정이 났으니 세부 계획을 한번 짜 봅시다."

허수아비 부길마라 불리는 조명호가 회의를 이끌기 시작했다.

이후로 천공 길드의 간부들은 고철한의 세운 뼈대 위에 세세하게 살을 붙여서 일정을 완성시켜 나갔다.

"그 이야기 들었냐?"

"뭐? 천공 길드 레이드 팀?"

"뭐야 알고 있었냐?"

"아니, 말하는 거 보니까 그 이야길 거 같아서. 그래서 그놈들, 성공한 거야?"

세현이 재한을 보며 물었다.

그동안 세현과 재한은 계속해서 노란색 등급의 이면공간에서 다른 천공기사들이 사냥하기를 기피하는 몬스터들만 찾아가며 사냥을 하고 있었다.

세현이 익힌 드리스의 스킬, 이제는 앙켑스(Anceps)라 부르는 스킬 덕분에 다른 사람들이 피하는 몬스터도 쉽게 사냥을 할 수 있었다.

앙켑스는 양면, 애매한, 머리가 둘인 등의 뜻을 지닌 라틴어였다.

세현이 익힌 기술은 활용하기에 따라서 천차만별의 효과가 있었는데 크게 나누면 버프가 되거나 디버프가 되는 양면성을 지니고 있었다. 그래서 고재한이 세현의 기술에 앙켑스란 이름을 붙여주었고, 세현도 그 이름이 마음에 들었는지 그대로 수용해서 쓰고 있었다.

"그래, 아프리카에서 파란색 등급 이면공간의 코어 몬스터를 잡았다고 하더군. 희생자가 좀 있긴 한 모양인데, 그거야 대외비라고 알리지 않으니 모르고."

"파란색 등급의 에테르 코어란 말이지?"

세현이 눈빛을 빛냈다.

스스로 에테르를 생산하는 능력이 있는 것이 코어였다.

그리고 이면공간은 바로 그 코어의 힘으로 유지가 되는 것이다.

이면공간을 유지할 수 있을 정도의 에테르를 스스로 만들어내는 코어.

그것은 어마어마한 가치를 지니고 있었다.

지금까지 파란색 등급의 에테르 코어가 세상에 나온 것을 다 합쳐야 열 개가 조금 넘는 것으로 알려져 있었다.

그걸 천공 길드에서 무리를 하면서까지 수중에 넣었다.

"역시 거제도 현장에서 쓰려는 거겠지?"

세현이 고재한을 보며 물었다.

"그것밖에 더 있겠냐? 그나저나 정말 궁금하네. 도대체 거기서 뭘 만들고 있는 거야?"

지금까지 수많은 고급 정보를 들고 온 고재한도 거제도 현장에 대한 정보에는 접근을 하지 못하고 있었다.

모든 정보가 차단된 상태로 거제도의 칠천도 공사는 활발하게 진행이 되고 있었다.

그것도 기초 공사가 끝난 다음부터는 오로지 천공 길드의 상급 천공기사들만 그곳에 머무르며 작업을 하는 중이었다. 사실상 세계의 이목이 그곳 칠천도에 몰려 있었지만 의미 있는 정보는 흘러나오지 않고 있었다.

"얼마 안 남았지. 천공의 의뢰도 이번이 마지막이니까."

"그러게. 필요한 것들을 모두 확보한 모양인지 의뢰 품목이 줄어들고 있으니까 말이지."

세현이 고재한의 말에 고개를 끄덕였다.

"그나마 우리가 잡는 몬스터들은 워낙 잡는 사람들이 없어서 늦게까지 수요가 있었지."

"그것도 이번이 마지막일 것 같지 않아?"

"피에로, 네 말이 맞아. 천공 놈들이 일을 벌일 준비가 다 된 것 같아. 분위기가 그래. 그런데 설마 그놈들 새해가 밝아 올 때 뭔가 하려는 건 아니겠지?"

"그러고 보니 가능성이 있겠네. 보통 큰일을 할 때는 날짜를 정해도 뭔가 의미 있는 날짜로 잡는 경우가 많으니까 말이야."

세현은 그렇게 예상을 하면서 왠지 모를 불길함을 느꼈다.

이면공간 생성 프로젝트

12월 중순.

크리스마스를 얼마 남기지 않은 때에 세상이 발칵 뒤집어졌다.

그 시작은 세계적인 뉴스 방송 매체였다.

ANN뉴스는 12월 17일 오전, 충격적인 발표를 했다.

한국의 천공 길드와 미국, 일본, 중국, 프랑스, 러시아, 영국 등의 나라에 속한 유명 길드 혹은 국가 연구소에서 준비하고 있는 실험의 전모가 그 뉴스에 들어 있었다.

익명의 제보자를 내세운 그 뉴스에 따르면 지금 한창 진행 중인 계획의 핵심은 인공적으로 이면공간을 만들어 내는 것이었다.

이면공간의 생성. 그것이 프로젝트의 내용이라는 것이다.

뉴스는 그 계획이 성공하면 세상은 어마어마한 확장성을 지니게 될 거라고 예측했다.

그러면서 천공기사가 아닌 일반인들을 새로 만들어지는 이면공간에 포함시키는 것도 프로젝트의 내용에 있다고 했다.

그게 가능하다면 지구 위의 땅덩이를 놓고 싸우는 것은 의미가 없어질 수도 있었다. 언제든 필요한 이면공간을 만들어 낼 수 있다면 굳이 남의 나라 땅을 탐낼 이유도 없었다.

더구나 이면공간에선 생물자원뿐만이 아니라 광물자원도 다양하게 발견이 되고 있었다. 그것을 생각하면 이면공간을 만들어 내면 거기에 속한 많은 자원도 손에 쥘 수 있다는 이야기가 된다.

더구나 이면공간은 등급이 높을수록 넓어진다.

공간마다 차이가 있기는 하지만 평균적으로 서울시 전체의 몇 배는 되는 넓이다.

그런 공간을 만들어서 소유할 수 있다면 어떻게 될까.

"이면공간을 만들어서 손에 쥔다고?"

세현이 어이가 없다는 듯이 뉴스를 바라보았다.

페르소나를 위한 환복 매장의 카페에는 꽤 많은 페르소나가 모여서 카페에서 제공한 대형 화면을 바라보고 있었다. 홀의 중앙에 위치한 대형 화면은 다수의 사람이 제각각 어떤 방향에서 보더라도 화면을 정면에서 볼 수 있게 해주는 혁신적인 상품이었다.

"뭐 지금도 대형 길드들이 이면공간을 통제하고 있기는 마찬가지 아닌가?"

세현의 맞은편에 앉아 있던 고재한은 그게 뭐가 다르냔 듯이 심드렁하게 말했다. 하지만 고재한도 말만 그럴 뿐 실제로 이면공간을 만들어서 소유한다는 것이 얼마나 큰 파장을 가지고 올 수 있는 문젠지 알고 있었다.

"천공기로 들어갈 수 있는 이면공간은 우리 모두가 아는 것처럼 절대적인 존재가 있어. 보진 못했어도 그걸 부정하는 천공기사는 없지."

세현이 말했다.

"그래. 그야 그렇지. 몇 가지 절대적인 규칙이 그 때문에 생겼으니까 말이야."

"그래. 그런데 만약 인간들이 이면공간을 만들면 거기서도 그런 규칙이 통용이 될까? 어쩌면 그 절대적인 존재의 손에서 벗어난 이면공간이 되지 않을까?"

"그럴 수도 있겠지."

"거기다가 일반인들도 그곳에 자유롭게 출입을 할 수 있게 한다면 그야말로 하나의 왕국을 세우는 일도 가능하다는 거지. 이면공간 안으로 정부의 힘이 끼어들지 못하면 말이야."

"천공 길드가 성공하면 천공 왕국이 생기겠군. 왕은 마스터인 고철한이 되는 건가? 크크큭."

고재한이 가면 뒤에서 키득거렸다.

"웃을 일이 아니지. 정말로 이면공간을 자유롭게 만들 수 있다면 어떤 일이 생길지 모르는 거야."

―속보를 알려드립니다. 익명의 또 다른 제보자에 의하면 이번 실험 이전에도 이미 소규모 실험이 몇 번에 걸쳐서 이루어졌으며 그 실험이 모두 몇 번이나 이루어졌는지는 모르지만 초기 실험에서는 많은 실패가 있었다고 합니다.

"저건 또 무슨 소리야?"

"대규모로 만들기 전에 이미 실험을 했다는 거잖아. 작은 이면공간을 만들면서."

"그런데 실패를 했다는 건 또 뭐야?"

―이 익명의 제보자는 이면공간 생성 실험이 인류에게 위험한 것은 그것이 실패로 돌아갔을 때, 일어나는 현상 때문이라고 말했습니다. 그는 실험이 실패하면 에테르 코어가 사라지는데, 그것이 파괴 혹은 소멸인지 아니면 이동인지는 알 수 없다

고 했습니다. 그러면서 실험의 실패에서 나온 막대한 에테르가 지구상에 퍼졌다는 사실을 기억해야 한다고 했습니다.

"에테르가 지구상에 퍼졌다고?"

고재한이 고개를 갸웃거렸다.

"지구에도 원래 에테르가 있기는 했잖아."

고재한은 그게 무슨 문제냐는 듯이 세현을 보며 말했다.

"그래, 아주 극소량의 에테르가 지구에도 있었지. 그러니까 빨간색 등급의 천공기 주얼이 자체 회복이 가능했던 거고."

"그렇지. 그 주얼이 에테르를 만들어 내는 건 아니라고 밝혀졌으니까. 그냥 흡수하고 저장하는 거지. 생산은 아니지. 그건 코어가 아니니까. 그것만 봐도 지구에도 에테르가 있긴 했다고. 진강현 천공기사가 처음으로 붉은색의 에테르 주얼을 얻었을 때부터."

"하지만 에테르의 양이 늘어나는 것은 큰 문제가 되지. 자칫하면 전자기력과 충돌을 일으키게 되니까."

"그 말은 지구에서 전기를 사용하지 못하게 될 수도 있다는 거야? 설마 그 정도까지 갈까?"

"에테르의 양이 늘어나면 당연히 전기와 관련 있는 모든 것이 영향을 받겠지. 특히 첨단의 전자 제품이 제일 먼저……."

"에이, 실험 몇 번을 실패했다고 그게 될 말이야?"

고재한은 고개를 저으며 가능성이 없다고 생각했다.

"물방울 하나가 모여서 바다가 되는 거야. 에테르가 지구상에 나타났다는 것부터가 문제일 수도 있어. 진강현 천공기사가 이면 공간을 발견하기 전부터 지구에 에테르가 있었다면, 그 에테르가 어디서 왔을까?"

"으음. 피에로, 너는 설마 이면공간 어딘가에서 에테르가 새어 나오고 있었다고 말하고 싶은 거냐?"

"그 틈으로 진강현 천공기사가 얻었던 천공기가 나왔을 가능성도 있는 거지."

"응? 이야기가 그렇게 되나? 아니지, 중요한 건, 에테르가 어디선가 나와서 지구에 퍼지고 있었다는 거지?"

"그렇게 봐야 하지 않을까?"

"호호호. 재미있는 이야기를 하고 있네? 안녕. 오랜만이야."

그때, 세현과 재한의 자리로 나비 가면이 다가서며 이야기에 끼어들었다.

"오랜만이군. 나비."

"재미있어 보이면 앉아. 뭐, 서로 이야기나 하는 건데 상관없잖아?"

세현과 재한이 나비의 등장을 반겼다.

그들은 가끔씩 오고가며 마주칠 때마다 인사를 주고받는 사이가 되었다.

"그래. 그런데 너희 이야기에 허점이 있어."

"응? 허점?"

"그래. 에테르 말이야. 그거 어디서 새어 나온 것이 아니라 본래부터 지구에 있었던 건지도 모르잖아. 왜 이면공간에서 새어 나왔다고만 생각해?"

"하지만 에테르는 이면공간에만 있는 거잖아."

재한이 나비에게 무슨 소리냐는 듯이 반박했다.

"아니지. 이곳 지구에는 아주 조금 있고, 이면공간에는 많이 있을 뿐이야. 그렇다고 조금 있는 지구의 것이 이면공간에서 나왔다고 하는 것이 억측이지. 증거가 없잖아."

"뭐 나비의 말이 틀린 것은 아니지. 어차피 답은 우리 셋 모두 모르는 거니까. 하지만 이번 이면공간을 만든다는 실험이 문제가 되는 것은 분명한 것 같네."

―더구나 익명의 제보자는 실험이 성공한 경우에도 그 이면공간이 완전하지 못한 경우가 많다고 전하고 있습니다. 새로운 이면공간이 만들어져도 불완전한 경우가 많아서 그로부터 에테르가 지구로 유입되는 것이 확인되었다고 전했습니다. 그의 말에 따르면 규모가 작은 실험에서도 적지 않은 에테르의 누출이 감지되었으며 그 때문에 전자 기기들의 오작동이나 폭발과 같은 문제가 일어나기도 했다는 것입니다.

세현은 계속 이어지는 ANN의 뉴스를 보며 이마를 찌푸렸다.

세상은 이면공간 생성 프로젝트로 들끓기 시작했다.

*　　　　　*　　　　　*

[음? 또 그거 해? 나, 해줄 거야?]

'꼼쥐'가 세현이 스킬을 사용하려 하자 뜻을 전해왔다.

"아니야. 넌 너무 많이 먹었어. 먹는 것도 적당히 먹어야지. 카몬이 그랬잖아. 한꺼번에 너무 빠르게 성장하는 것도 문제라고.

솔직히 넌 좀 그래."

[음! 좀 그래? 머가, 머가 그래?]

"넌 빨간색 등급의 주얼부터 흡수해야 하는데 그걸 건너뛰고 주황색부터 먹었지? 거기다가 주황색을 먹고 일정 이상 성장을 한 다음에 노란색을 먹어야 하는데 그것도 너무 일찍 노란색 주얼을 먹었잖아. 카몬의 말대로라면 넌 엄청나게 위험한 상태라고."

[아니야. 아니야. 괜찮다고 했어. 튼튼하게 자랄 거라고 했어. 뿌리가 더 강할 거라고 했단 말이야!]

'팥쥐'가 강력하게 항의의 의지를 전했다.

세현은 의외로 너무 강력한 반발에 살짝 물러나 주기로 했다.

"그래, 그래. 그렇게 될 수 있다고 했지. 하지만 그러자면 너무 서둘러서는 안 된다는 것도 알지? 너 요즘 너무 많이 먹으려고 들어. 어느 정도 흡수한 후에는 차근차근 소화를 시켜야지. 그렇게 해야 잘 큰다고 했잖아."

[응, 카몬이 그랬어. 기억해.]

"그러니까 너무 욕심 내지마. 내가 연습 때문에 앙켑스를 자주 쓰는 거잖아. 너한테 주는 건 딱 정해진 만큼만이야."

[음. 음음. 알았어.]

'팥쥐'의 실망감이 짙게 전해졌지만 해달라는 데로 다 해주면 끝이 없는 '팥쥐'였기에 세현은 마음을 굳게 먹었다.

적당히 끊어줘야 했다.

세현은 다시 허공에 점을 찍어 앙켑스를 시전했다.

'완벽한 부분들을 모아서 하나로 만들었는데도 이 앙켑스는 완벽하지 않단 말이지. 뭔가 부족한 것이 있어. 그러니 각성 능력이

발동이 되지 않는 거야.'

세현의 고민은 그것이었다.

얼마 전에 발화 능력은 각성 능력이 발동하면서 완벽하게 세현의 것이 되었다.

이제는 어떤 상황에서도 빠르게 발화 기술을 쓸 수 있었다.

하지만 앙켑스와 두 번째 단계의 에테르 호흡법은 아직도 완벽하게 성공하지 못했다.

단 한 번만 성공해도 되는데 그게 좀처럼 쉽지 않았다.

그나마 발화 능력이라도 온전히 자신의 것으로 만들어서 위안을 얻고 있는 세현이었다.

"너는 또 여기서 이러고 있냐? 아주 살림을 차려라. 여기다가."

그런 세현에게 흑백면 고재한이 찾아왔다.

세상이 온통 인공적으로 이면공간을 만드는 것에 대한 문제로 시끄러운 상황에서 세현은 이면공간에 들어와 수련에 힘을 쏟고 있었다. 천공 길드는 물론이고 세계 곳곳에서 이면공간 생성을 위한 구조물들이 드러나고 있었다.

처음 ANN의 특종 보도를 뒤이어서 세계의 이름난 방송국과 기자들이 지구 전체를 샅샅이 훑었다.

그리고 결국 이면공산 생성에 대한 많은 것을 밝혀냈다.

하지만 그 내용은 ANN의 특종에서 크게 벗어나지 않는 것이었다.

더 추가된 내용이 있다면 새롭게 밝혀진 실험 장소들이었는데 세계적으로 열 곳이 넘는 장소가 발견이 되었다.

그중에서도 미국이나 중국은 두 개씩의 구조물을 세우고 있어서 눈길을 끌었다.

"어쩐 일이냐, 천공기 충전하는 것도 귀찮다고 하던 녀석이?"

세현이 재한을 보며 농담을 건넸다.

"야, 노란색 천공기 주얼을 충전하려면 얼마나 힘든지 아냐? 꼬박 네 시간은 에테르 호흡을 해야 보충이 된다고. 여기 들어오느라 쓴 거 충전해서 또 밖으로 나가면 그거 비워진 거 충전해야지. 아주 현기증 난다고."

"그러니까 그런데 어쩐 일로 여기까지 찾아왔냐고."

"여기 처박혀 있어서 소식을 못 들을 것 같아서 왔다. 천공 길드에서 이번 실험을 25일에 한다고 발표했다. 거기다가 그걸 방송으로 생중계한단다."

"뭐?"

세현은 실험을 중계한다는 말에 어이가 없다는 듯이 되물었다.

"자신감 쩌는 거지. 실패할 일은 절대 없다고 하는 거잖아. 그거 성공해도 불완전하면 에테르가 방출되면서 주변은 난리가 날 텐데 그걸 방송하겠다니 말이지."

"잠깐, 그럼 그거 방송이……."

"몇 시간 안 남았지."

"이런! 그럼 어서 나가 봐야지. 여기서 이럴 것이 아니라!"

"짜식이, 그래서 이 귀하신 몸이 여기까지 직접 온 거 아니냐. 고마워해라."

"그래. 고맙다. 난 말일 정도에나 나가보려고 했더니, 천공 놈들이 정초가 아니라 크리스마스에 일을 벌이기로 했단 말이지?"

"그러니까 어서 준비하고 나가자."

"그래. 알았다, 알았어."

세현이 재한과 함께 현실로 나왔을 때, 세상의 눈과 귀는 이면 공간 생성 실험에 쏠려 있었다.

천공 길드에서 25일 공개 실험을 발표하자 다른 모든 실험장에서도 같은 날, 같은 시간에 실험을 하겠다고 나섰다.

천공이 25일 하기로 했으면 다른 곳 하나 정도는 24일로 당겨서 할 수도 있을 것 같은데 무슨 협의라도 한 듯이 모두가 같은 시간대로 맞춰놓고 있었다.

물론 천공 길드의 실험 시간에 맞추다 보니 시차가 크게 나서 실제론 크리스마스 이브에 실험을 하는 나라들도 있었다.

하지만 어쨌거나 실험이 이루어지는 순간은 모든 실험장이 같은 때로 정한 것은 분명했다.

ANN의 화면은 열세 곳의 실험장을 화면 분할로 보여주면서 전문가를 내세워서 소식을 전하고 있었다.

전문가로 나온 이는 이번 실험과는 상관없는 단체에 속해 있는 최상급의 천공기사라고 자신을 소개하며 오페라의 유령 가면을 쓰고 나와 있었다.

─그러니까 모든 실험장에서 같은 형태의 에테르 순환 회로를 만들었다는 말씀이군요?

뉴스 앵커가 유령가면에게 질문을 던지는 순간부터 세현은 뉴스를 보기 시작했다.

—그렇습니다. 저기 보시면 아시겠지만 중앙에 있는 구조물, 그러니까 탑처럼 보이는 저것들은 모양이 조금씩 다르긴 하지만 그 역할은 같은 겁니다. 에테르 코어에서 나오는 에테르를 회로로 전달하는 것이지요. 탑 이외에 보이는 모든 구조물은 복잡한 회로를 구성하기 위해서 만들어진 것들입니다. 저 구조물 안쪽으로 에테르가 흐를 회로가 복잡하게 이어져 있지요.

—그럼 에테르 코어의 힘을 회로라는 곳으로 이동시켜서 뭔가를 만들어 낸다는 건데, 그건 천공기사들이 익히고 있는 스킬이나 기술과 같은 형태인 건가요?

—네, 비슷하지요. 다만 천공기사들이 몸 안이나 외념의 공간에 회로를 만드는 것과는 달리, 이번 실험에서는 실제로 구조물을 만들어서 실체화했다는 것이 다르죠. 거기다가 그 규모나 복잡성을 따지자면 천공기사들이 익힌 어떤 스킬과도 비교가 불가합니다. 이것은 마치 수십 대의 슈퍼컴퓨터 회로를 한자리에 모아 둔 것과 비슷합니다. 그만큼 복잡한 회로지요.

—이전 실험에서는 그렇게 복잡하진 않았다고 들었는데요? 어째서 이번 실험의 회로가 그렇게 복잡해진 거지요?

앵커는 이전에 있었던 소소한 실험들을 예로 들며 질문을 던졌다.

—큰 이면공간에는 그만큼 복잡한 설정이 필요하기 때문입니다. 그전에 했던 실험에선 그저 이면공간의 생성에만 초점을

맞췄지요. 하지만 이번 실험에서는 완전한 이면공간의 생성이 목표입니다. 그래서 저 회로의 설정에는 지형이나 매장 광물은 물론이고, 생태계의 구성까지도 들어 있다고 봐야 합니다.

—한마디로 저기에 이면공간이라고 하는 제한된 공간이지만, 세계 창조의 설정이 들어 있다고 봐도 되는 건가요? 저 구조물을 이루고 있는 회로들이요?

—네, 조금 과장하면 그렇게 볼 수 있지요. 에테르를 이용한 창조에 한정되겠지만요.

유령 가면은 앵커의 말을 어느 정도 수긍했다.

—저기, 모두가 궁금하게 여기는 건데, 도대체 저런 지식은 어디서 나온 겁니까? 전 세계적으로 널리 퍼진 지식인데 그 출처는 누구도 모르더군요.

—그건 저도 모르겠습니다. 하지만 우리 최상급의 천공기사들은 저 지식에 대해서 누차 경고를 받았습니다. 혹시 그것을 얻게 되더라도 절대 욕심부리지 말라고 말입니다. 그것이 재앙이 될 거라는 경고가 분명히 있었지요.

—아니, 그런데 어째서 그런 이야긴 아무도 하지 않은 거지요?

—재앙일 거라는 말이 정말 맞는 말이라고 어떻게 확신을 할 수가 있겠습니까. 저 지식을 건넨 존재나 그것을 막으려는 존재나 확실히 어떤 쪽을 믿어야 할지 알 수가 없지 않습니까. 그러니 선택은 그저 우리들의 몫일 뿐이었지요.

—그런데 지금은 왜 그런 사실을 밝히시는 거지요?

—혹시라도 일이 잘못되면 잘못된 선택을 했던 모든 이들이 그 책임을 져야 할 것이기 때문입니다. 몰랐다는 말은 절대 할 수 없겠지요. 분명히 경고를 받았음에도 무시하고 강행했던 사실을 부정할 수 없을 테니 말입니다.

—아, 말씀드리는 순간 탑의 정상에 위치한 파란색 등급의 에테르 코어가 빛을 내기 시작했습니다.

화면은 앵커와 유령기사의 모습을 지우고 열세 곳의 실험장의 모습을 보여주고 있었다.

화면의 반을 차지한 것은 천공 길드의 실험장 모습이었고, 그 반은 열두 분할로 다른 실험장의 모습이 나타나고 있었다.

화면을 보는 모두가 긴장 때문에 입을 다물었다.

그리고 그 순간, 화면을 가득 채우며 시력을 앗아갈 정도의 밝은 빛이 쏟아졌다.

"윽!"

『천공기』 2권에 계속…

떡운 장편 소설

FUSION FANTASTIC STORY

전공
삼국지

2세기 말 중국 대륙.
역사상 가장 치열했던 쟁패(爭霸)의
시기가 열린다!

중국 고대문학을 공부하던 전도형,
술 마시고 일어나니 도겸의 둘째 아들이 되었다?

조조는 아비의 원수를 갚으러 쳐들어오고
유비는 서주를 빼앗으려 기회만 노리는데…….

"역시 옛사람들은 순수하다니까.
 유비가 어설픈 연기로도 성공한 데는 다 이유가 있지, 암."

**때로는 군자처럼, 때로는 효웅처럼!
도형이 보여주는 난세를 살아가는 법!**

Book Publishing CHUNGEORAM

유행이 아닌 자유추구 -
WWW.chungeoram.com

이경영 판타지 장편소설

FANTASY FRONTIER SPIRIT

그라니트

용들의 땅

GRANITE

사고로 위장된 사건에 의해 동료를 모두 잃고 서로를 만나게 된 '치프'와 '데스디아'.
사건의 이면에 상식을 벗어난 음모가 있음을 알게 된 둘은
동료들의 죽음을 가슴에 새긴 채 각자의 고향으로 돌아간다.
2년 후, 뜻하지 않게 다시 만난 두 사람은 동료들의 복수를 위해
개척용역회사 '그라니트 용역'을 설립해 다시금 그 땅을 찾게 되는데……

용들이 지배하는 땅 그라니트!
그곳에서 펼쳐지는 고대로부터 이어지는 운명적 만남,
깊어지는 오해, 그리고 채워지는 상처.

『가즈 나이트』시리즈 이경영 작가의 미래형 판타지 신작!

Book Publishing CHUNGEORAM

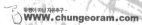

유행이 아닌 자유추구 -
WWW.chungeoram.com